KB237504

청명
淸明

청명절에 비 어지럽게 버리니
길 가는 나그네는 시름겨워지네
술집이 어디 있는가 물으니
목동이 멀리 살구꽃 핀 마을을 가리키네

淸明時節雨紛紛
路上行人欲斷魂
借問酒家何處有
牧童遙指杏花村

天龍神舞

천룡신무

천룡신무 6

월인 新무협 판타지 소설

초판 1쇄 찍은 날 § 2006년 3월 6일
초판 1쇄 펴낸 날 § 2006년 3월 16일

지은이 § 월인
펴낸이 § 서경석

편집장 § 문혜영
편집책임 § 장상수
편집 § 이재권 · 서지현

펴낸곳 § 도서출판 청어람
등록번호 § 제1081-1-89호
등록일자 § 1999. 5. 31
어람번호 § 제2-0854호

주소 § 경기도 부천시 원미구 심곡1동 350-1 남성B/D 3F (우) 420-011
전화 § 032-656-4452 팩스 § 032-656-4453
http://www.chungeoram.com
E-mail § eoram99@chollian.net

ⓒ 월인, 2005

ISBN 89-251-0021-5 04810
ISBN 89-5831-616-0 (세트)

천룡신무
天龍神舞
월인 新무협 판타지 소설
6
도약(跳躍)
도서출판 쳐역라ㅁ

목차

第五十一章

공부(功夫)

공부(功夫)

"흐아압—"

진우청은 입이 찢어져라 하품을 했다.

두 노인도 떠나고 형과 하수린, 유화성도 떠났다.

특히, 하루종일 티격태격하였지만 가장 가깝게 지냈던 유화결이 사라진 후부터 진우청은 외딴곳에 홀로 남겨진 심정이 되었다.

같이 왔던 일행들 중 이제 이곳에 남아 있는 사람은 자신과 유화경뿐이었다.

아무 할 일이 없더라도 그녀는 자신의 무료함을 달래줄 존재는 아니었다. 하물며 그녀는 하루종일 작업실에 틀어박혀 죽었는지 살았는지조차 의심스러울 정도로 화약 제조 공부에 매달렸다.

본당에 마련된 한 거처에서 지낸 며칠이 진우청에게는 몇 달처럼 길고 지루하게 느껴졌다.

아무런 할 일 없이 빈둥거린다는 것!

산에 있을 때는 가장 소망했던 일이었는데 이곳에서는 참기 힘든 일이 되어버렸다.

누구의 잔소리도, 누구의 방해도 받지 않고 며칠 동안 침대에서만 뒹굴고 나니 허리도 아프고, 나중에는 삭신이 쑤셔서 더 이상은 누워 있을 수가 없었다.

길게 기지개를 켠 진우청은 벌떡 몸을 일으켰다. 절명자 오무평이라도 찾아서 무료함을 달랠 생각이었다.

"어딜 가시는 중인가요?"

본당을 빠져나가는 마지막 성문 앞에 도착하자 구양혜림이 나타났다.

이곳까지 오면서 두 개의 문을 더 지나쳤는데 그곳 경비들이 연락을 한 모양이었다.

진우청에게 있어서 남패천 어느 곳이든 못 갈 곳은 없었다. 천주의 혈족들과 장로들만이 기거하는 본당에 거처가 마련되었을 뿐만 아니라, 원한다면 천주전에도 별 제지 없이 통과되었다. 그렇게 하라는 구양천의 지시가 있었기 때문이다.

어디든 마음대로 드나들 순 있었지만 대신, 이처럼 행적이 즉각 보고가 되었다. 그래서 본당을 빠져나가기도 전에 구양혜림이 따라붙은 것이다.

"따분해서 바람이나 좀 쐬러 나가는 중이오."

진우청은 구양혜림을 힐끗 쳐다보며 답했다.

"바람은 이곳 본당에 더 많이 부는데 무슨 바람을 달리 쐬겠다고 그러세요?"

구양혜림은 장난스런 미소와 함께 사방을 둘러보았다. 그녀의 말대로 본당이 제일 높은 곳에 위치하니 바람 또한 본당이 제일 거세었다.

"내가 쐬고 싶은 바람은 이곳에서는 불지 않는 것 같소. 그래서 찾아 나가는 중이오."

진우청은 퉁명스럽게 답하고는 얼른 성문 옆 작은 문을 열게 했다. 길게 말꼬리 잡고 늘어지다 보면 끝이 없을 것이었다.

문을 통과한 진우청은 본당에서 벗어났다. 구양혜림은 애초부터 동행이 목적이지 제지가 목적은 아닌 듯 별 방해 없이 따라 나왔다.

"경 매에게 한 번 가보지 않을래요?"

몇 발자국 따라오던 구양혜림이 갑자기 생각난 듯 말했다.

"경 매?"

"화경이 말이에요. 내가 한 살 많아 언니, 동생하기로 했어요."

구양혜림이 어깨를 으쓱하며 설명했다.

"나이를 속였소?"

진우청은 구양혜림을 물끄러미 쳐다보았다. 왠지 구양혜림이 더 어려 보이는 것이다. 그러다가 진우청은 처음 봤을 때의 유화경의 모습을 문득 떠올렸다. 그때의 모습으로 비교한다면 유화경이 구양혜림보다 어리다는 느낌이 무리가 없었다. 요 몇 달 사이 웃음을 잃어버리고 초췌한 그녀의 모습이 몇 년은 더 나이 들어 보이게 느껴져 오히려 구양혜림이 어리게 보인 것이다.

"제가 경 매보다 어리게 보이나요? 그걸 기분 좋다고 해야 하나요, 아니면 기분 나쁘다고 해야 하나요?"

구양혜림은 이맛살을 약간 찌푸리며 복잡한 눈빛으로 진우청은 쳐다보았다.

“아무려면 어떻소. 난 지금 쇠꼬챙이를 휘두르는 노인을 찾아가는 중인데…….”

진우청은 얼른 말꼬리를 돌렸다.

“쇠꼬챙이……? 오무평 대협 말인가요?”

“그렇소!”

“오 대협을 찾기는 쉽지가 않을 텐데요.”

구양혜림은 약간 난색을 표했다.

“외성 어느 곳에 산다고 하던데 또 어디 다른 곳으로 떠난 것이오?”

찾기 힘들다는 구양혜림의 말에 진우청은 걸음을 멈추고 질문했다.

“그건 아니지만 오 대협께서는 거처를 딱히 정해놓지 않아요.”

“그럼 어디에서 먹고 자고 한단 말이오?”

“외성 어느 주루나 객점, 그리고 유람선…… 등등이 대협의 거처예요. 하루하루 다른 곳에서 지내며, 이틀 연달아 같은 곳에서 자는 법이 없다고 들었어요.”

구양혜림은 절명자 오무평에 대해 자신이 알고 있는 바를 진우청에게 설명했다.

“거참 별난 노인네로군. 혹시 무슨 큰 원한을 사서 암살 위협을 받고 있는 것이 아니오?”

진우청은 의혹 어린 눈초리로 구양혜림을 쳐다보았다. 그녀의 설명으로 미루어본다면 그 노인은 자신이 말한 조건에 딱 들어맞는 사람 같았다.

“저도 그런 생각을 해보았어요. 하지만 자세한 것은 알 수 없어요. 비원각 내에서도 가장 비밀이 많은 노인이니까요. 어머니는 알고 계시겠지만 다른 사람들은 아무도 그 노인에 대해서 제대로 몰라요.”

진우청의 기대와는 달리 구양혜림도 오무평에 대해서 아는 것이 별로 없었다. 그렇다면 무작정 그 노인을 찾아다니다가는 손발만 고생시킬 것이 뻔했다.

"개똥도 약에 쓸려면 없다더니… 쩝!"

진우청은 입맛을 다셨다.

꼭 노인에게 볼일이 있는 것도 그렇게 친한 사이도 아니었다. 하도 무료해서 그 노인이라도 찾아보려 한 것인데 그것마저 무위로 돌아가게 생겼다. 그렇다고 다시 본당으로 돌아가는 것도 멋쩍었다.

진우청은 잠시 주춤거리며 다른 행선지를 떠올렸다. 이곳에 머문 기간이야 제법 되었지만 그 대부분의 시간을 누워만 지냈으니 딱히 떠오르는 곳도 없었다. 그냥 발길 닿는 대로 어슬렁거리는 수밖에 없었다.

"꼭 만나야 한다면 비원각에서 깃발을 올려 불러올 수도 있어요."

구양혜림은 진우청의 속내를 짐작했는지 배시시 웃으며 말했다.

"꼭 만나야 하는 것은 아니오. 그냥……."

"그럼, 경 매에게 가보도록 해요. 유황 냄새에 질식하지나 않았는지 궁금해요."

진우청의 말을 끊으며 빠르게 말한 구양혜림은 진우청의 대답은 듣지도 않고 앞서 걸었다.

잠시 그 자리에 서서 멀뚱거리던 진우청은 발길을 돌려 구양혜림을 따랐다.

진우청 역시 유화경의 근황이 궁금했다. 유황을 구해달라고 조르던 그녀를 고함을 쳐 며칠 쉬게 한 후 원하는 만큼 구해주었다. 그 후로는 어떻게 되었는지 소식을 못 들었다. 물론 소식을 듣지 않아도 그녀가 어떻게 지낼지는 십분 짐작이 갔다. 세월이 어떻게 지나갔는지, 지금이 밤인지 낮인지도 모르고 화약 제조 공부에 매달려 있을 것이다. 그 도가 지나치다 싶으면 다시 고함을 치고 억지로 그곳에서 끌어내며 쉬게 해야겠다는 생각이 들었다.

유화경이 머물며 화약 제조 공부를 하는 곳은 본당 건물에서 이각 정도 걸어야 할 거리에 있었다. 내성 외곽 쪽으로 산기슭 숲에 가까운 곳이었다. 화약이라는 위험 물질을 다루는 곳이기에 그곳은 다른 건물들과는 외떨어져 실험실 겸 작업실만 있었다.

그곳에 가까이 다가갈수록 진우청은 마음이 무거워졌다.

보통 여인들 같으면 아직 철부지로 유람 다니기에도 여념이 없을 텐데 유화경은 외떨어진 창고 같은 건물에서 하루종일 틀어박혀 있는 것이다.

"무서운 집념이에요."

유화경의 거처가 가까워지자 구양혜림도 같은 생각을 했는지 나직한 한숨과 함께 말했다.

"누구든지 그런 비극을 겪게 되면 마찬가지겠지요."

진우청도 한숨과 함께 말을 받았다.

"하긴……."

안쓰러운 표정과 함께 고개를 끄덕인 구양혜림은 걸음을 멈추고 유화경을 불렀다.

구양혜림의 목소리가 낮아서였는지 아니면 작업에 정신이 팔려서 그런지 대답이 없었다.

"경 매! 안에 없는 거야?"

구양혜림은 다시 유화경을 부르며 조심스럽게 작업실 문을 열었다.

매캐한 유황 냄새가 문을 통해서 후욱 밖으로 밀려 나왔다.

밖으로 흘러나오는 그 냄새만으로도 절로 숨이 막혀왔다. 그러니 안에 있는 사람은 오죽할까 하는 생각에 덜컥 걱정이 되었다.

"경 매! 어디 있는 거야?"

무의식적으로 호흡을 멈추며 고개를 돌렸던 구양혜림은 좀 더 안으로 신형을 옮기며 유화경을 불렀다. 여전히 대답은 없고 유황 냄새만이 더 진하게 흘러나왔다.

구양혜림을 따라 진우청도 안으로 걸음을 옮겼다.

창고 같은 실험실 안은 제법 넓었는데 바깥과는 달리 어두컴컴했다.

화약을 다루는 곳에서 가장 조심해야 할 것이 화기이다. 그래서인지 작업실 안에는 특수한 상자에 든 작은 등불 하나만이 빛을 발하고 있었다. 사방이 막혀 있는 데다가 창문도 하나뿐이어서 대낮인데도 밤중처럼 어두웠다.

그 한쪽 구석 탁자에 유화경이 엎드린 채 잠이 들어 있었다. 밤인지 낮인지 구별도 하지 않고 화약 제조 공부에 매달리다 의자에 앉은 채 탁자 위에 엎드려 잠이 든 모양이었다.

"세상에!"

구양혜림이 신음 같은 탄식을 토했다.

탁자 한쪽으로는 온통 펼쳐진 책자와 함께 어지럽게 널려 있는 실험 용기들은 그녀가 얼마나 정신없이 화약 제조 공부에 매달렸는지를 여실히 보여주고 있었다.

그것뿐만 아니었다. 헝클어진 머리와 초췌해진 얼굴로 잠이 들어 있는 그녀의 모습은 안쓰러움을 넘어 어떤 귀기까지 느끼게 해주었다.

유화경의 모습을 바라보던 진우청도 내심 혀를 찼다. 예상은 하고 왔지만 유화경의 모습은 그 정도를 훨씬 뛰어넘고 있었다.

한숨을 내쉰 구양혜림이 유화경을 깨우려다가 마음을 바꿔먹고 오히려 옆에 있던 간이 침상에서 이불을 가져와 덮어주었다.

"좀 있다가 다시 와야겠어요."

구양혜림은 낮은 소리로 말하고 밖으로 살며시 걸음을 옮겼다.

그때 유화경이 잠에서 깨어나며 상체를 일으켰다.

"언니……."

놀란 눈빛을 한 유화경이 벌떡 일어섰다. 지금은 검을 놓았지만 무공을 익혔던 몸으로 누가 온 것도 까맣게 모르고 있는데 대한 본능적인 움직임이었다.

그렇게 몸은 일으켰지만 그녀의 충혈된 눈에는 아직도 혼미한 기운이 다 달아나지 못하고 있었다. 그만큼 피로가 겹쳐 있었던 것이다.

"오, 오라버니!"

문 쪽에 서 있는 진우청도 함께 발견한 유화경은 얼른 몸을 추스르며 머리와 옷매무시를 고쳤다.

"그런다고 실타래처럼 엉킨 머리가 정돈되겠어?"

구양혜림이 혀를 차며 핀잔을 주었다.

"언니… 그런데 여긴 어쩐 일이세요, 연락도 없이."

유화경은 이젠 겨우 정신이 든 표정으로 물었다.

"어쩐 일이긴. 진 공자님이 너 보고 싶다고 졸라서 할 수 없이 왔지."

구양혜림이 슬쩍 미소를 지으며 농을 던졌다.

"그랬다면 내일은 분명히 해가 서쪽에서 뜰 거예요."

억지로 농담을 하며 답한 유화경은 온통 어질러진 주변을 대충 정리하기 시작했다.

책들도 여러 권이 어지럽게 펼쳐져 있었고, 크고 작은 그릇들이 수십 개도 넘게 바닥에 놓여져 있었다. 그 그릇들 안에는 모두 가루들이 담겨 있었다. 물론 화약이나 화탄을 만드는 데 필요한 것들이었다. 그것들을 대충이나마 치워야 세 사람이 앉을 자리가 마련될 것 같았다.

유화경을 따라 구양혜림도 한숨을 내쉬며 주변을 정리했다.

"저건 모두 네가 만든 것이냐?"

두 여인의 하는 양을 물끄러미 쳐다보던 진우청은 작업실 한쪽을 쳐다보며 불쑥 질문했다.

그곳에는 벽을 빽빽이 채울 만큼 많은 구슬들이 있었다. 보이긴 흙으로 만든 경단 같지만 화탄일 것이다.

"그렇긴 한데 쓸만한 건 별로 없어요. 조금만 배합이 안 맞아도 불발탄이 되고 말아요. 게다가 성공한 것도 초보적인 것이에요. 정작 위력적인 것은 아직 배우지도 못했어요."

유화경은 오히려 아쉬운 기색으로 답했다.

진우청은 설레설레 고개를 흔들었다.

저 정도의 양이면 그냥 아무 생각 없이 진흙으로 빚어도 시간이 한참 걸릴 것이다. 그녀의 말대로 정확한 배합을 맞추기 위해 온 신경을 곤두세우며 만들었다면 대체 얼마만큼 노력을 쏟아 부었을지 짐작이 갔다.

진우청은 무엇보다 유화경의 건강이 걱정되었다.

유화결이 있을 때는 그가 유화경을 끌어내어 억지로라도 휴식할 시간을 만들어주기도 했었는데 지금은 아무도 방해하지 않으니 그녀는 수렁에 빠져들 듯 화약 연구에 매달리고 있었다.

몸을 제대로 돌보면서 공부를 하라는 말을 하려던 진우청은 입을 다

물었다. 벌써 몇 번이나 그런 말을 했지만 매번 그때뿐이었다. 지나고 나면 또 이렇게 미친 듯이 매달렸다.

'머지않아 벽력마녀(霹靂魔女)니 하는 별호 하나가 생겨나겠군…….'

혀를 찬 진우청은 문 쪽으로 걸음을 옮겼다.

"난 숨이 막혀서 여기 못 있겠으니 밖으로 나가서 얘기하자."

문을 열려던 진우청은 움직임을 멈추었다. 한 발 앞서 누군가 밖에서 문을 열고 있었다.

"진 공자…… 그리고 아가씨!"

백봉령주는 뜻하지 않게 만난 두 사람을 보고 목소리를 높였다.

"오랜만이오."

간단하게 인사한 진우청은 유화경을 밖으로 끌고 나가려던 의도를 접고 백봉령주를 따라 탁자로 가서 앉았다.

유화성이 무적대를 이끌고 훌쩍 떠난 후 낙담하여 며칠 동안 두문불출했던 그녀는 유화성에 대한 그리움을 유화경을 찾으며 달랬다. 그래서 유화경에게 더욱 잘해주었다. 그것이 진우청의 마음을 조금 가볍게 해주었다.

진우청이 이곳으로 온 이유는 할 일이 없다 못해 무료하기 짝이 없어서였지만 백봉령주는 유화경에게 본격적인 화약제조법을 가르치기 위해서였다.

그녀의 손에는 책과 작은 상자가 하나 들려져 있었다.

책은 좀 더 강한 위력의 화탄제조법을 적은 것이고, 상자 안에는 화탄 두 개가 들어 있었다. 하나는 붉은색이고, 다른 하나는 검은색이었다. 검은색이 진짜고, 붉은색은 공부를 위해 모형으로 만들어진 것이었다.

“진도가 너무 빨라요, 위험할 정도로…….”

두 개의 화탄을 조심스럽게 쓰다듬으며 백봉령주는 가라앉은 목소리로 말했다.

유화경은 자신의 성취에 대해서 아직 초보적인 수준이라 여기며 초조한 표정이었지만 백봉령주는 이 과정까지 오는 데 일 년이 걸렸다. 그걸 유화경은 한 달이 조금 넘은 기간에 습득한 것이다.

“너무 멋져요, 언니!”

유화경은 상자를 여는 순간부터 홀린 사람처럼 화탄에서 눈을 떼지 못하고 연방 탄성을 토했다.

“멋지긴 뭐가 멋지다고 그래? 아무 특징도 없는 흙 경단 같은 물건을 보고.”

손님으로 온 자신과 진우청은 아예 잊어버린 듯 화탄에만 관심을 집중하고 있는 유화경을 보며 구양혜림이 소리를 질렀다. 그러나 유화경의 시선은 아랑곳없이 화탄에만 고정되어 있었다.

“겉보기엔 흙으로 만든 구슬처럼 보여도 안은 복잡해요. 이 붉은색 모형을 보며 하나하나 익혀 나가야 해요.”

백봉령주는 간단히 설명한 후 상자의 뚜껑을 닫으려 했다. 그러나 유화경이 그걸 허락하지 않았다.

“언니! 조금만 더 구경하고요.”

유화경은 손을 뻗어 마치 방금 막 껍질을 깨고 나온 병아리를 만지듯이 검은색 화탄을 쓰다듬었다.

상자의 뚜껑을 닫으려던 백봉령주는 잠시 움찔했지만 유화경의 표정이 너무 진지해 한숨을 한 번 토한 후 조심스런 눈으로 그녀를 지켜보기만 했다.

"화경 소저!"

두 눈을 크게 뜬 백봉령주가 갑자기 고함을 질렀다.

쓰다듬던 화탄을 급기야는 손바닥에 올려놓기까지 하며 감탄하던 유화경의 코에서 피가 쏟아졌고, 당황한 유화경이 화탄에 피를 묻히지 않기 위해 무의식적으로 몸을 틀다가 휘청 중심을 잃었다. 극도로 쇠약해진 그녀의 몸이 과도한 긴장을 이기지 못한 것이다.

"위험해요!"

백봉령주의 목소리가 작업실 안을 울렸다.

자신의 의지와는 상관없이 바닥으로 떨어진 화탄을 향해 유화경이 온몸으로 덮쳐 갔다.

혹시 바닥에 부딪치는 충격으로 터지기라도 하면 연쇄적으로 폭발을 일으킨다. 그것을 자신의 몸으로 덮어 폭발력을 감수하겠다는 모습이었다.

"피해!"

고함을 토한 진우청의 신형이 흐릿하게 움직였다.

휘익—

왼손으로 유화경의 상체를 잡아채 옆으로 던지다시피 한 진우청이 오른손으로 바닥에 떨어진 화탄을 덮쳐눌렀다.

진우청의 오른손에서 황금색을 띤 기운과 백색을 띤 기운이 동시에 뻗어 나왔다.

일순 바닥이 흔들리는 진동이 느껴졌다. 그리고는 아무 일도 없었다.

비명을 질렀던 백봉령주가 혼비백산한 모습으로 진우청을 쳐다보았다.

바닥에 떨어지는 충격으로도 화탄은 터질 수 있었다. 게다가 진우청이 손바닥으로 덮치며 강기를 끌어올렸기에 확실히 터졌어야 했다. 그런데 폭음도 들리지 않았고 섬광도 일지 않았다. 단지 바닥이 울리는 진동만 느껴졌다.

'설마?'

백봉령주는 놀람과 의혹이 교차하는 눈으로 진우청의 손을 쳐다보았다.

바닥에서 떼어낸 진우청의 손에는 아직까지 은은한 금광과 백광이 감돌고 있었다. 대신, 화탄이 떨어진 바닥은 손바닥 넓이의 깊은 구덩이와 함께 새까맣게 타 있었다.

백봉령주의 설마 하는 의심대로 화탄은 진우청의 손바닥 안에서, 그리고 강기막 안에 가두어진 채 폭발을 일으켜 폭음마저도 새어 나오지 않은 것이다.

구양혜림 역시 백봉령주 못지않게 의혹에 찬 눈으로 진우청의 손에 어린 금광과 백광을 쳐다보았다. 이젠 거의 사라졌지만 그건 결코 낯선 기운이 아니었다.

금광은 할아버지 구양천이 익힌 천왕금령기(天王金靈氣)였다. 그리고 백광은 태상호법 나유백이 익힌 대원심법(大元心法)의 기운이었다.

그것이 어떻게 진우청의 손에서 뻗어 나왔는지 구양혜림은 쉽게 이해가 가지 않았다. 또한 그것이 한 사람의 몸에서 동시에 뻗어 나왔다는 사실은 도저히 납득할 수가 없었다.

*   *   *

"또 무엇을 뜯어내고 싶어서 이러는 것이냐? 대원장법은 아직 이르다고 했거늘……."

나유백은 만면 가득 미소를 지으며 구양혜림을 쳐다보았다. 오늘은 어떤 말에도 속아 넘어가지 않겠다는 표정이었다.

"정말이라니까요, 태상 할아버지. 태상호법 할아버지의 대원기와 할아버지의 천왕금령기가 동시에 뻗어 나왔어요. 그래서 화탄의 폭발력이 그 기운 속에 갇혀 폭음 한줄기 일으키지 않고 사라졌어요."

구양혜림은 이젠 바짝 약이 오른 표정으로 목소리를 높였다.

"허어— 아무리 그래도 대원장법은 안 된다. 벌써 그걸 익히면 오히려 독이 될지도 모르니."

"정말 그게 아니란 말이에요. 나만 본 것이 아니고 비원각의 백봉령주도 봤어요. 당장이라도 확인시켜 드릴 수 있어요!"

구양혜림이 백봉령주까지 들먹이며 소리를 치자 나유백은 만면에 떠올라 있던 미소를 지우며 이마를 좁혔다.

"천왕금령기도 동시에 뻗어 나왔단 말이지?"

두 사람의 대화를 듣고 있던 구양천이 신중한 목소리로 물었다.

"네, 할아버지! 틀림없어요. 백봉령주도 확인했어요."

구양혜림은 고개까지 크게 끄덕이며 확신에 찬 목소리로 대답했다.

"그게 말이 되나?"

나유백과 마찬가지로 이맛살을 찌푸리던 구양천이 나유백을 향해 질문을 던졌다.

"말이 되면 큰일나는 것 아닌가? 자네의 기운과 내 기운이 한꺼번에 운기되면 바로 주화입마인데… 그래서 그 아이의 의식을 깨우고자 각각 공력을 불어넣으면서도 각별히 조심을 했던 것이고.”

“그런데도 그게 한꺼번에 뻗어 나오며 화탄의 폭발력을 가두었단 말인가?”

“화탄의 폭발력 정도야 자네나 내 공력 한 가지만으로도 충분히 무마시킬 수 있지. 문제는 그 두 가지 기운이 한꺼번에 뿜어져 나왔다는 것인데… 믿을 수가 없군.”

나유백도 강하게 고갯짓을 했다. 자신의 상식으로는 도저히 이해 불능이었다.

“이해가 안 되는 것은 그것뿐만이 아닐세.”

“뭔가 그게?”

“그때 우리 두 사람이 그 아이의 단전이나 명문혈에 공력을 불어넣을 때, 단 한 점도 그 아이 몸에 머무르지 않고 흩어져 버리지 않았나?”

구양천은 그때를 회상하며 눈을 가늘게 떴다.

“그, 그랬지. 단 한 점도 모이지 않았지. 그런데 지금 그게 고스란히 뿜어져 나온단 말인가? 허허! 정작 이해가 안 가는 것은 그것이로구먼. 그때는 그렇게 불어넣어도 흔적없이 사라지던 것이 어디에 모여 있다가 지금 흘러나온단 말인가? 그것도 섞여서는 안 되는 기운이 아무런 부작용 없이 섞인 채 말일세.”

나유백은 점점 더 알 수 없는 표정이 되어갔다. 두 사람의 대화를 듣고 있던 구양혜림 역시 온통 혼란한 기분이 되었다.

“두 가지 가능성이 있네.”

한참 동안 생각에 잠겼던 구양천이 말을 꺼냈다.

“그게 뭔가?”

나유백이 얼른 상체를 당겨 앉았다.

"첫 번째로는… 그 아이가 익힌 심법이 기해혈에만 연연하지 않은 특이한 것일 수도 있고."

"다른 한 가지는?"

"그 아이의 기해혈이 우리의 상상을 뛰어넘을 만큼 넓고 크다면 가능하겠지. 그렇다면 그때 우리가 불어넣은 공력이 흔적없이 사라져 버린 것으로 느낀 것도 설명이 되고, 주화입마의 위험에 처하지도 않고 우리 두 사람의 기운을 융화시킨 것도 설명이 되지."

구양천은 스스로도 확신 못하는 목소리와 함께 설명했다.

"우리 두 사람이 그 넓이를 가늠하지 못할 만한 크기의 기해혈을 가진 인간이 있다고 생각하나?"

나유백이 강한 부정의 어조로 말했다.

"그때는 행여 그 아이의 기해혈이 손상되지 않았을까 우려하여 채 일성도 안 되는 공력을 불어넣지 않았나. 그래서 그 넓이를 가늠하지 못했을 수도 있지."

"아무리 그래도 그렇지, 새파랗게 어린놈의 기해혈이 내 일성 공력으로 가늠조차 할 수 없이 크다는 건 수긍할 수 없네. 그놈의 위장이라면 또 모르겠지만……."

나유백은 고개를 저었다.

"세상에는 모래알보다 많은 기인이사들이 있다고 하지 않던가."

도저히 수긍하지 못하는 나유백과는 달리 구양천은 언뜻 경외감이 감도는 목소리로 말했다.

"갈수록 궁금증만 증폭시키는 아이로구만… 대체 누가 가르쳤는지……."

나유백은 창밖을 응시하며 먼 곳으로 시선을 던졌다. 마치 까마득한 세상 너머의 무엇을 찾고 있는 듯이…….

"그런데 무림에 대해서는 너무 아는 게 없어요. 저번에 서역 특산품 교역권을 따내기 위해 이곳에 왔던 남궁세가나 하북팽가, 황보세가 등도 무가가 아닌 상가로 알고 있을 정도예요. 북제성으로 떠나기 전에 그런 것들을 좀 많이 가르쳐 주었으면 해요."

구양혜림은 적이 걱정되는 표정으로 말했다.

무공으로 따진다면 누구와 맞붙어도 큰 문제가 없을 것 같았지만 무림이란 곳은 무공이 삼 할이고 경륜이 칠 할을 차지한다고 일컬어지는 곳이다. 아무리 무공이 뛰어나도 암계나, 주변의 정세를 하나도 모른다면 곧장 함정으로 빠져들어 생사의 기로에 서게 된다.

"자네가 좀 가르치겠나?"

손녀의 말에 가볍게 고개를 끄덕거린 구양천이 나유백을 보고 넌지시 물었다.

"그놈을 가르치느니 차라리 곰을 한 마리 잡아다가 제자로 삼아 가르치겠네."

나유백이 펄쩍 뛰며 뒤로 물러섰다.

그동안 진우청과 알게 모르게 부딪치며 나유백은 진우청의 성정을 익히 파악하고 있었다.

"푸훗!"

나유백의 즉각적인 반응에 구양혜림이 실소를 터뜨렸다.

"북제성에 가기 전에 최소한의 것이라도 가르치긴 해야겠는데… 생각을 좀 해봄세."

구양천의 얼굴에 고민의 빛이 어렸다.

＊　　　＊　　　＊

날이 갈수록 남패천 전역에는 긴장의 기운이 느껴졌다. 그건 남패천 지부 곳곳에서 보고되어지는 서왕문의 움직임 때문이었다.

남패천주 구양천의 우려대로 서왕문은 긴 월동에서 깨어난 뱀처럼 탐욕스런 혀를 날름거리며 남패천의 영역을 향해 다가오고 있었다. 좁은 사천땅을 벗어나 중원을 차지하고자 하는 그들의 욕망이 구원(舊怨)을 갚고자 하는 동방회의 목적과 맞물려 서서히 분출되고 있는 것이다. 아직 직접적인 충돌은 한 군데도 없었지만 그들의 움직임은 남패천으로 귀결된 것이 확실했다.

남패천주 구양천은 장로회의를 소집했다.

"이런 움직임대로라면 내년 봄쯤에는 국지적인 충돌이 일어나고, 여름쯤이면 사활을 건 전면전이 벌어질 것 같소."

남패천 최고 회의인 장로회의석상에서 구양천은 가라앉은 목소리로 말했다.

"내년 봄이라……."

구양천은 맞은편에 앉아 있던 한 노인이 입을 열어 독백처럼 중얼거렸다.

그는 남패천 팔대장로 중 가장 연장자이자 수석장로인 노원중(盧元仲)이었다. 나이를 추측할 수 없을 정도로 온 얼굴에는 백염이 뒤덮여 있었지만 두 눈에서는 젊은이들보다 더 현현한 정광이 뻗어 나왔다.

"그전에 쳐들어올 가능성은 없는 것이오?"

노원중은 우려감이 섞인 목소리로 물었다.

"곧 겨울이 닥칠 테니 아무래도 힘들겠지요. 겨울 동안 차근차근 준비를 한 후, 눈이 녹는 봄이면 시작하리라 추측되오.”

구양천의 대답에 노원중은 말없이 고개를 끄덕였다.

그동안 꽤나 오랜 평화를 유지했다. 무림의 속성상 이런 평화는 어울리지 않았다. 그러니 움츠렸던 기간이 길었던 만큼 싸움이 시작되면 그 피해도 클 것이다.

“천주가 추진하고 있는 일은 어떻게 되어가고 있소? 그것이 성공해야 우리의 열세를 만회할 수 있을 것이 아니겠소?”

장로 서열 이 위인 전국산(典局産)이 물었다.

그 역시 수석장로 노원중과 별로 차이가 없을 정도로 나이가 들었지만 노원중과는 달리 얼굴을 뒤덮은 수염이 많지 않고 체격이 장대해 조금은 더 젊어 보였다.

“조만간 연락이 올 것이오. 그때를 위해 만반의 준비를 하고 있는 중이오.”

“그렇소? 놈들의 방해가 만만치 않을 텐데…….”

전국산도 우려를 표했다.

“그것 역시 다각도로 예상하고 있지요. 이미 혈랑대, 아니, 무적대를 내보냈고…….”

구양천은 말을 아꼈다.

“그놈들이 무언가 제대로 할지 솔직히 의문이오. 반란을 일으켜 제 상관들까지 처치한 놈들이 아니오? 그런 놈들이 대주가 바뀌었다고 얼마나 달라질지 도저히 믿음이 가지 않소.”

“그런 걱정은 당연하겠지요. 하지만 그들은 이미 버렸던 자식이나 마찬가지가 아니었소. 아무짝에도 쓸모없던 놈들이 무적의 전사가 되어 제 몫을 하면 더 바랄 것이 없겠지요. 최악의 경우 예전처럼 미친 늑대들이 되어 버려진다고 해도 우리로서는 잃을 게 하나도 없지요."

구양천은 냉정하게 상황을 짚은 후 말을 이었다.

"하지만 난 그놈들이 예전의 명성을 되찾는다는 데 무게를 두고 싶소. 늑대는 들판에서 피를 마시며 단련되어야 한다는 그 아이 말이 가슴에 와 닿으니까 말이오."

구양천의 말에 수석장로 노원중이 긴 수염을 쓰다듬으며 구양천을 쳐다보았다.

"천주의 혜안과 그 아이의 지혜로 짜여진 계획이니 틀림없이 성공할 것입니다. 그 후, 그 아이도 가문의 복수를 하겠지요."

"그렇게 되면 더할 나위가 없겠구려. 하지만 일이 틀어진다면 두 아이 모두 위험해질 텐데…… 그것이 걱정이오."

다른 장로 한 사람도 걱정을 토했다.

"하늘에 맡겨야지요."

구양천이 긴 한숨을 내쉬었다.

"그럼, 그 얘긴 이 정도로 접어두고 본론으로 들어가지요. 한 가지 결정할 일과 두 가지 부탁할 일이란 것이 무엇인지요?"

노원중은 구양천의 표정을 살피며 물었다. 정말 오랜만에 열리는 남패천 장로회의이다 보니 감개가 무량하기도 했고, 긴장이 되기도 했다.

"우선 한 가지 결정할 일이란… 남패천 전역에 일급경계령을 내렸으면 합니다."

구양천이 좌중을 둘러보았다. 그의 시선을 받은 여덟 장로의 얼굴에 제각각 신중한 빛이 어렸다.

남패천의 일급경계령은 천주의 지시만으로 되는 것이 아니었다. 천주의 제의가 있고 난 뒤, 이렇게 장로회의를 열어 동의를 얻어야 했다.

일급경계령이 내려지면 남패천 전역이 얼어붙는 것이나 마찬가지다. 이급경계령은 내성부터 적용되지만 일급경계령은 바깥 세상이나 마찬가지인 외성도 적용된다. 경계령이 발동되는 순간부터 외성 성문이 내려지고 남패천 무사들은 물론, 외성에 사는 평민들도 통행에 많은 제약이 따르며 남패천의 법이 적용되는 것이다.

이제껏 십오 년 넘게 그런 상황이 발생하지 않았기에 그 부작용은 결코 만만치가 않을 것이다. 그래서 하루라도 그런 결정은 늦춰지는 게 나은 일일지도 몰랐다.

"나는 반대하겠소. 아직은 직접적인 위협이 없으니."

초로의 장로 한 사람이 반대의 뜻을 밝혔다.

"나는 찬성이오. 지금부터 적응하지 않으면 그때 가서는 외성에 더 큰 혼란이 올 것이오."

노원중은 찬성의 뜻을 밝혔다.

뒤이어 다른 장로들도 자신의 뜻을 밝혔다.

두 명의 장로가 반대의 뜻을 표했고, 여섯 명이 찬성의 뜻을 밝혔다.

"그럼 지금 이 시간부터 남패천 전역에 일급경계령을 발동시키겠소."

구양천의 선언과 함께 남패천 전역에는 이 자리를 파한 이후부터 일급경계령이 발동될 것이다.

"다음으로… 천주께서 우리에게 부탁할 일이란 것이 무엇인지요? 천주가 이 늙은이들에게 한 가지도 아닌, 두 가지 씩이나 부탁할 일이 있다고 하니, 한편으로는 우리 같은 퇴물들이 쓸모가 있다는 생각에 기쁘기도 하고, 다른 한편으로는 걱정이 태산 같구려. 허허!"

초로의 장로 한 사람이 너털웃음을 터뜨리며 구양천을 향해 호기심 어린 시선을 던졌다.

"그러게 말이오. 오래 산 보람이 있구려. 허허!"

전국산도 화답하며 만면 가득 웃음을 머금었다.

"첫 번째 부탁은… 장로님들의 힘으로 무림을 움직여 주십사 하는 것입니다."

구양천은 거두절미하고 본론을 말했다.

"무림?"

"무림을 움직이다니 그게 무슨……?"

좌중에 잠시 술렁거림이 일었다.

"대체 그게 무슨 뜻이오, 천주?"

수석장로 노원중도 구양천의 의중을 파악하지 못하고 질문을 던졌다.

"말씀드린 그대로입니다. 여러 장로님들께서 이용할 수 있는 최대한의 인맥과 친분을 동원하여 정파무림을 격동하게 해주십시오. 이를테면 정파무림이 무림맹이라도 조직한다면 더 바랄 게 없겠지요."

"무림맹?"

"허허! 점점 더 모를 말씀만 하시는구려. 그동안 정파무림이 하나로 뭉치는 것을 가장 경계하며 암암리에 손을 쓴 곳이 우리 남패천이 아니오? 그런데 정반대로 무림맹을 조직하게 만들라는 말은 도시 이해가 안 가는구려. 정말 정파무림이 무림맹을 조직하여 우리에게 칼날이라도 들이댄다면 그거야말로 난감한 일이 아니겠소?"

전국상이 영문 모를 표정을 지으며 말을 받았다.

"난감한 일이야 이미 벌어졌지요. 그렇게 된 이상, 오히려 무림 전체가 들썩이는 것이 더 나을지도 모를 일이지요. 그렇게 된다면 이합집

산으로 지금까지의 세력 구도가 왕창 흔들리겠지요. 나중에 어떻게 바뀔지 모르겠으나 그만큼은 시간을 벌 수 있는 일입니다. 그동안 우리는 우리의 일을 추진하자는 뜻에서 이런 부탁을 드린 것입니다.”

구양천은 부연 설명을 했다.

“일리가 있는 생각 같기도 하지만… 늑대를 쫓아내고자 호랑이를 끌어들이는 격이 되지는 않겠는지요?”

“위험을 무릅쓰지 않고는 아무것도 얻을 수 없지요. 지금은 그렇게 혼란을 일으키는 것이 우리에게 유리하다는 판단입니다. 정파무림이 무림맹을 결성할 생각이 있다고 할지라도 서로의 이해타산이 맞물려 하루아침에는 결성되지 않을 것입니다. 온갖 계산을 하며 그동안 적지 않은 잡음과 혼란이 있겠지요. 그들이 분주히 나서고, 길이 복잡해지면 그 길을 지나가는 아이들의 행적이 조금이라도 가려지고 성공할 가능성도 더 높아지겠지요. 그러니 최선을 다해 힘을 써주시지요. 그리고 그 무엇보다 이건 저와 북제성주와의 약속입니다.”

장로들의 수긍하지 못하자 구양천은 북제성주와 자신 사이에 있었던 만남을 짧게 설명하며 계획의 추진 배경을 밝혔다.

“알겠소이다. 언제나 빈틈없던 천주의 계획이 이번에는 뭔가 앞뒤가 맞지 않는다 싶었더니 그런 일이 있었구려. 우리와 손을 잡고자 한 북제성주와 그런 약조를 했다면 행해야지요.”

노원중이 마침내 고개를 크게 끄덕였다. 그것을 신호로 다른 장로들도 고개를 끄덕이며 구양천의 첫 번째 부탁을 수락했다.

“그럼 다른 부탁은 또 무엇이오? 이젠 정말 걱정이 태산 같아 숨쉬기도 힘들구려.”

또다른 백발의 장로 원주굉(元宙宏)이 땅이 꺼져라 한숨을 내쉬며 말했다.

첫 번째 부탁도 절대로 만만치 않았다. 그동안 알게 모르게 억눌러 힘을 분산시켰던 정파무림을 이젠 반대로 구슬려서 힘을 하나로 모이게 하려면 그야말로 입에 단내가 나도록 힘을 써야 할 일이었다. 그런데 그게 첫 번째 부탁이라면 두 번째는 그보다 조금이라도 더 어려울 것이 분명했다.

"두 번째 부탁은 크게 어려운 것이 아니니 너무 걱정 마시지요. 하하!"

구양천은 무거운 표정의 장로들을 둘러보고는 가벼운 웃음을 터뜨려 분위기를 누그러뜨렸다.

"그렇다면 다행이오. 마음이 무거워 허리가 휘는 기분이었소. 허허!"

원주굉도 안도의 웃음을 터뜨렸다.

"두 번째 부탁은 남패천의 사활을 어깨에 짊어지고 있는 그 아이에 관한 일인데……."

구양천이 잠시 말끝을 흐렸다.

"그 아이라면… 곰같이 덩치가 큰 그놈 말이오?"

"그렇습니다. 언제 북제성의 연락이 올 지는 모르겠지만 그동안 여덟 장로님께서 그 아이를 좀 맡아주시지요. 한 분이 열흘 정도씩이면 될 듯합니다."

"그건 또 무슨 말이오, 천주? 그 아이는 이제 다 낫지 않았소? 그런데 우리가 맡을 일이 또 무엇이 더 남았단 말이오?"

노원중이 눈을 크게 뜨며 말했다.

"상세를 보살펴 달란 말이 아닙니다. 그러니까 제 말은… 그 아이를 열흘씩만 가르쳐 달란 말입니다."

"가르쳐?"

"무얼 말이오?"

장로들이 이구동성으로 말했다.

"장로님들께서 마음 가는 대로 아무거나 가르쳐 주시지요. 간단한 속임수 한 가지를 가르칠 만하면 그렇게 해주시고, 그것도 안 되겠으면 그냥 열흘 동안 옛날이야기라도 좋습니다. 어쨌든 장로님들께서 그 아이를 겪어보고 가르칠 만한 것이 있다면 가르쳐 주시길 바랍니다."

"허허!"

"대체 무슨 의도로 그런 부탁하는 것이오, 천주? 우리보고 이 나이에 공동전인을 키우라는 말이오? 그것도 겨우 열흘 말미를 주며 말이오?"

"그거야 말이 안 되지요."

"그런데 왜 그런 부탁을 하는 것이오? 정말 이해가 안 가는구려."

이젠 수석장로 노원중마저 도저히 받아들이기 힘들다는 표정으로 구양천을 쳐다보았다. 그런 장로들의 반응에 구양천은 잠시 말을 멈추며 생각에 잠겼다. 자기 생각을 가장 적절하게 표현할 단어를 찾기라도 하는 표정이었다.

잠시 후, 구양천이 입을 열었다.

"제 천왕금령기와 태상호법의 대원진기를 각각 일성씩 받아들여 한꺼번에 내뻗으면 장로님들께서는 어떻게 되겠는지요?"

"그게 무슨 말이오, 천주?"

"그건 나중에 답해 드릴 테니 먼저 제 질문에 답해주시지요."

구양천이 장로들의 말을 자르며 요구했다.

"그거야 말할 것도 없이 주화입마겠지요. 천주의 공력과 태상호법의 공력은 물과 불처럼 서로 상극의 기운이지 않소? 수석장로님이라 할지라도 그건 피치 못할 것이라 생각되오만?"

"그렇지요. 그런데 왜 그걸 묻는 것이오? 천주께서 이제 와서 이 늙은이들이 지닌 무공의 일천함을 일깨워 수치를 주려는 의도는 아닐 테고……."

"천부당만부당한 말씀입니다!"

구양천이 서둘러 고개를 흔들었다.

"그럼 왜?"

"수석장로님께서 곰 같은 놈이라고 한 그 아이가 오늘 그렇게 했답니다. 스무날도 넘게 죽은 듯이 누워 있을 때, 하도 답답해서 유백 저 친구와 제가 공력도 불어넣어 보고, 타혈법도 펼쳐 보고, 별짓을 다했지요. 그런데 그때는 마치 밑 빠진 독에 물 붓는 기분이었는데 오늘 피치 못할 상황에서 그 아이는 내 천왕금령기와 유백의 대원진기를 한꺼번에 뽑아냈답니다. 내가 직접 보지는 못했지만 그 두 기운을 누구보다 잘 아는 내 손녀가 직접 보고 한 말이니 틀림이 없을 것입니다."

구양천은 입으로는 틀림없을 것이라 말하면서도 표정에는 일말의 의구심을 떨치지 못한 채 여덟 장로를 쳐다보았다.

"그런 말도 안 되는……."

"뭘 잘못 본 것이겠지요."

장로들이 하나같이 고개를 저었다.

"그래서 제가 여러 장로님들께 이런 부탁을 드리는 것이지요. 사승 내력(師承來歷)은 물론, 어떤 능력을 지녔는지 예측을 불허하는 아이이니 속는 셈치고 장로님들께서 열흘씩만 데리고 있어보시지요. 정 내키지 않는다면 그냥 한 열흘 데리고 논다고 생각해도 좋습니다. 오자마자 고서점을 하는 정체 모를 노인을 꺾었고, 내 금나술을 오십 합 동안 피한 아이이기도 하니, 그리 따분하지는 않을 것입니다. 단지, 그런 범상치 않은 능력을 지녔음에도 불구하고 무림에 대해서는 구파일방이 뭔지도 모를 정도로 문외한이니… 그런 것들도 좀 가르쳐 가며 데리고 놀아주십사 하는 부탁입니다."

구양천은 보일 듯 말 듯 입가에 미소를 머금으며 여덟 장로를 둘러보았다.

"허허!"

"이거야 참!"

여덟 명의 장로가 믿을 수도 없고, 안 믿을 수도 없다는 표정으로 서로를 쳐다보았다. 세사에 관심을 끊고 있었지만 진우청의 특별한 능력에 대해 암암리에 듣고 있던 그들의 눈에 서서히 강한 호기심이 번져갔다.

잠시 후, 초로의 장로 정원규(丁垣圭)가 제일 먼저 나섰다.

"그럼… 제가 첫 번째로 데리고 놀아보지요. 열흘이면……."

"허허! 젊으신 정 장로께서야 남은 시간이 많지 않소? 이 늙은이는 내일 모레를 기약할 수 없는 사람이라오."

백발의 수석장로 노원중이 하얗게 탈색된 수염을 젊잖게 쓰다듬으며 정원규의 말을 가로챘다.

第五十二章
잠입(潛入)

잠입(潛入)

"저놈은 아무래도 수상해."

청화산(靑火山)을 넘어가는 길목의 한 주점에서 장사꾼 낙명일(落明
一)은 구석 자리에서 술을 마시는 한 청년을 보며 중얼거렸다.

"뭐가 이상하단 말인가?"

동료인 조담우(曹談于)가 시큰둥하게 대꾸하며 청년을 쳐다보았다.

아무렇게나 풀어헤친 머리와 허름하게 차려입은 옷으로 봐서는 자
신들과 별로 다를 게 없어 보이는 청년은 며칠 전부터 자신들과 동행
하게 되었다. 처음에는 거리를 두며 서로 앞서거니 뒤서거니 가게 되
었는데 한 이틀 같은 방향으로 가다 보니 자연스럽게 몇 마디 말도 나
누고 여기까지 같이 왔다.

사나워 보이는 인상과는 달리 청년은 마음 씀씀이가 괜찮았다. 장사
에 있어서는 풋내기라는 자신의 말대로 셈이 좀 느렸고 약삭빠른 면도

부족했다. 그걸 만회하려는지 청년은 조담우에게 열심히 배우는 자세로 이것저것 물어보기도 하고 두어 번 술을 사기도 했다. 그런데 그 술을 못 얻어먹은 낙명일은 계속해서 트집을 잡고 있었다.

"처음에는 몰랐는데 이상한 점이 한두 가지가 아니야. 물정도 모르고, 우리 행상들 사이에 통용되는 말들은 하나도 아는 게 없단 말일세. 게다가……."

"사람 참! 장사길이 처음이라 그렇다고 하지 않던가? 자네도 어디 처음부터 그런 걸 다 알았나? 그걸 아는데 자네는 일 년도 넘게 걸리지 않았나."

낙명일의 말을 끊으며 조담우는 타박을 주었다.

"그게 아니라……."

"안이고 밖이고 간에 술이나 들게. 저 청년이 장사가 서툴다고 자네가 손해 볼 것이 뭐가 있나? 술 몇 잔 못 얻어먹은 것이 그리 억울한가?"

"사람 참! 말하는 꼬락서니 하고는… 누가 그것 때문에 그러나. 저 청년은 뭔가 목적이 있어서 우리 행렬에 끼어든 것 같단 말일세. 그런 자들은 결국 화를 불러오기 마련일세."

낙명일은 목소리를 높였다.

"내일이면 우리와는 방향이 달라 헤어질 것이라 하지 않았나. 그런데 화를 몰고 오면 얼마나 몰고 오고, 또 언제 몰고 온단 말인가?"

조담우의 말에 낙명일은 입을 다물었다. 꺼림칙한 기분은 남아 있었지만 내일이면 헤어진다. 또한 오늘 저 산을 넘으려면 한 사람이라도 더 많이 모여 가는 것이 유리하니 더 이상 할 말이 없었다.

"자! 목들 축였으면 걸음을 재촉해 보세나. 부지런히 움직여야 해

떨어지기 전에 산을 넘을 수 있을 테니 말일세.”

우두머리격인 털보 목대일(木對一)이 걸걸한 목소리로 일행들을 재촉했다.

조담우와 낙명일은 남은 술을 한입에 털어놓고는 몸을 일으켰다.

“자네는 초행길이라면서도 그런 무거운 짐을 지고 별로 지치지도 않는구먼.”

낙명일은 젊은이를 보며 말을 건넸다. 목소리는 태연함을 가장했지만 눈에는 의심의 빛이 줄줄 흘러나왔다.

“젊다는 것이 좋은 것 아니겠습니까? 이래 봬도 한때는 힘 좀 쓴다는 말을 듣고 살았습니다. 힘드시면 아저씨 짐도 몇 개 져다 드릴 테니 말씀만 하십시오.”

젊은이는 부지런히 걸음을 옮기며 말했다.

낙명일은 여전히 의심스런 눈초리로 청년의 전신을 힐끔거렸다.

다부진 체격이긴 했지만 전체적으로는 서생처럼 호리호리해 보였다. 그런데도 이런 장삿길에는 이골이 난 자신들보다 짐도 많이 졌고, 걸음도 빨랐다.

“저곳이 막바지일세. 저곳만 넘으면 고생길은 끝이 난다네.”

조담우가 숨이 턱에 차는 목소리로 말하며 눈짓으로 고갯마루를 가리켰다.

조그만 소롯길이 이어져 있는 고갯마루는 양옆으로 숲이 우거져 있고 경사가 급해 그곳을 넘으려면 젖 먹던 힘까지 다 짜내야 할 것 같았다.

“아까 갈림길에서 넓은 길로 갔으면 덜 힘들 것 같았는데 굳이 이런 길을 택할 이유가 무엇인지요?"

청년은 주변 산세를 살피며 질문했다.

"그 길은 이곳으로 가는 것보다 두 배는 더 멀다네. 그리고 그곳은 청화산 산적들이 자주 출몰하는 곳일세. 험하긴 해도 이 길이 여러모로 났다네."

조담우가 더욱 헐떡거리는 목소리로 답했다.

그 뒤로는 더 이상 대화가 이어지지 못했다. 내리누르는 등짐의 무게를 감당하며 가파른 비탈길을 한 발 한 발 옮기는 것만으로도 죽을 맛이었다.

"아이고 죽겠구나!"

겨우 꼭대기에 도착했을 때 낙명일은 등짐을 거칠게 내려놓으며 바닥에 벌렁 드러누웠다.

조담우 역시 그랬고 다른 사람들도 비슷했다. 책상물림 서생같이 생긴 청년만 짐을 그대로 진 채 먼 곳을 쳐다보며 우뚝 서 있었다.

"이 사람아! 경치 구경 하려거든 짐이라도 좀 벗어놓고 하게나. 여기서는 누가 가져가라고 해도 아무도 가져갈 사람이 없을 테니!"

낙명일이 청년을 보며 소리를 쳤다. 그 말이 끝남과 동시에 근처의 수풀이 바람에 날리듯 흔들렸다.

"누구 마음대로 안 가져간단 말인가?"

잠시 후 수풀 속에서 한 무리의 사내들이 솟아오르듯 튀어나왔다.

손에 든 각양의 무기들과 짐승 가죽으로 만든 상의, 털북숭이의 얼굴들은 스스로를 산중호걸로 부르는 사람들이었다.

"아이쿠!"

제일 바깥쪽에 누워 있던 사내가 비명을 지르며 몸을 일으켰다. 그러나 산적 한 명이 휘두르는 철퇴에 허벅지를 가격당하고 그대로 주저앉았다.

이런 인간들을 피하고자 가파른 비탈길을 택해 죽을 고생을 하고 왔는데 오히려 정통으로 마주치게 되자 장사꾼 사내들의 얼굴에는 참담한 기색들이 번져 나갔다.

숫자로 따져도 자신들보다 많았고, 탐욕스럽게 쳐다보는 눈빛이 껍질까지 홀랑 벗겨가고도 남을 것 같았다. 목숨이라도 부지할 수 있으면 다행이리라.

얼어붙은 것 같은 정적이 잠시 흐른 후 장사꾼의 우두머리격인 목대일이 나섰다.

"우리는 하루 벌어 하루 먹고 사는 사람들이오. 부디 사정을 좀 봐주시오."

목대일은 그중 왕초같이 보이는 산적을 쳐다보며 간청했다. 대답은 뒤쪽에서 흘러나왔다.

"사람 볼 줄을 모르니 네놈은 오늘이 제삿날이다."

체구는 작지만 바늘로 찔러도 피 한 방울 나지 않게 생긴 사내가 피식 웃은 후 도를 흔들며 다가왔다. 그자가 두목이었다.

"우선 가진 것부터 모두 내놓아라!"

산적 두목의 목소리가 단호하게 울렸다. 그의 명령에 따라 부하들이 기다렸다는 듯 달려들었다.

"이, 이것만은……."

장사꾼들 일행 중에서 서생 같아 보이는 청년 다음으로 어려 보이는 사내 하나가 산적들 손에 우악스럽게 뜯겨져 나가는 전대를 잡고 애원했다.

파앗―

산적의 도가 사정없이 사내의 목을 향해 떨어졌다. 추호의 망설임 없는 손속은 이들의 목적이 재물뿐만 아니라 장사꾼들의 목숨까지라는 것을 확연히 보여주었다.

산적의 도에 젊은 장사꾼의 목이 달아나려는 찰나 서생 같은 청년의 몸이 등짐을 짊어진 채 그대로 쏘아졌다.

퍼억!

둔탁한 소음과 함께 도를 내려치려던 산적은 청년의 등짐에 부딪쳐 저만치 나가떨어졌다.

"이, 이런……."

하얗게 질린 얼굴을 한 조담우가 턱을 덜덜 떨며 두 명의 청년을 쳐다보았다.

가진 것을 모두 다 주었더라면 그래도 살아날 가능이 있었을 텐데 한 명은 돈을 못 주겠다고 용을 썼고, 다른 한 명은 공격까지 했다. 이제 자신들은 생명을 보장받을 수 없었다.

청년의 얼굴에서도 언뜻 후회의 빛이 흘러내렸다.

한 사람의 생명이 경각에 달린 상황에서 무의식 중에 취한 행동이었지만 뒷일을 감당하기 힘들겠다는 표정이었다.

"애초에 살려둘 생각이 없던 놈들이다. 모두 죽여라!"

산적 두목의 목소리가 마귀의 음성처럼 울려 퍼졌다.

"사, 살려주시오. 모든 걸 드릴 테니 목숨만 살려주시오."

귀기 어린 안광을 빛내며 산적들이 다가오자 장사꾼 사내들이 필사적으로 애원했다.

"네놈은 내가 죽여주지. 아주 고통스럽게… 흐흐."

산적 두목도 청년을 향해 다가들었다.

청년은 그때까지도 갈등의 빛이 어린 표정으로 눈을 질끈 감고 있었다.

파앗—

산적 두목 사내의 칼이 청년의 목을 향해 날아갔다. 그 순간 청년의 발이 어지럽게 교차했다.

까앙—

산적의 도가 청년의 등짐에 부딪치며 튕겨 올랐다.

휘익—

어느새 등짐을 벗어 던진 청년이 칼이 튕겨 오르며 고스란히 드러난 산적 두목의 가슴으로 주먹을 찔러 넣었다.

대경한 산적 두목이 상체를 틀며 칼을 위로 쳐올려 청년의 팔을 잘라갔다. 그건 마구잡이식의 칼놀림이 아니었다. 제대로 초식을 운용하고 휘두르는 도법이었다.

청년의 눈에도 잠시 긴장의 빛이 스쳐 지나갔다. 산적 두목이 청년을 약골에 풋내기 장사꾼으로 얕보았다면 청년 역시 산적들을 숫자와 무기의 효용만 믿고 달려드는 뜨내기 불한당들로 얕보았던 것이다.

한 번의 격돌로 상대를 재평가한 청년의 표정이 다급해졌다. 단 한 수로 꺾어버리지 못한 채 시간을 끌게 된다면 장사꾼들의 목숨이 위태로워진다.

파앗—

청년은 세차게 땅을 박찼다.

순간적으로 이 장의 거리를 좁힌 청년이 손을 수도로 만들어 산적 두목의 목을 찔러갔다.

"장사꾼이 아니구나, 네놈은……."

신음처럼 중얼거린 산적 두목이 횡소천군의 초식으로 칼을 휘둘렀다. 청년은 수도를 만들었던 손을 갈고리처럼 구부리며 산적 두목의 손목을 잡아갔다.

"훙!"

콧김을 내뿜은 산적 두목이 급히 칼을 회수하며 수비식을 취했다. 때를 같이하여 청년의 신형도 순식간에 산적 두목에게서 멀어지며 장사꾼들 틈으로 스며들었다.

"크윽—"

장사꾼 한 명을 베어가던 산적 사내가 검을 떨어뜨리고 튕겨났다. 청년은 산적 두목과의 대결을 잠시 미룬 후 우선 장사꾼들의 목숨을 구하고 산적이 떨어뜨린 검을 주워들었다.

"이 쥐새끼 같은 놈! 절대로 편하게 죽이지……."

속은 것을 안 산적 두목 사내가 고함을 지르다가 흠칫 입을 다물었다.

검을 손에 쥐고 고개를 들자 서생처럼 유약해 보이던 청년의 기세가 백팔십도로 달라졌다. 길을 잃고 혼란스러워하던 한 마리의 노루가 갑자기 표범이 된 것 같은 모습이었다.

청년이 천천히 검을 내밀었다. 표범 같던 청년이 이번에는 한 자루 검으로 변해갔다.

청년이 그 자리에서 도약했다.

"아악—"

숲으로 도망가던 장사꾼을 향해 철퇴를 내려치려던 산적의 팔이 단번에 잘리며 피분수가 터졌다.

그것을 시작으로 청년의 검은 가차없이 휘둘러지며 산적들을 베어 나갔다.

비명과 선혈이 튀며 숨 몇 번 내 쉬기도 전에 산적들의 숫자가 반으로 줄어들었다. 그렇게 되자 장사꾼들을 베고자 무기를 휘두르던 산적들이 급급히 한곳으로 몰리며 뒷걸음을 쳤다.

"비켜라, 이 쓸모없는 놈들아!"

산적 두목 사내가 자신이 있는 쪽으로 뒷걸음질을 치며 밀려오는 부하들을 거칠게 뿌리치며 앞으로 나섰다.

"이 찢어 죽일 놈! 대체 네놈 정체가… 헛!"

고함을 지르던 산적 두목이 헛바람을 들이켰다. 청년의 검이 추호의 망설임 없이 목젖을 향해 찔러들었기 때문이다.

까앙―

급히 칼을 휘둘러 청년의 검을 겨우 튕겨낸 산적 두목이 자신이 익힌 도법 중에서 구명절초라 할 수 있는 초식으로 청년의 가슴을 베어 갔다. 그러나 청년의 검은 어느새 산적의 도초를 흘려내며 허리로 날아들고 있었다.

검에 실린 힘은 어딘지 모르게 약한 구석이 있었지만 그 검초는 자신의 도법에 비할 바가 아니었다. 명가의 전통이 오랜 세월에 걸쳐 고스란히 녹아 있는 검초였다.

청년의 검이 허리를 가를 때 산적은 검초의 정체를 알았다.

"네, 네놈은……."

쩍 갈라진 허리를 감싸 쥐며 쥐어짜듯 몇 마디 내뱉던 산적 두목은 허옇게 눈을 까뒤집으며 바닥으로 무너졌다.

파아앗―

두목을 처치한 청년의 검이 계속에서 파공음을 토해냈다.

"사, 살려…… 큭!"

"아악!"

비명과 함께 두목을 잃은 산적들이 추풍낙엽처럼 쓰러졌다.

쌔애앵—

청년의 검이 풍차처럼 회전하며 날아갔다.

무기도 버린 채 오줌을 지리며 줄행랑을 치던 산적 한 명의 목이 날아온 검에 맞아 허공으로 떠올랐다.

"으…… 으."

무참하게 산적들을 처치하고 다가오는 청년을 보며 낙명일이 비명을 흘렸다. 밤에 마주친 맹수의 눈처럼 불길이 활활 타오르는 눈과 피에 젖은 얼굴은 이제껏 알던 청년과는 너무 다른 야차의 모습이었다.

"사, 살려주시오."

목대일도 덜덜 떨며 청년을 향해 말했다. 이젠 산적들보다 청년이 백배는 더 두려웠다.

바닥에 나뒹굴고 있는 검 하나를 다시 주워 든 청년은 장사꾼들을 보며 잠시 갈등하는 빛을 보이더니 자신이 벗어 던져 놓았던 짐을 챙겨 그 속에 검을 깊숙이 찔러 넣었다.

"난 산적이 아니오! 대신, 오늘 여기서 목격한 일은 기억 속에서 깨끗이 지워주시겠소?"

청년은 끊어지는 목소리로 말하며 얼음장 같은 눈으로 장사꾼 사내들을 하나하나 쳐다보았다.

"그, 그러겠소. 죽을 때까지 입도 뻥긋 하지 않겠소!"

목대일이 연방 고개를 끄덕거리며 답했다.

“그 약속 꼭 지켜주시오. 안 그러면 당신들도 위험해질 것이오.”

마지막으로 한마디 더 당부한 청년은 등짐을 짊어지고 산 아래로 치달렸다.

저승 문턱까지 갔다가 살아난 장사꾼들은 청년이 시야에서 사라지고 난 후에도 제정신을 차리지 못하고 있다가 한참 후에야 후들거리는 다리를 움직여 짐을 정리했다.

‘망할!’

비탈길을 빠르게 치달려 내려오며 유화결은 욕지거리를 삼켰다.

안전하게 휘주로 잠입하려면 내일까지는 저들 장사꾼들과 동행해야 했다. 그런데 뜻하지 않게 일이 틀어져 버렸다. 장사꾼들에게 겁을 주며 당부를 해놓았지만 절대로 믿지 말아야 할 것이 인간들의 입이다. 그렇다고 산적들처럼 모두 처치해서 살인멸구를 할 수도 없었다. 다른 산적들이 흔적을 따라 장사꾼들을 추적하면 며칠 안에 잡히고, 일이 귀찮아질 수도 있었다.

‘계획을 좀 수정해야겠다.’

생각을 정한 유화결은 등짐을 내렸다. 짐 속에서 보퉁이 하나를 꺼낸 유화결은 급히 그것을 풀어헤쳐 옷가지와 변장 도구를 꺼냈다.

작은 약병에서 갈색 액체를 손바닥에 부은 유화결은 그것을 얼굴에 발랐다. 그리고 또 다른 주머니에서 뭔가를 꺼내 빠르게 얼굴에 문질렀다. 잠시 후 유화결의 얼굴은 젊은 서생에서 털북숭이 중년인으로 바뀌었다.

얼굴을 바꾼 유화결은 장사꾼차림의 옷가지도 벗어 던지고 중년인의 복장으로 갈아입었다. 그 옷은 속으로 솜이 두텁게 덧대어져 있어

입는 즉시 유화결은 배가 튀어나오고 살이 많이 찐 중년인의 모습으로 바뀌었다.

변장을 끝낸 유화결은 주워온 검으로 땅을 판 후, 필요한 것들만 남기고 다른 것은 모두 그 구덩이 속에 모두 파묻었다. 그 위에 낙엽과 나뭇가지를 덮어 흔적을 지운 유화결은 신속히 숲 아래쪽으로 몸을 날렸다.

다음날 저녁 중년인의 모습으로 휘주현을 향해 걸음을 옮기던 유화결은 가슴이 터질 듯 한 느낌에 몇 번이나 심호흡을 하며 마음을 가다듬었다.

산자락을 벗어나 이곳까지 오면서 벌써 여러 차례 날카로운 눈매의 사내들과 마주쳤다.

다행히 사전에 철저하게 준비했기에 별 의심 받지 않고 지나쳤지만 휘주현이 가까워질수록 경계가 삼엄해짐을 느꼈다.

결코 예전에는 볼 수 없었던 모습이었다.

서왕문과 결탁한 동방회가 무슨 짓을 꾸미는지 길목 곳곳에 감시꾼들이 은밀하게 배치되어 있었고, 지나가는 행인들도 반은 무사들이었다. 그들은 대부분 서왕문도들이거나 동방회가 끌어들인 또 다른 무인들 같았다. 그들이 옆으로 지나칠 때마다 유화결을 들끓어오르는 살기를 억누르기 위해 안간힘을 써야만 했다.

'대체 놈들은 이곳에서 무슨 일을 벌이는 것일까?

유화결은 뚱보 중년인의 특징을 흉내 내며 느릿느릿 걸음을 옮겼지만 마음은 자꾸 급해졌다.

"휴우─"

유화결은 다시 한 번 심호흡을 하며 마음을 가라앉혔다.

급한 마음에 자신도 모르게 걸음걸이가 빨라지면 변장이 탄로나고 위험해진다. 마음이 급해질수록 행동은 오히려 느긋하게 해야 한다. 서서히 땅거미가 지고 있으니 어둠이 완전히 뒤덮일 때까지는 이렇게 행동해야 한다.

그렇게 마음을 가다듬은 유화결은 뒷짐까지 지며 더욱 느긋하게 발을 옮겼다.

좀 더 어둠이 짙어지자 성시 곳곳에서 불빛이 보이기 시작했다.

유화결은 느긋하게 걷던 걸음을 조금 빨리했다. 이젠 조금 빠르게 걷는다고 해도 어둠 때문에 누군가에게 잘 보이지도 않을 것이고, 보인다 하더라도 밤길을 재촉하는 사람을 크게 의심하지 않을 것이다.

컹! 컹!

멀리서 개 짖는 소리가 들려왔다.

유화결은 조금 걸음을 빨리하며 달리듯이 앞으로 나아가다가 우뚝 걸음을 멈추었다. 앞쪽에서도 일단의 무사들이 빠르게 달려오고 있었다. 그들과 지나쳐 멀어질 때까지는 다시 느긋한 중년인의 모습을 유지할 필요가 있었다.

컹컹!

개 짖는 소리가 한결 가까워졌다.

어느 순간 유화결은 머리끝이 곤두서는 느낌을 받았다.

점점 가까이 들려오는 개 짖는 소리가 예사롭지 않았다. 그건 집에서 키우는 개들이 짓는 소리가 아니었다.

누군가를 추적하는 사냥개들의 소리였다.

그 소리가 이젠 자신을 향해 빠르게 가까워지고 있었다.

'설마?'

마음속의 경각심을 억누르며 유화결은 안력을 돋구었다.

"저놈이다!"

사내 하나의 목소리가 더욱 가까이서 들려왔다.

유화결은 입술을 질끈 깨물었다.

마주쳐 오는 무사들 역시 그냥 스쳐 지나가는 무리들이 아니었다. 사냥개를 끌고 자신을 추적하는 무리들이었다.

유화결은 발끝으로 땅을 박찼다

'어디서부터 꼬리를 밟은 것일까?'

경공을 펼치는 유화결의 머릿속으로 그런 의구심이 빠르게 스쳐 갔다.

사냥개들까지 동원한 것을 보면 자신이 파묻은 짐까지도 발견했을 가능성이 있었다. 어쨌든 사냥개들이 냄새로 추적한다면 더 이상 변장은 무의미했다.

찌이익—

경공을 펼치면서 유화결은 거추장스런 중년인의 복장을 뜯어냈다. 그리고 뚱뚱한 몸으로 변장하기 위해 솜을 쑤셔 넣은 곳에서 수리검 다발을 꺼낸 후 그것을 허리에 두르고 한 개를 뽑았다.

파앗—

수리검 하나가 허공을 날았다.

제일 앞쪽에서 달려오던 사냥개 한 마리가 찢어지는 듯한 비명을 지르며 허공으로 튀어 오른 후 바닥으로 뒹굴었다.

"놓치지 마라!"

수리검을 던지는 순간, 조금 더 간격이 좁혀지자 사내 하나가 고함을 질렀다.

유화결은 오던 길을 향해 강하게 땅을 박찼다. 이젠 휘주현으로 가기보다는 숲 속으로 다시 숨어들어야 했다.

휘익—

등 뒤쪽에서 날카로운 파공성이 들려왔다. 결코 무시할 수 없는 소리였다. 그런 소리와 함께 등을 파고든 화살로 인해 얼마나 많은 고생을 했던가? 그로 인해 이젠 예전과 같은 실력으로 검을 휘두를 수도 없지 않은가?

유화결은 반사적으로 몸을 틀었다.

파파팍—

땅속으로 화살들이 박히는 소리가 섬뜩하게 들렸다.

화살을 피해 방향을 꺾은 유화결은 경호성을 삼키며 급히 신형을 멈추었다.

앞쪽에서 한 사내가 고목처럼 서 있었다.

"후후!"

어둠 속에서 사내의 이가 허옇게 드러나며 나직한 웃음소리가 흘러나왔다.

"한 놈쯤은 스며들 줄 알았지. 흐흐흐!"

낮은 목소리로 중얼거린 사내는 더욱 크게 입을 벌리며 만족한 웃음을 터뜨렸다.

유화결은 침음성을 삼켰다.

놈들은 이런 상황을 미리 예측하고 기다리고 있었다는 말이다.

전혀 다른 모습으로 변장하면 숨어들 수 있을 줄 알았는데 사냥개까지 동원하여 자신을 기다리고 있을 줄은 생각지 못했다.

휘익—

획!

그사이, 뒤에서 달려오던 사내들이 둥글게 유화결을 포위했다.

뿌드득 하고 한차례 이를 간 유화결은 빠르게 주변을 훑었다.

앞을 막은 사내까지 합쳐서 여덟 명이었다.

예전이라면 크게 걱정하지 않을 숫자였지만 지금은 달랐다.

결정적인 순간, 제대로 이어지지 않는 진기는 초식의 운용에 있어 파탄을 생기게 한다. 어중이떠중이 산적들은 문제가 없었지만 이런 자들은 순식간에 그걸 간파하고 그 사이로 검을 찔러 넣을 것이다.

유화결은 미동도 않고 선 자세로 전신의 신경을 곤두세웠다.

포위망을 형성하자 사내들은 긴장을 늦추었다. 사냥감을 가둔 후 승리감에 들뜬 사냥꾼의 허세였다. 그러나 맹수는 그 틈을 절대로 놓치지 않는다.

유화결은 쾌속하게 손을 움직였다. 손끝에서 수리검 하나가 빛살처럼 뻗어나갔다.

"헛!"

암습을 예상치 못하고 있던 사내 하나가 헛바람을 삼키며 상체를 틀었다.

파앗—

기다리고 있기라도 한 듯, 또 한 개의 수리검이 흐트러진 사내의 상체를 향해 날아갔다.

처음의 것은 사내의 자세를 흩뜨리기 위한 것이고 두 번째의 것이 진짜였다.

푸욱—

사내의 목에서 파육음이 흘러나오며 더운 핏줄기도 같이 터져 나왔다.

바람처럼 쏘아진 유화결은 무너지는 사내의 손에서 검을 낚아챘다. 얼마나 제대로 휘두를 수 있을지 모르겠지만 일단은 한 사내의 검을 빼앗으려는 의도가 성공한 것이다.

"수리검을 쓰는 살수로 전업이라도 하셨나?"

잠시 흐트러진 포위망을 재정비한 후 앞을 막고 섰던 사내가 비아냥거리듯 말했다.

사내의 말에 일절 대꾸하지 않은 유화결은 뺏어 든 검의 무게를 가늠했다. 자신의 애검과는 여러모로 이질감이 느껴졌다. 이렇게 빨리 발각될 바에야 은하검을 가져오는 것이 나았다는 후회감도 잠시 들었다. 그러나 제대로 휘두르지도 못하는 몸으로 은하검을 들고 다닌다는 것은 은하검을 아무 곳에나 버리는 것과 마찬가지다. 그것보다는 형에게 보내 보관시키는 것이 나았다는 생각이 후회감을 지웠다.

"아무리 발악을 하더라도 네놈의 운명은 달라지지 않는다. 청화산에 있는 내 부하들까지 모조리 도륙했으니 고통스럽게 죽여주겠다. 쳐라!"

유화결은 사내의 명령에서 인근 산적들까지 이놈들이 장악하고 있다는 것을 알았다. 그래서 산적놈들이 그렇게 흉악했던 것이다.

사내의 명령과 함께 양쪽 옆에서 두 명의 사내가 검을 휘두르며 짓쳐들었다.

종횡으로 휘두르는 사내들의 검이 어둠을 어지럽게 조각내었다.

유화결은 무심히 그들이 뿌리는 검초들을 쳐다보았다.

표풍검법을 수련하며 단 한 치라도 더 날카로움 검초를 펼치기 위해 얼마나 많은 구슬땀을 흘렸던가. 그 치열한 나날들, 그 아름다운 순간들이 이젠 영원한 꿈이 될지 몰랐다.

"하아앗!"

가슴속에서 끓어오르는 분기를 기합성으로 토하며 유화결은 두 사내를 향해 마주쳐 나갔다.

쨍—

쨍!

날카로운 검명과 함께 불꽃이 튀었다.

두 자루의 검을 동시에 쳐낸 유화결은 표풍소설의 초식을 펼치며 사내 하나의 가슴을 향해 검을 몰아쳤다.

사내의 눈이 긴장으로 물들었다.

화산의 매화검에서 탄생된 표풍검법!

초식면에 있어서는 자신의 검법과는 비교할 수 없는 검법이었다.

쌔애액—

사내는 혼신의 힘을 다해 검을 마주쳐 갔다.

유화결은 표풍소설에서 표풍귀일의 초식으로 바꾸며 사내의 목젖을 향해 찔러들었다.

사내는 상체를 크게 틀며 유화결의 검을 쳐올렸다.

까앙—

진기가 제대로 이어지지 않은 유화결의 검이 가랑잎처럼 튕겨 올랐다. 유화결은 그 힘을 역이용하며 신속하게 표풍만리의 초식을 펼쳤다.

온 사방을 뒤덮을 듯한 검초가 왼쪽에서 달려드는 사내의 신형을 덮쳐 갔다. 빠른 공격의 전환과 복잡한 초식을 운용하며 자신의 약점을 숨긴 공격이었다.

왼쪽에서 달려들던 사내 역시 경계심 가득한 표정과 함께 유화결의 검을 쳐냈다.

다시 유화결의 검이 허공으로 솟구쳤다.

손아귀가 찢어질 듯한 느낌에 유화결은 이를 악물었다.

결정적인 순간에 진기의 흐트러짐은 이런 파탄을 만든다. 그건 필연적이라 각오하고 있었지만 참담한 심정은 가눌 길이 없었다.

휘리릭—

유화결은 다시 표풍만리의 초식을 펼쳤다.

사내 하나가 주춤 뒤로 물러나며 수비식을 취했다. 그것이 실수였다. 순식간에 표풍일섬의 초식으로 바꾼 유화결은 사내의 가슴을 향해 검을 찔러 넣었다.

푸욱—

심장 한복판으로 검이 파고들자 입을 딱 벌린 사내가 통나무처럼 뒤로 무너졌다.

사내의 가슴에서 검을 뽑아낸 유화결은 옆구리를 쓸어오는 다른 사내의 검을 향해 맹렬히 마주쳐 나갔다.

유화결의 표정에 다급함이 어렸다.

먼저 상대한 사내의 가슴에서 검을 뽑는 순간 미세한 틈이 생기며 또 한 번의 파탄이 드러났다. 그 사이로 검 한 자루가 바람처럼 스며들었다.

‘크윽!’

유화결은 신음을 삼켰다.

불로 지지는 듯한 통증이 허리 어림에서 등줄기를 타고 뇌리에까지 전해졌다.

"화산의 매화검법에 버금가는 표풍검법이라고 하더니 순전히 허풍이었군."

의외의 승기를 잡은 사내가 흥분된 목소리와 함께 다시 검을 휘둘러 왔다. 그 옆으로 다른 두 사내도 두 눈을 이글거리며 짓쳐들었다. 위에서 내리는 명령이라 따르고 있었지만 이런 뜻밖의 성과를 거둘 줄은 몰랐다. 이놈을 잡는다면 한 계급 승진이 있을 것이고, 못해도 한 달은 실컷 마시고 놀 수 있는 두둑한 상금을 받을 것이다. 사내들은 발작적으로 검을 휘둘러 왔다.

까강—

깡—

유화결의 초식은 점점 거칠어졌다. 아울러 호흡마저 가빠졌다.

우측에서 달려드는 사내의 검을 비껴 흘린 유화결은 신형을 급하게 틀며 표풍귀일의 초식을 펼쳤다.

사내의 목이 반쯤 잘리며 피분수가 터졌다.

대신 유화결은 왼쪽 어깨 어림에 또 하나의 자상을 입으며 상체의 중심을 잃었다.

�째애앵—

왼쪽에서 짓쳐들던 사내의 검이 섬뜩한 파공음을 울리며 가슴으로 날아들었다.

유화결의 망막 속으로 시퍼런 검인(劍刃)이 아리게 파고들었다. 막을 수도 없었고, 지금의 몸 상태로는 막아도 소용없는 검격이었다. 막아가는 검을 동강 내거나 튕겨내며 심장까지 가를 만한 힘을 실은 검이었다.

마지막을 의식하며 이를 악문 유화결의 망막 속으로 곰 같은 덩치를 한 사내의 모습이 투영되었다.

"곰탱이……."

반쯤 넋을 잃은 유화결은 무의식적으로 중얼거렸다.

까앙—

부채 한 개가 유화결의 가슴을 노리는 검을 쳐내며 동시에 그 검을 든 사내의 목을 갈랐다.

"끄르륵—"

듣기 거북한 음성을 토하며 사내 하나가 무너졌다.

파라락!

손바닥만 한 작은 부채가 다시 환상처럼 날아왔다.

피피피핑—

부챗살이 빛살처럼 뻗어나가 네 곳의 방위로 차단하며 달려들던 사내들의 가슴과 목에 정확히 박혔다.

"크윽!"

"크으윽!"

단말마의 비명을 토한 사내들이 두 눈을 부릅뜨고 훼방꾼을 쳐다보다가 털썩 바닥으로 쓰러졌다. 그들의 눈에는 순식간에 바뀐 지금의 상황을 도저히 받아들일 수 없다는 불신의 빛이 가득했다.

피피핑—

또 한 번의 파공음이 들리자 사내들이 끌고 왔던 사냥개들도 급살을 맞고 허공으로 튀어 올랐다가 바닥으로 떨어졌다.

"괜찮으시오?"

부채를 접어 품속에 갈무리한 사내가 굵직한 목소리로 물었다.

유화결은 다가오는 사내를 멍하니 쳐다보다가 현실로 되돌아왔다.

진우청과 너무나 흡사한 덩치로 신안강 비무대회장에서 웃음을 자아내게 했던 사내!

천만 뜻밖으로 그 사내가 자신의 목숨을 구한 후 다가오고 있었다.

"당신은……?"

"우선 상처부터 치료합시다!"

유화결 곁에 다가온 여조명은 빠르게 유화결의 상처에 금창약을 바르고 옷을 찢어 싸맸다. 그런 후 품속에서 작은 유리병을 꺼내 그 속에 있는 가루약을 근처에 뿌렸다.

"이건 개 코를 사람 코보다 더 무디게 만드는 약이오."

설명과 함께 여조명은 그 가루약을 유화결의 몸과 자신의 몸에도 뿌렸다.

"대체 여긴……?"

"그건 유 공자 못지않게 나도 던지고 싶은 질문이오. 먼저 이곳을 벗어난 후 차분히 얘기합시다."

여조명은 사방을 잠시 살핀 후 유화결을 부축하며 걸음을 옮겼다.

새벽이 다 되어갈 무렵, 여조명은 어느 객점의 구석진 방으로 유화결을 안내했다.

그곳은 복잡한 뒷골목을 몇 개나 돌아 찾아든 곳이었는데, 해가 뜬 후 밖으로 나간다면 왔던 길을 그대로 찾아갈 자신이 없을 정도로 복잡했다.

객점 안은 밤이 깊고 새벽이 가까워졌는데도 소란이 그치지 않고 있었다.

　노름을 하는 파락호들의 고함 소리와 숙소 곳곳에서 흘러나오는 남녀의 신음 소리는 그야말로 시궁창을 연상하게 만들었다.

　유화결은 그래서 오히려 마음이 놓였다.

　이런 곳에는 각양각색의 인간들이 득실거리지만 서로에 대해서는 무관심하다. 그날 하룻밤을 보내고 나면 떠나는 사람들이 대부분이다. 장기간 투숙하는 사람들이라도 자신과 상관없는 일이라면 누가 눈앞에서 거품을 물고 쓰러진다고 해도 신경 쓰지 않을 것이다. 진우청을 닮은 이 사내 역시 그것을 감안하고 이런 곳을 찾은 것이리라.

　"그 친구는 어쩌고 혼자요?"

　탁자에 앉아 숨을 돌리고 난 후 여조명은 불쑥 질문했다.

　그동안 두 사람은 줄곧 경공을 펼치며 이곳까지 오느라 한 마디도 제대로 나누지 못한 것이다.

　"누구……?"

　주변을 살피며 생각에 잠겼던 유화결은 갑자기 던져진 질문에 잠시 갈피를 잡지 못하고 반문했다.

　"당신과 당신 형제들을 구한 그 통나무 같은 친구 말이오."

　여조명은 체격 면에서는 자신과 너무나 흡사한 진우청의 모습을 떠올렸는지 얼핏 미소를 지으며 답했다.

　"잘 있소! 그런데 당신은… 대체 누구며, 왜 이곳에 있는 것이오?"

　유화결은 그동안 참았던 질문을 토해냈다.

　궁금한 것이 한두 가지가 아니었다. 그때 휘주에서 얼핏 이 사내가 진우청과 몇 차례 어울리는 것을 보기는 했지만 그건 유유상종의 단순한 관계라고 밖에 생각하지 않았다. 그리고는 까맣게 잊고 있었는데 이렇게 구명의 은혜를 입게 되었다. 문득 유화결은 자신이 전생에 부상당한 곰을 최소한 두 마리는 살려주지 않았나 하는 생각까지 들었다.

“난 여조명이라 하오. 비무대회장에서 밝혔지만 그걸 아직 기억할 리는 만무할 테고… 내 정체에 대해서는…….”

말끝을 흐린 여조명은 잠시 생각하는 표정을 짓다가 결심한 듯 입술을 움직였다.

“뭐… 앞으로 우리가 적이 될 사이는 아닌 것 같으니 간단히 밝히겠소. 난 육선문(六扇門) 출신이오.”

“육선문?”

유화결의 눈 사이가 좁혀졌다.

육선문이라면 관과 조정에 봉사하는 무림인을 통칭하는 말이다. 작게는 지방 관아의 포졸일 수도 있고, 크게는 동창이니, 금의위니 하는 곳의 고수일 수도 있었다. 실력으로 보아 절대로 평범한 신분은 아닐 것 같다.

“그런데 왜……?”

여조명을 뚫어져라 쳐다보던 유화결은 다시 질문을 던졌다.

“글쎄요…… 큰 혼란의 기운이 이는 곳이라면 묵과할 수가 없지요. 그게 무림이든 상계든…….”

말을 이어가던 여조명의 표정이 무거워졌다.

“그때 도와주지 못해서 정말 미안하오. 마음은 굴뚝같았지만 그럴 입장이 아니었소.”

여조명은 마치 죄라도 지은 것처럼 고개를 숙였다.

“무슨 소릴 하시오. 여 형은 조금 전에 내 목숨을 구하지 않았소?”

시종 굳은 표정으로 여조명의 말을 듣고 있던 유화결은 불식간에 표정을 풀고 팔을 뻗어 여조명의 상체를 붙들었다.

"어쨌든 가문의 일은 정말 유감으로 생각하오. 너무 신속하고 뜻밖으로 일어난……."

"그건 됐소. 이젠 지나간 일이오."

유화결은 칼로 잘라내듯 짤막하게 말하며 덧붙였다.

"그것보다는 지금 이곳의 상황이 어떻게 돌아가며, 그동안 여 형께서 알아낸 사실들에 대해서 얘기해 주실 수 있겠소?"

유화결은 깊숙한 눈으로 여조명을 쳐다보며 물었다.

이곳에 와서 제일 먼저 해야 할 일이 그것이었다. 그리고는 휘주로 숨어들어 거간꾼 장 노인을 만날 생각이었다. 장 노인을 만나는 일이야 야음을 틈타 스며들면 되지만 이곳의 상황을 파악하는 일은 그리 쉬워 보이지 않았다.

예전과는 너무도 달라져 있었다.

산이나 들, 건물들은 그대로 있었지만 지나가는 사람들이나 분위기는 완전히 달랐다. 현지인들보다는 외지인들이 훨씬 많았고, 곳곳에서 감시의 눈길이 느껴졌다. 전체적으로는 마치 도둑이나 마귀의 소굴같이 느껴졌다. 그런 곳에서 상황 파악을 한다는 것은 무척이나 위험할… 아니, 어쩌면 거의 불가능할 것 같았는데 이 사내를 통해 천금 같은 사실들을 알 수 있을 것 같았다.

"이곳은 점점 마귀의 소굴같이 되어가고 있소."

여조명은 유화결이 느낀 것과 똑같은 답을 했다.

"무슨 말이오?"

유화결은 순간적으로 가슴이 들끓어오르는 느낌을 받았지만 내색치 않고 대화를 이어갔다.

"어디서부터 얘기를 해야 할지 모르겠구려. 그러니까… 그때 유 공

자 가문의 참극이 있은 후부터 동방회는 무슨 짓을 벌이는지 폐허가
된 유가검보 터에 새로운 건물을 세우고 이 중, 삼 중… 아니, 수십 겹
의 경계를 펼치며 개미새끼 한 마리 스며들지 못하게 만들었소. 그리
고 그 범위를 서서히 넓혀 이젠 휘주현 전체가 그런 식으로 변해 버렸
소. 물론, 그곳 사람들은 예전처럼 살아가고 있지만 암중으로 엄격한
그물이 펼쳐져 한 사람, 한 사람의 일상사가 모두 그들에 의해 감시되
고 있다고 봐도 무관하오.”

잠시 설명을 멈춘 여조명은 유화결의 눈치를 살폈다.

유가검보의 터에 동방회가 새로운 건물을 세웠다고 하는 말을 들으
면서부터 유화결의 주먹은 자신도 모르게 불끈 쥐어져 있었고, 끓어오
르는 분노를 삭이느라 이 부딪치는 소리가 간간히 새어 나오고 있었다.
더 이상 설명을 이어가다 가는 폭발할지도 모를 분위기였다.

“계속하시오.”

간신히 감정을 추스른 후 긴 한숨을 내쉰 유화결을 여조명을 향해
설명을 재촉했다.

“그들이 대체 무슨 짓을 꾸미느라 그런 혈겁을 벌렸는지 그걸 알고
자 이제껏 노력했지만 소득이 없었소. 놈들의 감시망이 워낙 견고해서
아직 뚫고 들어갈 틈을 찾지 못했소.”

여조명은 긴장의 표정을 감추지 못하고 말했다.

유화결은 약간은 허탈한 기분이 들었다.

여조명을 통해 이곳의 상세한 상황을 알고자 했는데 소득이 거의 없
었다. 휘주현 전역에 놈들의 감시망이 철통같이 쳐져 있다는 것은 이
곳에서도 충분히 예상이 가능했다. 특히, 자신의 집 주변으로는 더 더
욱 그럴 것이라는 것도 이미 짐작하고 있는 터였다. 여조명의 말은 그

걸 확인하는 수준에 그쳤다.

"무엇보다 유가검보, 그러니까 유 공자의 집으로 잠입할 수만 있다면 놈들의 의도를 파악할 수 있을 텐데……."

여조명은 혹시라도 유화결에게 무슨 방법이 있지 않을까 기대하는 눈으로 유화결의 표정을 살폈다. 태어나서부터 그곳에 살던 사람이니 무슨 수가 있을 것이라는 판단에서였다.

"방법이 있소!"

여조명의 기대대로 유화결은 확신 어린 목소리로 답했다.

"저, 정말이오?"

여조명은 와락 상체를 당겨 앉으며 확인했다. 그 모습으로 보아 여조명이 이 일에 얼마나 큰 관심을 가지고 있는지 알 수 있었다.

"물론이오. 하지만 그전에 할 일이 하나 있소."

"말해보시오. 물심양면으로 돕겠소."

여조명의 눈빛이 강렬해졌다.

第五十三章

북제성의 사람들

남패천의 여덟 장로는 남패천을 떠받치고 있는 실질적인 힘이었다.

현재는 일선에서 물러나 한가한 노년을 보내고 있지만 오래전, 남패천이 중원 각파와의 패권 다툼을 벌일 때는 뛰어난 무공과 지략으로 수많은 난관을 극복하고 남패천을 중원사패 중 하나로 만든 것이다.

그중에서도 수석장로 노원중은 무공 면에서나 지략 면에서나 천주 구양천을 능가한다는 소문이 있을 정도였다. 인품 또한 온화하고 포용력이 강해 남패천의 무인들은 물론, 정파무림에서도 그를 흠모하는 사람들이 많았다. 그만큼 중원무림에서 그의 영향력은 지대했다.

젊은 시절 그는 각파의 고수들과 많은 비무도 치렀고, 술자리에서 논검으로 숱한 밤을 지새우기도 했다. 그래서 그의 무공에 대한 식견은 어디까지가 한계인지 스스로도 잘 모른다고 했다.

“어떻더이까?”

제일 먼저 진우청과 열흘 동안 자신의 숙소에서 같이 지내다 다른 장로에게 보낸 노원중을 향해 구양천이 물었다.

노원중은 대답 대신 잠시 생각에 잠겼다.

“왜 그러시는지요?”

나유백도 궁금한 표정으로 바싹 다가앉았다.

“나중에 시간이 나면 닷새만 더 같이 있어봐야겠소. 그때는 뭐라고 답할 수 있을지 모르겠소.”

노원중은 무척 난해한 표정과 함께 답했다.

“그건… 아무런 성과가 없었다는 말인가요?”

구양혜림도 눈을 반짝이며 얼른 질문을 던졌다. 신중한 노원중의 성격으로 봐서 이렇게 다그치지 않으면 더 이상 한 마디도 하지 않을 것이기 때문이었다.

“글쎄다… 지금으로서는 뭐라고 할 말이 없구나. 어찌 보면 열흘 동안 너무 많은 것을 가르친 것 같기도 하고, 또 어찌 보면 아무것도 못 가르친 것도 같구나.”

노원중은 여전히 말을 아꼈다.

“조금만 더 자세히 설명해 주세요, 노 장로님. 궁금해 죽겠어요.”

구양혜림은 끈질기게 졸랐다.

“어쩌면 그 열흘 동안은 내가 그 아이에게 뭘 가르친 기간이 아니라 그 아이의 움직임을 풀어내지 못해 고민한 기간 같구나. 중원의 그 어떤 무리로도 파헤칠 수 없는 움직임이었다, 그 아이의 몸놀림은.”

노원중의 음성이 낮게 가라앉았다.

구양혜림은 답변을 듣기 전보다 더 많은 궁금증에 휘말렸다.

“그런 무공이 존재할 수 있다는 것은 상상조차 못했는데… 희열이
자 두려움이었단다.”

노원중은 깊은 눈빛으로 말을 맺었다. 그 눈빛을 본 구양혜림은 더
이상 질문하지 못했다.

“이젠 천주의 부탁대로 정파무림을 준동하러 나서야겠소. 그동안 워
낙 격조했던 터라 내 얼굴을 잊어버리지나 않았는지 모르겠소. 좋은
술을 준비해 가야겠소.”

“노 장로님께서 나서주신다면야 일은 반쯤 성사된 것이나 마찬가지
지요.”

나유백이 만면 가득 웃음과 함께 말했다.

“자네는 이 늙은이가 눈보라가 휘몰아치는 바깥 세상으로 나가는 것
이 걱정스럽지도 않은가 보구먼. 쯧쯧!”

노원중이 나유백을 보며 혀를 찼다.

“얘기가 또 그렇게 됩니까? 하하!”

나유백이 너털웃음을 터뜨렸다.

그렇게 진우청과 처음으로 열흘을 지낸 노원중은 노구를 이끌고 중
원으로 나갔다.

그 뒤로 다른 장로들도 차례로 진우청을 불러 구양천의 부탁대로 가
르칠 만한 것이 있으면 가르치고, 없으면 옛날얘기라도 하며 지내게 되
었다.

두 번째 서열의 장로 전국산만이 주어진 기간 열흘을 채웠다. 다른
장로들은 길어야 칠 일이었다.

수석장로 노원중처럼 중원무림을 움직이는데 힘을 쏟아야 할 바쁜
일이 있기도 했지만 더 큰 이유는 도저히 같이 지내기 힘든 놈이란 것

이었다. 그래서 열흘을 다 채우지 못하고 쫓아 보냈다.

"어떻게 된 놈이 배워야 할 것에는 도통 관심이 없고 아무짝에도 쓸모없는 잡기에는 눈을 반짝거리며 온통 관심을 쏟는단 말이오."

세 번째 서열의 장로 원사동(元事同)의 넋두리였다.

"이놈은 강호의 무공을 무슨 춤을 추듯 몇 번 흉내 내보더니 시시하다고 그걸로 끝이오. 그리고는 뭐 색다른 것 없느냐고 이 책, 저 책 빼냈다가 다시 꽂아 놓기를 반복합디다. 하루종일 내 서재만 왕창 어질러 놓아 더 이상은 못 데리고 있겠소."

넷째 서열의 장로도 이런 이유로 이레 만에 쫓아 보냈다.
그 이후로는 닷새가 한계였다.
사흘 동안은 뭔가 조금은 관심이 가는 것이 있는지 눈을 반짝거리며 이것저것 따라해 보기도 하고 귀를 기울이기도 하더니 나머지 이틀은 지루하다고 퍼질러 잠만 잤다고 했다. 신경이 둔해서 웬만한 고함 소리로는 깨울 수도 없어 돌려보낸다는 말이었다.
그래서 애초에 세 달 가까이 배울 수 있는 기간이 두 달도 되기 전에 끝나 버렸다.
장로들의 그런 결정에 나유백과 구양혜림은 아쉬운 마음을 금할 길이 없었다.
무공에 있어서는 이미 완숙한 경지에 오른 나유백이라도 남패천 여덟 장로와 함께할 수 있는 이런 기회가 온다면 절대로 마다하지 않을 것이다. 오히려 하루라도 더 늘려 달라고 할 것이다. 그런데 손에 들어온 떡도 시시하다며 던져 버렸으니 애통한 마음이 들지 않을 수 없었다.

"남패천의 장로들이 손을 들었단 말인가. 하하하!"

구양천이 호탕한 웃음을 터뜨렸다.

"손을 든 것이 아니라 포기한 것이잖아요?"

구양혜림이 뾰족한 소리를 질렀다.

"포기야 내가 먼저 했지요. 그냥 내 사부님처럼 자연스레 보여주고 스스로 느끼게 해주면 될 것을 음양오행이니, 구궁팔괘니… 뭔 쓸데없는 말들이 그렇게 많은지 원……."

구양혜림의 말에 진우청은 즉각적으로 답했다. 그러나 아무도 수긍하는 빛을 보이지 않았다. 진우청은 다시 입술을 움직였다.

"거창하고 복잡한 말들이 결국은 우주의 호흡과 나 자신의 호흡… 그러니까… 노인네들 말대로 하자면, 외기의 흐름과 자신의 몸속에 흐르는 내기의 흐름을 일치시켜 최대한의 기운을 이끌어내는 것이던데, 그런 것이야 내 사부께서는 차를 마시면서나 말씀을 하시면서, 발걸음을 옮기면서도 자연스럽게 가르쳐 주신 것을 천인합일이니 뭐니 하는 거창한 말로 떠들어대니 지루하지 않을 수가 있겠소."

"하하하!"

진우청의 말에 구양천이 다시 호탕한 웃음을 터뜨렸다.

"복잡한 것일수록 돌고 돌아 종국에는 가장 간단한 원리로 귀결되는 것! 오히려 확실히 배우고 온 것 같구먼."

"하긴, 가장 단순하고 간단한 것이 가장 완전한 것일지도 모르지."

어이없는 표정을 하던 나유백도 고개를 끄덕이며 슬쩍 진우청을 구슬렸다. 자신 역시 나름대로 가르쳐야 할 것이 많았기 때문이다.

"어쨌든 오늘은 전음을 익히도록 하자. 어떻게 된 놈이 그런 것도 하나 배우지 않았단 말이냐?"

나유백은 그동안 수십 번도 더한 푸념을 다시 토했다.

무림인라면 당연히 알아야 할 것들, 특히 남패천주 구양천을 상대로 오십 합을 막고서도 손목을 잡히지 않은 인간이라면 당연히 알아야 할 것들을 너무 모르고 있는 진우청이 어이없는 것이다.

"가르치기야 잘 가르쳤지만 제자 놈이 우둔해서 한 귀로 듣고 한 귀로 흘려버렸다고 하지 않았소!"

진우청은 사부를 두둔하며 볼멘소리를 질렀다.

예전 같으면 아무것도 가르치지 않고 이상한 춤만 추게 했다고 황산 쪽을 쳐다보며 볼멘소리를 칠 것이지만 이젠 나유백을 향해 고함을 치고 있었다.

"아무리 그래도 그렇지… 삼재검법이 뭔지도 모르고, 전음에 대해서도 지식이 거의 전무하단 말이냐?"

나유백은 혀를 차며 소리를 높였다.

전음에 대해 진우청이 아는 것이라고는 강서지부에서 구양혜림을 처음 만난 날 그녀가 자신의 이름으로 들려줄 때 고막 속에서 곧바로 울리는 듯한 목소리였다.

"노인장… 배고픈데 밥 먹고 합시다!"

진우청은 구양천에 대한 노인장이란 호칭을 여전히 바꾸지 않고 있었다.

"허허, 이놈이!"

나유백이 눈을 부릅떴다.

"먹어야 힘이 나서 공부도 잘될 것 아니오. 난 속이 비면 내 이름도 까먹는 체질이오. 그러니 어서 점심부터 먹읍시다."

점심때가 되려면 좀 멀었지만 어떻게 하면 이 자리를 빠져나갈까 기회만 노리던 진우청은 점심 핑계를 대며 고집을 부렸다.

"킥킥!"

옆에서 지켜보던 구양혜림이 웃음을 참지 못하고 실소를 토했다.

현 강호에서 남패천주 구양천과 태상호법 나유백을 이렇게 곤란에 빠뜨릴 사람은 없었다.

이 두 사람이 동시에 나선다면 황제도 함부로 대할 수 없을 것이다. 그런데 근 한 달 동안 진우청 때문에 골머리를 앓고 있었다.

"그래, 이놈아! 관두어라. 못 배우면 네놈이 답답하지 내가 답답할 것이더냐."

마침내 나유백이 뒤로 나자빠졌다.

"좀 이른 감이 있지만 점심을 들기로 하세. 그리고 오늘 오후에는 쉬고 내일부터 다시 시작하도록 하게나."

구양천이 옅은 미소와 함께 두 사람을 달랬다.

"역시 주인장의 도량이 훨씬 넓으시오. 애초부터 쉬엄쉬엄 했으면 나도 이러지 않을 것 아니오."

진우청은 기지개를 늘어지게 켜며 자리에서 일어났다.

점심을 먹은 후 진우청은 얼른 천주전을 빠져나와 자신의 처소로 돌아왔다.

"지독한 노인네들!"

처소에 도착한 진우청은 머리를 흔든 후 침상에 벌렁 드러누웠다.

그동안 머리 아픈 공부를 하며 쏟아지는 졸음을 참느라 얼마나 고생을 했던가. 오늘 오후는 만사를 제쳐놓고 낮잠을 즐길 생각이었다.

침대에 눕자마자 진우청은 잠 속으로 빠져들었다.

얼마나 잤을까, 진우청은 자신을 부르는 목소리에 잠이 깨었다.

구양혜림과 함께 비원각주 원다영이 찾아왔다.

침상에서 벌떡 몸을 일으켜 문을 연 진우청은 의혹 어린 눈으로 원다영을 쳐다보았다.

이제까지 천주전에서 내려오는 지시는 구양혜림이 도맡았다. 구양혜림에게 다른 일이 있을 때는 운지(雲脂)라는 시녀가 전했다. 천주의 큰며느리이자 비원각주의 방문은 그만큼 특별한 일이 있다는 말이었다. 특히 그녀는 시녀들도 대동하지 않고 구양혜림만 대동했다.

"쉬지도 못하게 해서 미안해요. 우리를 따라가야겠어요."

원다영은 빠르게 말했다.

"무슨 일인지요?"

모처럼 만의 휴식을 빼앗긴 진우청은 입맛을 다신 후 물었다.

"북제성에서 연락이 왔어요."

"북제성?"

진우청은 잠이 싹 달아나는 느낌을 받으며 목소리를 높였다.

"그래요. 그곳에서 사람들이 왔어요."

구양혜림이 고개를 끄덕였다.

진우청은 눈을 끔벅거렸다. 조만간 북제성과 연락이 닿으면 장소를 정하고 그곳으로 가야 할 줄 알았는데 그곳에서 사람이 왔다는 것은 뜻밖이었다. 뒤이어 대체 어떤 인간들일지 구름 같은 궁금증이 함께 일었다.

얼마 전에 건곤일척의 대결을 벌였던 눈썹 없는 노인!

그리고 사부!

모두 북제성과 관련있는 사람들일 것이다.

그런 사람들과 같은 곳의 사람들이 이곳 남패천에 왔다는 말이다.

"고, 공자!"

더 이상 궁금중을 참지 못한 진우청이 원다영보다 한 발 앞서 문을 빠져나가자 원다영과 구양혜림은 멍하니 진우청을 쳐다보다가 서둘러 뒤를 따랐다.

"그런데 천주전이 아니라 왜 내성이오?"

북제성에서 온 중요한 사람들이기에 천주전에 있을 줄 알았던 진우청은 본당도 아닌 내성으로 안내하는 원다영 모녀를 보며 물었다.

"그건 가보면 알아요."

구양혜림은 짧게 대답한 후 내성의 한 접객실로 진우청을 안내했다.

크르르—

접견실 문을 열고 들어선 진우청은 전혀 예상치 못한 이상한 소리에 흠칫 신형을 굳혔다.

소리의 근원지는 넓은 접견실 한쪽에 버티고 선 세 마리의 동물에게서였다.

두 마리의 흰 늑대와 한 마리의 검은 표범이었다.

진우청은 잠시 움직임을 멈춘 채 세 마리의 짐승을 살펴보았다.

야수의 기질을 조금도 잃지 않은 눈에, 희고 긴 털이 온몸을 뒤덮은 두 마리의 백랑은 하나같이 덩치가 송아지만 했다. 그것도 갓 태어난 송아지가 아니라 일 년쯤 자란 송아지만 했다.

반면, 표범은 늑대와는 반대로 온몸에 먹물을 칠한 듯 잡티 하나 없는 검은색이었다. 덩치는 오히려 늑대보다 작았다. 그건 늑대들이 워낙 커서 그런 느낌을 준 것이다. 그러나 떡 벌어진 가슴과 커다란 앞발은 늑대 두 마리가 한꺼번에 덤벼도 단번에 날려 버릴 것 같은 힘이 느껴졌다.

이런 괴물 같은 짐승들이 왜 이곳에 있는지 이해가 가지 않은 진우청은 주변을 둘러보았다.

제일 먼저 남패천주 구양천의 모습이 보였다. 그리고 태상호법 나유백과 몇몇 장로들의 모습도.

그 옆으로 이남일녀의 모습이 눈에 들어왔다.

진우청은 북제성에서 왔다는 인물들이 이들임을 직감했다, 또한 그들이 이 짐승들을 데리고 왔다는 것도.

이런 짐승들을 데리고 왔기에 천주전까지 오지 못하고 내성 접견실에서 맞이하고 있는 것 같았다. 옆에 궤짝 세 개가 놓여 있는 것으로 봐서 이 짐승들을 그곳에 넣어 다른 사람들의 이목을 숨긴 채 이곳까지 온 모양이었다.

진우청은 비원각주 원다영을 쳐다보았다.

진우청의 심중을 읽은 원다영이 보일 듯 말 듯 고개를 끄덕였다.

크르르—

진우청의 덩치가 마음에 들지 않았는지 늑대 한 마리가 이빨을 드러내며 다시 으르렁거렸다. 포효하는 것도 아닌 낮은 소리였지만 웬만한 사람은 그것만으로도 오금이 얼어붙고 혼백이 달아날 만했다.

"가만있어, 설아."

가운데 있던 여인이 낮은 목소리로 말했다. 그러자 이빨을 드러내고 으르렁거리던 늑대가 강아지처럼 꼬리를 들썩거리며 눈을 내렸다.

진우청은 그제야 짐승들을 끌고 온 인간들에게로 관심을 돌렸다.

방금 낮은 소리로 늑대를 진정시킨 여인은 이십대를 갓 넘긴 나이쯤 되어 보였다.

표범의 털 색깔만큼이나 짙은 흑색의 경장을 차려입은 그녀는 군살이라고는 약에 쓸래도 찾을 수 없을 정도로 매끈한 몸매였다. 아주 어린 시절부터 얼마나 혹독한 수련을 쌓았는지는 그 몸매만으로도 능히 짐작할 수 있었다.

얼굴 역시 세필로 조금도 흐트러짐없이 한 호흡에 그린 것처럼 몸매와 완벽한 조화를 이루었다. 단지 눈꼬리가 북방 여인의 특징을 그대로 간직한 채 위로 치켜져 있어 자신이 고삐를 잡고 있는 표범 못지않게 사나운 느낌을 주었다.

여인 양쪽에 앉아 있는 사내 둘은 모두 삼십대 초반 정도의 나이로 보였다.

두 사람 모두 짙은 회의 차림의 평범한 용모였지만 북제성이란 단어로 인해 그들을 절대로 평범하게 느낄 수 없었다.

그들 역시 처음 들어오는 순간부터 뚫어져라 진우청을 쳐다보고 있었다. 오로지 진우청을 만나기 위해 먼 길을 달려왔을 것이니 그건 당연한 반응이리라.

진우청은 그들에게서 호감과 반감을 같이 느꼈다.

사부와 연관이 있는 사람들이라 생각하면 더없이 반가운 사람들이겠지만 자신을 기필코 죽이려 했던 눈썹 없는 노인과도 관련이 있는 사람들이라 생각하니 반감이 뒤따랐다.

그런 마음이 진우청의 눈빛에서 고스란히 드러나며 세 사람의 시선과 얽혔다.

제일 먼저 여인의 눈빛이 약간 흔들렸다.

진우청의 눈에서 무공의 깊이는 물론이고 한 조각의 내심도 읽을 수 없었기 때문이다.

자신의 경험상 이런 경우는 극히 드물었다.

살짝 미간을 찌푸린 여인은 공력을 돋우며 진우청의 시선을 붙잡아 갔다.

여인의 아미가 좀 더 찌푸러졌다.

어느새 진우청의 시선은 여인의 도발을 무시하며 사내들에게로 옮겨가고 있었다. 이것 역시 쉽지 않은 일이었다.

그렇게 뚱하게 세 사람을 일견한 진우청은 구양천에게로 다시 시선을 돌렸다.

"이분들이오, 북제성에서 왔다는 사람들이?"

진우청은 불쑥 질문을 던졌다.

"그, 그렇네. 실례했구먼. 우선 앉게나."

진우청과 세 사람의 대면을 한순간도 놓치지 않고 지켜보던 구양천이 움찔하며 진우청에게 자리를 건넸다.

"먼저 인사……."

"창룡금시를 가지고 있나요?"

나유백의 말을 가로막으며 여인이 진우청을 향해 단도직입적으로 질문을 던졌다.

진우청은 속으로 울컥하고 반감이 솟구치는 것을 느꼈다.

자신은 사부의 그림자를, 사부의 체취를 느끼고 싶은 마음에 이들을 만나고 싶었는데 이들은 오로지 창룡금신지 뭔지 하는 것에만 관심이 있는 것 같았다.

"우선 인사부터 나누는 게 순서가 아니오?"

진우청은 창룡금시에 대한 대답 대신 그렇게 대꾸했다.

"창룡금시를 모른다면 우린 인사를 나눌 필요도, 더더구나 이렇게 마주할 이유조차 없어요."

여인은 매몰차게 말하며 날카로운 눈빛으로 진우청의 대답을 재촉했다.

진우청은 잠시 뜸을 들였다가 입술을 움직였다.

"금시라면 황금으로 만들어진 열쇠를 말하는 모양인데……."

"헛수고했어요. 돌아가요!"

진우청의 말을 끊으며 여인이 발딱 일어섰다. 그러자 양옆에 앉아 있던 중년인들도 끈이라도 묶인 듯 동시에 일어섰다. 진우청의 말이 끝나지도 않았지만 진우청의 설명은 그들이 원하는 답이 아닌 모양이었다.

"이, 이보시오!"

한기가 온 사방으로 뻗어나갈 듯 횡하니 일어서고, 서자마자 등을 돌리는 이남일녀의 모습에 나유백이 당황한 얼굴로 신형을 움직였다.

크아앙—

나유백이 앞을 막아서자 여인이 몰고 있던 흑표범이 날카로운 포효와 함께 아가리를 벌렸다.

용암이 뿜어져 나올 것 같은 붉은 입속과 단검 같은 송곳니를 보며 산전수전 다 겪은 나유백도 일순 온몸이 경직되었다.

"앞을 막는다면 모조리 베겠어요."

여인이 표독스런 눈으로 나유백을 쳐다보며 말했다. 그렇지 않아도 날카롭게 느껴지던 눈에서 얼음장 같은 한기가 뻗어 나오자 아가리를 벌리고 위협하는 표범보다 몇 배는 더 위험한 여인이라는 것이 절로 느껴졌다.

단 백 명만으로도 천하사패의 한 자리를 차지하는 북제성의 힘이 고스란히 드러나는 순간이었다.

"성질 참 고약하군!"

일촉즉발의 순간 진우청의 목소리가 뒤에서 울렸다.

거침없이 걸어나가던 여인이 문 앞에서 우뚝 걸음을 멈추고는 굳은 듯이 서 있었다. 꼼짝 않고 서 있는 것 같았지만 미미하게 오르락내리락하는 어깨는 여인의 분노가 폭발 직전에 달했다는 것을 나타내 주었다.

파앗—

파공음 한 줄기가 정적을 사정없이 깨뜨렸다. 동시에 희뿌연 섬광 한 가닥이 허공을 쪼개 나갔다.

여인은 여전히 꼼짝도 않고 있는 것 같았는데 여인이 오른손에 감아쥐고 있던 표범의 목줄이 어느새 풀어지고 기다란 채찍으로 변해 진우청의 목을 향해 날아갔다.

번개가 번쩍하는 순간을 몇 개로 쪼갤 만한 사이에 벌어진 일이었다. 그리고 진우청의 목을 향해 영사(靈蛇)의 혀처럼 뻗어나가는 채찍 끝은 중원 그 어떤 문파의 쾌검보다 빨랐다. 북제성의 무공은 역시 명불허전이라는 것을 느끼게 해주는 순간이었다.

그런데 그런 채찍의 공격을 받는 진우청의 대응은 전혀 반대였다.

두꺼비처럼 느릿한 움직임!

진우청의 상체는 그렇게 느리게 느껴지며 한 뼘쯤 뒤로 젖혀졌다.

휘리릭—

진우청의 목을 꿰뚫을 듯 날아온 채찍은 스치듯이 진우청의 목을 비껴나며 여인의 손으로 감겨들었다.

두 사람의 움직임을 지켜보는 사람들은 마른침을 삼켰다.

등 뒤에 있는 목표물을 보지도 않고 섬전같이 빠르게 채찍을 날리는 여인의 편법(鞭法)이나, 그런 채찍을 권태롭게 느껴질 정도로 최소한의 움직임으로 피해내는 진우청의 동작은 하나같이 전율을 불러일으킬 정도였다.

여인의 어깨가 다시 한 번 미세하게 움직였다.

쌔액—

혼백을 끊는 듯한 소리와 함께 이번에는 채찍이 종횡으로 흔들리며 그물처럼 진우청의 몸을 휘감아갔다. 언제 회수되고 언제 출수되었는지 보지도 못했지만 채찍은 어느새 진우청의 몸 한 치 앞에서 그물이 되어 진우청의 전신을 난자해 갔다.

스스스—

이번에도 진우청의 손이 느린 듯 뻗어 나왔다. 그러나 그물망을 만든 채찍과 마주하는 순간, 진우청의 손은 폭발하듯 움직였다.

짜자자자작—

가슴이 뻥 뚫릴 듯 경쾌한 소리가 들렸다.

다음 순간 진우청의 몸을 뒤덮어가던 채찍은 똑같은 모습으로 여인의 등을 향해 날아갔다.

얼음장 같은 여인의 표정이 미미하게 변했다. 자신의 공격을 두 번이나 무의로 돌린 것도 모자라, 난무하는 채찍 끝을 때려 똑같이 날아오게 만들 인간이 있을 줄은 몰랐다.

여인이 이번에는 손목을 크게 움직였다. 하지만 여전히 돌아서지 않은 채였다. 그것은 북제성이라는 이름, 그리고 자신의 무공을 확신하는 자존심 같았다.

파아앙―

대기를 두드린 채찍에서 가죽 북이 터지는 소리가 나왔다. 그만큼 채찍에 실린 힘이 막대하다는 말이었다. 그런 힘을 실은 채찍이 회초리처럼 곧게 뻗어 진우청의 허리를 쓸어갔다.

이번에는 피하거나 기교를 부리기보다는 본신의 내력으로 상대를 하려는 수법이었다.

채찍이 허리로 날아들기 전에 진우청은 한 발 앞서 발끝으로 바닥을 찍었다.

상체가 흐릿하게 움직이는가 싶더니 진우청의 신형은 어느새 쓸어오는 채찍을 향해 마주쳐 가고 있었다.

피해도 위험할 판국에 곰처럼 막무가내로 부딪쳐 가는 진우청의 움직임을 보고 구양혜림의 눈이 찢어질 듯 부릅떠졌다. 태상호법 나유백도 곧 출수라도 할 듯 무의식적으로 어깨를 움찔거렸다. 그만큼 두 사람의 대결이 살벌했다.

파앙―

채찍과 진우청의 양 손바닥이 마주치며 폭발음에 가까운 파공음이 울렸다.

뒤이어 진우청은 손바닥을 움직여 여인의 채찍을 감아쥐었다.

채찍을 휘두르는 사람으로서 그 끝이 누군가에 잡힌다는 것은 검을 휘두르는 사람이 검을 빼앗기는 것만큼이나 수치스러운 일!

"하앗―"

날카로운 일성과 함께 여인은 손목을 어지럽게 흔들었다.

긴 회초리 같던 채찍이 다시 파도처럼 물결을 치며 그 파도가 진우청의 손을 향해 뻗어나갔다. 부드럽게 굴곡지며 뻗어나가는 파도였지만 그 속에는 거석을 부러뜨릴 힘이 담겨 있었다. 그대로 채찍 끝을 잡고 있으면 그 파동이 고스란히 손목을 두드릴 것이다. 놓을 수밖에 없는 상황이었다.

그러나 진우청은 그것을 놓지 않았다. 오히려 여인보다 더 세게 흔들어 버렸다.

작은 파도가 더 큰 파도에 밀려 되돌아갔다.

아울러 북제성이라는 이름의 자존심도 진우청의 손목에 막혀 튕겨 나가는 상황이었다.

순간!

크아앙―

주인의 불리를 느꼈는지 검은색의 표범이 포효를 토하며 도약했다.

"안 돼!"

여인이 마침내 돌아서서 소리를 질렀지만 표범은 이미 진우청을 향해 짓쳐들고 있었다.

"엇!"

다급한 고함을 토한 진우청은 급히 채찍을 놓으며 상체를 뒤로 뺐다.

인간의 움직임과는 비교도 안 되는 빠르기였다. 여인의 채찍보다 오히려 빠르게 느껴지는 도약이었다. 특히, 도약하며 짓쳐드는 순간의 이글거리는 그 눈빛은 인간의 심혼을 얼릴 만큼 흉맹했다.

순간적으로 두 자 가까이 상체를 뒤로 젖혀 벽에 등을 부딪친 진우청은 그 탄력을 이용해 앞으로 쏘아졌다. 그곳은 표범의 아가리 앞이었다.

퍼억―

뭔가 이질감이 섞인 파육음이 터졌다.

"아악!"

구양혜림이 마침내 비명을 질렀다.

진우청의 오른팔이 표범의 아가리 속으로 빨려들어 팔꿈치까지 먹혀 있었다. 그녀가 보기엔 그랬다.

그러나 표범의 입장에선 그게 아니었다.

캐애액—

포효와는 전혀 다른 괴성을 지른 표범이 진우청의 팔을 토해내며 바닥을 구르다 튀어 오르기를 반복했다.

마치 사냥꾼의 화살을 맞은 맹수의 몸짓 같았다.

"흑풍!"

여인이 날카로운 고함을 지르며 표범에게로 달려갔다.

크앙!

크르르—

크르르!

몇 번 괴로운 몸짓을 하던 표범이 다시 도약할 자세를 잡으며 으르렁거렸다. 그러나 함부로 도약은 하지 못했다. 대신 두 마리의 늑대가 이빨을 드러내며 목줄이 팽팽하게 당겨질 정도로 앞으로 나섰다.

"이 못된 짐승들을 물리지 않으면 주먹 대신 이걸 아가리 속으로 처박아 버리겠소!"

등 뒤에서 용곤과 호곤을 뽑아든 진우청이 표범과 늑대들을 노려보며 으르렁거렸다.

여인은 기가 막힌 표정으로 진우청과 아직도 괴로운 몸짓을 하고 있는 표범을 번갈아 쳐다보았다.

표범이 도약하며 아가리를 벌리며 순간, 유일한 허점인 아가리 속으로 진우청은 주먹을 뻗어 넣었다. 인간으로 따지면 파탄이 드러난 초식의 허점 속으로 주먹을 쑤셔 넣은 것과 마찬가지였다.

아무리 입 속으로 굴러들어 온 먹이라 할지라도 그게 목구멍 끝까지 쑤셔들고, 목젖을 세차게 강타하면 절대로 씹어 먹을 수 없다. 본능적으로 토해내기 마련이다.

흑표범은 그래서 진우청의 팔을 토해낸 후, 목젖과 목이 강타당한 고통을 참지 못하고 바닥을 뒹굴며 튕겨 오르기를 반복했던 것이다.

"이… 이!"

분기를 참지 못한 여인이 발작적으로 채찍을 끌어당겼다. 바닥에 늘어져 있던 채찍을 당겨 다시 공격할 태세였다.

여인의 손이 한층 더 빠르게 움직이려는 찰나!

"마름모꼴의 옥패 말이오?"

진우청이 자신이 동작만큼이나 느긋한 목소리로 말했다.

휘익―

다시 미세한 파공음이 울렸다.

그러나 이번의 것은 여인의 채찍을 휘둘러서 생긴 것이 아니라, 금방이라도 출수할 태세를 잡은 사내들이 신형을 움직이며 생기는 소리였다.

"자세히 설명해 봐요!"

분노와 어처구니없는 감정이 뒤섞인 표정의 여인이 잠시 진우청을 쳐다보다가 빠르게 말했다.

"황금으로 만든 열쇠란 말과는 달리, 어린애 손바닥만 한 옥패에, 한쪽에는 비상하는 용무늬가 그려져 있고, 다른 한 쪽에는 황금빛 열쇠무늬가 양각되어 있는 것을 말하는 것이오?"

오랜 기억을 떠올리는 듯 진우청은 눈을 가늘게 뜨며 설명했다.

"마, 맞아요. 그런데 왜?"

"뭐 말이오?"

"처음부터 그렇게 설명했으면 이런 일이 없었잖아요?"

여인은 날카로운 소리로 말했다.

"차근차근 말하려고 하는데 당신이 여유도 주지 않고 성질부터 부렸잖소?"

진우청이 대꾸하자 여인은 어이없는 표정을 하며 잠시 동안 말문을 닫았다.

"잠시 오해가 있던 모양이구려. 그러니 다시 앉으시오. 차근차근 얘기하도록 합시다."

다짜고짜 일어선 여인이 방문을 향해 나갈 때는 자신들이 헛짚고 모든 것이 끝나는 줄 알았던 나유백은 가슴을 쓸며 여인과 두 사내에게 다시 자리를 권했다.

"미안해요!"

잠시 망설이던 여인은 사과의 말과 함께 자리에 앉았다.

'사과도 할 줄 아는 것을 보니 얼음마녀는 아닌 모양이군!'

내심 중얼거린 진우청도 자신의 자리에 앉았다.

"보여줄 수 있나요?"

진우청이 자리에 앉자마자 여인은 다시 단도직입적으로 말했다.

"당신들을 어떻게 믿소?"

진우청은 퉁명스럽게 답했다. 자신의 존재는 이들에게 확인되었지만 이들에 대해서는 아는 것이 하나도 없었다. 정말 북제성에서 온 사람들이 맞는지도 몰랐고, 그렇다 하더라도 눈썹 없는 노인과 같은 사람들일지도 몰랐다.

"이들의 신분은 내가 보장하네. 북제성주의 친필 서신과 수결이 있네."

구양천이 나서서 진우청의 말에 답했다.

"그야 노인장 입장이지. 내 입장이 아니지요. 난 이름도 모르는 사람들과는 더 이상 얘기하고 싶지도 않소!"

잘라 말한 뒤 이번에는 진우청이 벌떡 몸을 일으켰다.

"난 을지소소(乙支素笑)예요!"

여인이 서둘러 자신의 이름을 밝혔다.

"을지?"

진우청은 여인의 성을 되뇌었다.

복성(複姓)에다 중원에서는 잘 알려지지 않은 성이었다.

"뭐 잘못 됐나요?"

고개를 갸웃거리는 진우청을 보며 여인이 쏘아붙였다.

"아, 아니오. 그런데 다른 두 분은 벙어리요?"

진우청은 여인 양옆에 있는 사내들을 보며 물었다. 처음 본 순간부터 지금까지 단 한 마디도 하지 않고 있었다. 그 모습은 벙어리로 오해해도 무리가 없어 보였다.

"두 분은 중원 말이 서툴러요. 그래서……."

"그럼 벙어리나 마찬가지군."

진우청이 입맛을 다시며 혼잣소리처럼 중얼거렸다.

아마도 앞으로 이들과 같이 북제성주를 만나러 가며 긴 여행을 해야 할 것 같은데 이 두 사람이 중원 말을 모른다면 성질 고약한 이 여인하고만 계속 상대해야 할 것이다. 그건 정말 피곤한 일이란 생각이 들었다.

"죽… 는다!"

한 사내가 진우청을 매섭게 노려보며 서투른 중원 말을 했다. 아무래도 벙어리란 말을 알아들은 모양이었다.

"말은 서툴러도 알아듣는 것은 아무 문제 없어요. 그러니 함부로 입을 놀렸다가는 정말 죽을 수도 있어요."

을지소소가 매서운 눈초리로 진우청을 쏘아보며 주의를 주었다.

진우청은 피식 웃음을 흘린 후 다시 을지소소를 쳐다보았다.

"북제성주와는 어떤 사이시오?"

진우청의 질문에 을지소소의 눈 사이가 좁혀졌다.

"그건 당신이 알 필요 없어요. 그리고 알려줄 수도 없어요."

을지소소가 냉랭하게 답했다.

"그렇다면 나 역시 창룡금시를 보여줄 수 없소. 충분히 설명했으니 그것으로 확인되었을 것이라 생각하오."

"그건……."

진우청의 말에 을지소소 잠시 난감한 표정을 짓다가 일행인 두 사내를 쳐다보았다.

두 사내들 역시 잠시 생각하는 표정을 짓더니 고개를 끄덕거렸다.

"좋아요. 하지만 한 가지 시험은 더 해야겠어요. 이건 우리 의견이 아니라 성주님 지시예요."

을지소소는 딱 부러지는 소리로 말했다.

第五十四章

출발

"시험이라니, 무슨 시험 말이
오?"

진우청은 귀찮은 표정과 함께 그녀를 바라보았다.

"우리가 한꺼번에 펼치는 일초를 피해보세요. 긴장할 필요는 없어
요. 살초는 아니니 그냥 단순한 비무 정도로만 생각하면 돼요."

그 말과 함께 을지소소는 두 사내에게 눈짓을 했다.

두 사내가 천천히 몸을 움직였다.

을지소소와 두 사내가 정삼각형 모양으로 진우청을 포위했다.

진우청은 잔뜩 눈살을 찌푸리며 미동도 않고 서 있었다. 자신에게서
뭘 원하는지는 몰라도 자신을 찾는 사람은 북제성주였다. 그러니 아쉬
운 건 그들일 텐데 온갖 조건이 많았다.

"꼭 해야 하오?"

호흡을 가다듬은 세 사람이 초식을 전개하려는 절묘한 찰나, 진우청이 질문을 던졌다.

진우청의 오른쪽에 있던 한 사내가 얼굴이 벌겋게 되며 볼을 씰룩거렸다. 그 사내의 움직임으로부터 공격이 시작되는 순간이었던지라 진우청의 질문이 숨을 턱 막아버린 것이다.

"해야 한다고 하지 않았나요?"

을지소소가 날카로운 고함을 터뜨렸다.

일부러 그런 것은 아니겠지만 그 시기가 너무 공교로웠다. 수유의 순간이라도 늦거나 빨랐다면 출수할 수 있었을 텐데 하필 그 순간에 질문을 던져 애써 끌어올린 기세를 지워 버린 것이다. 다시 기세를 끌어올려야 했다.

진우청의 왼쪽에 있는 사내가 은밀하게 눈짓을 했다. 그와 함께 세 사람은 서로의 기운을 읽었다.

"아쉬운 건 당신들이잖소?"

"컥!"

이번에도 진우청은 결정적인 순간에 불쑥 질문을 던졌다. 그 결과 진우청의 왼쪽에 있는 사내가 기침을 토했다.

아까보다 더 강한 기운을 끌어올렸기에 이번에는 그 여파가 기침을 토하게 만들었다.

기침을 토한 사내가 부릅뜬 눈으로 진우청을 쳐다보았다. 강한 의혹과 불신이 어린 눈빛이 폭사되어 나왔다.

잠시 후 사내의 울대가 미세하게 움직였다. 자세히 보지 않는다면 느낄 수 없는 변화였다.

나유백의 눈빛이 번쩍 빛났다. 그건 입술을 움직이지도 않고 펼치는 절정의 전음술이었다. 들어보기는 했으나 실제로 펼치는 인간은 본 적이 없었다.

그 전음술로 무슨 의견을 전달했는지 세 사람의 움직임이 약간 달라졌다.

약 반 걸음씩 위치를 이동한 세 사람은 서서히 기운을 끌어올렸다.

이제까지는 초식을 전개하기 위해서였다면, 이번에는 기세로서 가운데 있는 사람을 제압하기 위해 기운을 끌어올리고 있었다.

진우청은 세 사람의 몸에서 뿜어져 나오는 무형의 기운이 전신을 칡덩굴로 감아오는 것 같은 느낌을 받았다.

아무런 움직임도 없이, 온몸으로 발출하는 무형의 기운만으로도 사람을 죽일 수 있을 것 같았다.

진우청은 점점 더 증폭되는 그 기운을 온몸으로 느끼며 호흡을 낮게 가라앉혔다.

폭풍우가 아무리 거세어도 폭풍우의 흐름에 몸을 맡긴 갈대는 뿌리가 뽑히지 않는다.

와짝!

탁자 위에 있던 찻잔 하나가 터지듯이 깨어졌다.

"이젠 시작할 때가 되지 않았소."

극한이 긴장감 속에서 진우청이 불쑥 말을 던졌다.

퍼퍼퍽!

나머지 찻잔들이 옆으로 휘말려 나갔다. 그 자리에서 찌그러지듯 와짝 깨어지던 찻잔들과 달리 무질서하고 흐트러진 모습이었다. 그와 함께 을지소소의 얼굴이 와락 찌푸러졌다.

세차게 끌어올린 기운들이 절묘한 순간에 터져 나온 진우청의 목소리와 함께 또 한 번 흐트러져 버린 것이다. 처음부터 다시 준비해야 했다.

그런데 그럴 필요가 없었다.

"통과… 했다."

진우청의 왼쪽에 있던 사내가 더듬거리며 말하고는 기세를 거두어들였다.

"사, 사형!"

을지소소가 설마 하는 눈으로 사내를 쳐다보았다.

"호흡… 도둑 맞았… 더 이상… 필요….”

서투른 한어로 말하다 고개를 흔든 사내가 자신들의 말로 빠르게 을지소소에게 뭔가를 설명했다.

을지소소가 불신 가득한 눈으로 사내와 진우청을 번갈아 쳐다보았다.

마침내 그녀가 무겁게 고개를 끄덕였다.

"시작도 하기 전에 그런 식으로 우리의 일초를 무산시킬 줄은 몰랐어요."

을지소소는 아직도 일말의 의심을 지우지 못한 표정과 함께 말했다.

"세 사람은 손발이 맞지 않았소. 앞으로도 합공 같은 건 하지 마시오.”

진우청은 그렇게 답하며 호흡을 골랐다.

"마지막으로 한 가지만 더 물어봅시다."

잠시 대화가 끊긴 후 진우청이 불쑥 말했다.

"말해봐요."

을지소소는 약간 피곤한 기색과 함께 답했다.

"혹시 당신네 성주란 사람과 내가 어떤 관계인지 아는 바가 있으시오?"

진우청의 질문에 을지소소는 물론, 그녀 옆에 앉아 있는 두 사내가 어이없는 표정을 지었다.

"당신이 모르는 걸 내가 어떻게 알아요!"

잠시 후 을지소소가 뾰족하게 소리쳤다.

을지소소와 같이 온 사내들 중, 키가 약간 더 큰 사내는 초하이란 이름으로 등에는 고색창연한 검을 메고 있었다. 아마도 절정의 검사일 것이다. 그리고 다른 사내는 타우란 이름으로 무기는 소지하지 않고 있었지만 주먹에 박힌 굳은살과 팔 근육으로 보아 권장을 절기로 함이 분명했다.

그리고 그들이 데리고 온 표범은 흑풍, 늑대들은 백왕과 설아였다.

"오늘밤 어둠이 짙어지면 떠나겠어요. 그 사실은 아무도 알 수 없게 해주세요."

간단한 저녁을 끝낸 을지소소는 구양천을 쳐다보며 딱딱 끊어지는 소리로 말했다. 천성이 그런 것인지 아니면 일부러 그러는 것인지 그녀의 목소리와 말투는 얼음 동굴 속에서 흘러나오는 삭풍 같았다. 네 개 하늘 중 한곳의 주인인 구양천을 상대할 때도 그 태도는 변함이 없었다.

"며칠 쉬며 여독이나 풀고……."

"두 시진 후에 떠나겠어요. 준비해 주세요."

나유백의 염려스런 목소리를 자르며 을지소소는 더 냉정하게 뱉어냈다.

"너무 급박하지 않소?"

마침내 진우청도 불평을 토했다.

"그러는 게 여러모로 좋아요. 이곳에 길게 있을수록 앞으로 닥칠 난관이 커져요."

을지소소는 진우청을 쳐다보지도 않고 대답했다.

"난관?"

진우청은 눈살을 찌푸렸다.

난관이니, 기관이니, 혈로(血路)니 하는 것들은 이젠 진저리 쳐지는 말이다. 그런 것들과는 되도록 마주치고 싶지 않았다. 하지만 두 시진 후에 떠나는 것은 너무 갑작스러웠다. 따로 준비할 것은 없다지만 그야말로 이제가면 언제 올지 모른다. 죽을지 살지도 모를 그런 길을 떠나는데 아는 사람들과 인사할 시간도 제대로 안 준단 말인가?

그런 생각을 하던 진우청은 쓸쓸한 웃음을 삼켰다.

그러고 보니 따로 인사할 사람들도 없었다.

아는 사람들은 거의 이 자리에 있었다. 여기 없는 사람이라고 해봐야 절명자 오무평과 유화경뿐이었다.

유화경을 생각하자 가슴이 무거워졌다.

오빠들도 떠나고 자신마저 떠난다면 그녀가 의지할 사람은 백봉령주밖에 없을 것 같았다.

'하긴 뭐…….'

진우청은 뒷머리를 긁적거렸다.

그녀는 이제 누굴 의지하겠다는 마음 자체를 죄악시 하고 있었다. 지금까지 자신이 해준 일이라고는 원하는 유황을 모자라지 않을 정도로 제공해 준 것뿐이다. 어쩌면 작별 인사도 안 하고 떠나는 것이 그녀의 공부에 더 도움이 될지 몰랐다.

"그래도 두 시진 후라면 너무 촉박하지 않겠소? 우리 쪽에서도 준비를 해야 하는데……."

구양천도 약간 난감한 빛을 떠올리며 말했다.

"무슨 준비 말인가요? 진 공자님만 우릴 따라 가면 되는 것 아닌가요?"

을지소소가 약간 의문스런 목소리로 말을 받았다.

"그동안 이런 날에 대비해서 우리도 수행할 고수들을 준비해 놓았소. 그러니 그들을……."

"호호호호."

구양천의 말을 끝내기도 전에 을지소소가 발작적으로 웃음을 터뜨렸다.

내내 침착한 표정을 유지하던 구양천의 눈썹이 이때만큼은 약간 흔들렸다.

"죄송해요! 하지만 할 말은 해야겠어요."

을지소소가 웃음을 멈추고 다시 말했다.

"우린 진 공자님과 동행하며 움직이는 것도 정말 부담스러워요. 변장을 한다고 해서 남들 눈에 뜨이지 않을 체격이 아니거든요. 그런데… 다른 사람들까지 데리고 가라는 말인가요?"

"그게 아니라 우린 호위를……."

이번에는 나유백이 나섰다.

"우리를… 아니, 여러분들 표현대로라면 북제성이죠. 북제성을 대체 뭘로 아시는 건가요? 북제성 인원 백 명이면 남패천과 겨루어도 전혀 밀리지 않는다는 말을 듣지 못했나요? 건방진 말 같지만 우리 세 명이 합공을 한다면 천주님도 당하실 수 없어요. 그런데 더 이상 무슨 호위가 필요하죠? 오히려 방해만 될 뿐이에요.”

말을 마친 을지소소의 얼굴에 도도한 빛이 흘러넘쳤다. 다른 사람 같았으면 그런 모습이 정말 건방져 보일 것이지만 그녀에겐 오히려 그게 자연스럽게 느껴졌다. 북제성이란 수식어 때문만은 아니었다. 조금 전에 진우청에게 일격을 가했던 채찍을 생각하면 수긍이 갔다. 뒤를 돌아보지도 않고, 손목을 움직인 것 같지도 않았는데 섬전처럼 쏘아지던 채찍은 여기 있는 사람들 중 구양천이나 나유백, 진우청 아니면 누구도 막을 엄두조차 못 낼 수준이었다.

“또한 백왕과 설아, 흑풍이면 호위병 백 명보다 나아요. 그러니 그런 걱정은 말아주세요.”

을지소소는 흑표와 두 마리 늑대를 쳐다보며 말을 맺었다.

더 이상 어떤 말도 이어지지 않았다.

잠시 후면 이곳을 떠나 길고 험한 여행을 해야 한다는, 약간은 무겁고 약간은 흥분된 마음으로 숙소에서 간단한 준비를 하고 침상에 앉아 있던 진우청은 구양혜림과 함께 들어오는 유화경을 보며 벌떡 신형을 일으켰다. 그녀들 뒤에는 백봉령주도 있었다.

복수에 매진하는 그녀에게는 그냥 아무 통보 없이 떠나는 것이 오히려 낫겠다는 생각이었는데 구양혜림이 유화경을 이끌고 온 것이다.

여전히 초췌한 모습의 유화경이었다. 오면서 눈물을 흘렸는지 얼굴에는 희미한 눈물 자국이 있었지만 표정은 무심하게 가라앉아 있었다.

“너무 갑작스럽군요.”

잠시 머뭇거리던 유화경은 그렇게 서두를 꺼냈다.

“나도… 그래. 하지만 그쪽에서 온 사람들이 오늘밤 어둠이 짙어지면 소리없이 빠져나가야 한다고 뜻을 굽히지 않으니……”

말끝을 흐리며 답한 진우청은 괜히 이것저것 들었다 놓기를 반복했다.

“그럼, 두 분 작별 인사를 나누세요. 우린 잠깐 자리를 피해 드릴게요.”

구양혜림은 말이 끝나자마자 얼른 백봉령주의 팔을 끌고 몸을 움직였다.

“아, 아니에요, 언니. 그냥 이렇게 얼굴 한 번 보고가면 그게 작별 인사지요. 참 이거…….”

백봉령주와 함께 밖으로 나가려는 구양혜림을 애써 만류한 유화경은 품속에서 작은 주머니 하나를 꺼내 진우청에게 건넸다.

“그게… 뭐냐?”

얼른 받지 못하고 진우청은 질문했다.

“제가 가지고 있던 몇 가지 금붙이와 패물이에요. 저한테는 이젠 이런 거 필요없어요. 이건 길 떠나는 사람이 더 필요할 테니 가지고 다니다가 노잣돈 떨어지면 팔아 쓰세요.”

유화경은 머뭇거리는 진우청의 손에 억지로 주머니를 쥐어주었다.

“나란 놈은 당장 맨몸으로 쫓겨난다고 해도 굶고 다니지는…….”

“그런 건 그냥 받는 거예요, 진 공자!”

진우청이 도로 돌려주려고 하자 백봉령주가 나무라는 투로 말했다.

“그리고 이건 어제 제가 완성시킨 화탄이에요. 위기가 닥치면 여기 튀어나온 곳을 세게 누른 후 던지세요. 누른 다음 다섯을 셀 정도의 시간적 여유가 있으니 그렇게 맞춰 던지면 돼요. 큰 위력이 있는 것이 아니지만 쓰기에 따라서는 소용이 될 곳이 있을 거예요.”

유화경은 감정을 억누른 목소리로 말했다.

“벌써 이런 걸 만든 거야? 든든하긴 한데… 몸을 너무 혹사하는 건 아닌가?”

다섯 개의 메추리 알만한 화탄을 받아 든 진우청은 책망하는 눈빛과 함께 소리를 높였다.

금방이라도 눈물을 떨어뜨릴 듯한 유화경에게 이별의 순간에서나마 부드러운 말로 토닥거려 주고 싶었지만 그런 건 자신에게 어울리지 않았다. 그냥 이렇게 예전처럼 대하는 것이 나았다.

“제 걱정 마시고 이제부터는 오라버니 걱정이나 하세요. 여기까지 왔던 길보다 훨씬 더 위험한 사지나 마찬가지의 길일 테니까요.”

유화경은 걱정 가득한 음성으로 말했다.

“이게 있으니까 이젠 걱정없지 뭐!”

유화경의 걱정에 태평스럽게 대답한 진우청은 손바닥 안에 든 화탄 다섯 개를 차례로 허공에 던졌다. 놀란 구양혜림이 자신도 모르게 뒤로 몸을 날렸다.

휘리릭—

손을 움직인 것 같지도 않았는데 다섯 개의 화탄이 물레방아가 돌아가듯 몇 바퀴나 허공에서 돌다가 진우청의 손바닥으로 내려앉았다.

“간 떨어질 뻔했잖아요!”

뾰족하게 고함을 지른 구양혜림이 가슴을 쓸었다. 단순히 떨어져서는 폭발을 일으키지 않는 것이지만 화탄에 대한 지식이 없는 그녀로서는 많이 놀란 모습이었다.

“육 장로님의 회구술(嬉球術)이군요.”

눈을 흘기던 구양혜림이 뭔가 생각난 듯 소리쳤다.

방금 진우청이 장난처럼 화탄을 허공에 던지던 동작은 여덟 장로 중 여섯 번째 서열의 장로 문형종(文亨宗)의 암기술이었다. 육장로가 쇠구슬을 던질 때는 그것이 몇 개인지 도저히 분간할 수가 없었다. 진우청은 다섯 개로 흉내 내었는데 금방 알아볼 수 있었다.

"그럼 전 이만 가볼게요. 무사히……."

말을 다 끝내지 못한 유화경이 얼른 몸을 돌려 밖으로 나갔다.

구양혜림과 백봉령주도 서둘러 한마디씩 작별 인사만 남기고는 황급히 유화경을 따랐다.

진우청은 그녀들이 사라진 방문 쪽으로 멍하니 시선을 두다가 긴 한숨을 내쉬었다.

"독하네. 울 줄 알았는데 끝까지 안 울고 돌아서네."

유화경이 기거하는 작업실로 돌아가며 구양혜림이 유화경의 눈치를 살피며 말했다.

진우청의 방을 나와 여기까지 한마디도 안하고 입을 다물고 있는 모습은 온몸으로 오열하는 것보다 더 슬퍼보였지만 끝까지 눈물은 흘리지 않았다. 피가 나도록 입술만 깨물고 있었다. 그래서 유화경은 구양혜림의 말에 대답도 못하고 있었다.

"남자들은 무공이 높아질수록 그만큼 마음도 무심해지는 것 같아. 진 공자도 그렇고 경 매의 큰오라버니도……."

구양혜림은 이번에는 백복령주의 눈치를 살피며 말했다.

지난 가을 무적대를 이끌고 떠나던 날 유화성 역시 진우청과 비슷하게 무미건조한 분위기로 백봉령주와 작별 인사를 했다. 그게 너무 서운했던 백봉령주는 며칠 동안 눈이 퉁퉁 부어 있었다.

"멍청이들 같으니… 말재주가 없으면 걸려 넘어지는 척하며 한 번
콱 안아주는 융통성이라도……."

"언니!"

"아가씨!"

제멋대로 중얼거리던 구양혜림은 유화경과 백봉령주의 날카로운 고
함 소리에 얼른 입을 다물며 사방을 두리번거렸다. 나오는 대로 중얼
거린 말이 어머니의 귀에라도 들어갔다간 바깥출입이 열흘은 금지될
터였다.

주변에 아무도 없는 것을 안 구양혜림은 가슴을 쓸었다.

"정혼녀는 없었는데……."

잠시 입을 닫고 있던 구양혜림은 다시 혼잣소리로 중얼거렸다.

"무슨 말이에요, 아가씨?"

백봉령주가 즉각 말을 받았다.

"저번에 할아버지의 지시로 비원각에서 진 공자님에 대해 조사를 좀
했거든. 그런데 진 공자님 형은 저번에 같이 왔던 하수린 소저와 어릴
적부터 정혼이 되어 있었는데, 동생은 너무 골칫덩이라 아무도 정혼을
안 하려고 해서 없다고 알고 있는데……."

구양혜림은 고개를 갸웃거리며 설명했다.

"그런데 왜 갑자기 그런 말을……?"

이번에는 유화경이 조심스럽게 물었다.

"아까 경 매와 작별을 할 때 모습을 보면 꼭 가슴속에 감춰놓은 정인
이 있는 사람 같잖아. 정혼녀도 없는데다가, 사저나 사매도 없고, 산에
서 내려온 지 얼마 되지도 않아 그간 제대로 만난 여자라고는 경 매가

유일할 텐데 말이야."

"워낙 무뚝뚝한 사람이니까 그렇지요. 아가씨 말대로 그런 방면에 있어서는 딱 한 사람만 빼고는 짝을 찾기 힘들 정도로 멍청하기도 하고……."

백봉령주는 샐쭉한 표정으로 유화경을 한 번 쳐다보고는 앞서 걸어 나갔다.

"딱 한 사람……? 아! 그렇지. 그런 사람이 있었지. 푸훗! 화탄제조 기술을 제대로 배우려면 그런 쪽에도 네가 신경 좀 써야 했는데……. 그런 걸 보면 너도 참 눈치가 없어!"

과장스럽게 호들갑을 떤 구양혜림이 유화경의 팔을 잡아끌며 앞서 나간 백봉령주를 따랐다.

*　　　　*　　　　*

"대체 어떤 놈이 진짜인가?"

곤룡포를 입은 비대한 느낌을 주는 한 중년인이 살점 가득한 안면 근육을 움직이며 말했다.

워낙 두둑한 살점 때문에 중년인의 표정은 화를 내는 건지, 웃는 건지 구별이 잘 가지 않았다. 시립해 있는 모든 사람들의 표정이 굳어 있는 것으로 봐서 중년인의 표정이 화를 낸 것으로 짐작될 뿐이었다.

"동방회에서 심어놓은 첩자들이 지난 초여름의 사건을 계기로 남패천에서 모조리 색출되는 바람에 정보의 혼란이 가중되고 있소."

태사의 가장 가까운 곳에 서 있던 한 노인이 가까스로 답했다.

"문제군!"

비대한 중년인은 여전히 얼굴 근육을 기묘하게 움직이며 말했다.

중년인의 이름은 모비광(毛匕光). 별호는 한때 천살광도(千殺狂刀)였다. 그러나 지금은 그 별호로 불려지지 않는다. 그 별호보다는 네 개의 하늘 중 하나인 서왕문의 문주란 명칭이 우선하기 때문이다.

자고로 얼굴에 살이 찔수록 그 사람의 인상은 후덕하게 보이는 법이다. 몸도 비대하고, 특히 얼굴 살이 많은 모비광은 더욱 후덕한 인상을 주었다. 하나 그를 조금이라도 아는 사람이면 절대로 그런 평가를 내리지 않는다.

후덕한 인상 뒤에는 마귀보다 더 잔인한 성품과 뱀보다 더 차가운 냉혈지심이 숨겨져 있었다. 그래서 그 별호마저 천 명의 인간을 눈 하나 깜짝하지 않고 죽이는 미친 칼이라는 뜻의 천살광도였다.

그는 십 년 전 서왕문의 후계자 자리를 놓고 벌인 권력투쟁에서 위로 두 명의 형을 참살하고 현 서왕문주가 된 것이다.

"정보의 부족은 항상 이런 답답함을 선사하지. 정보망을 재구축할 가망성은 없는가?"

모비광은 앞에 선 한 중년인을 향해 말했다.

문사건을 쓰고 깊은 눈빛이 간간히 흘러나오는 중년인은 서왕문의 군사직을 맡고 있는 구충서(具衝徐)였다.

"워낙 철저히 무너지는 바람에 지금으로선 불가능합니다. 설사 재구축한다고 해도 이미 늦은 일이지요."

구충서는 느릿하게 말했다.

"그럼 현재 그놈이 어느 쪽으로 향하고 있는지 알 수가 없단 말인가?"

모비광은 구충서의 느린 말투가 답답한지 한숨을 한 번 내쉬고는 빠르게 물었다.

"다른 여러 경로로 입수한 정보에 의하면 그놈은 북제성에서 온 사람들과 같이 움직이고 있습니다. 그런데 미리 떠난 남패천의 혈랑대 이백 명이 그들의 경로로 예상할 수 있는 곳을 선점하여 우리 문도들을 하나하나 제거하고 있습니다. 지금으로썬 그들이 북행하고 있다는 것만 알 수 있을 뿐, 어느 경로로 움직이는지는 도저히……."

구충서는 말끝을 흐렸다.

"이대로라면 남패천 본거지를 치기도 전에 북제성의 인간들이 오랜 은거를 깨고 기어 나와 우리와 싸우게 될지도 모를 일이구려."

장로 한 사람이 은은한 노기와 함께 구충서의 말을 받았다.

"교활한 늙은이……."

모비광은 살점 많은 얼굴을 찌푸리며 말했지만 모든 사람들 눈에는 보기에는 오히려 웃는 것처럼 보였다.

"구양천 그 늙은이는 손도 안 대고 코를 풀려고 하고 있다. 혈랑대는 어차피 버린 자식이었다. 그런 그들을 이용하여 우리의 이목을 전부 그쪽으로 쏠리게 하고 있다. 더 나아가 북제성으로 관심을 돌리려 하고 있다. 그걸 알면서도 우리는 그쪽으로 신경을 쓰지 않을 수도 없고… 결국은 구양천의 의도대로 전력이 분산되겠군."

모비광은 고개를 설레설레 흔들었다.

"쩝! 공손(公孫) 노인이 그렇게 허무하게 죽을 줄은 몰랐군! 그렇게 허무하게 가려거든 고서점에 정보라도 좀 남겨놓고 갈 것이지……."

모비광은 무척이나 아쉬운 듯 연방 입맛을 다셨다.

"공손 노야의 죽음은 저로서도 뜻밖입니다. 빈객으로 있으면서 본신 내력을 모두 보여주지 않았지만 노야의 무공은 가히 절대고수라 할 만

했습니다. 그런 노야의 철수공을 허물어뜨리고, 그것도 모자라 내력으로 노야를 쓰러뜨릴 수 있는 놈이 있을 줄은 몰랐습니다. 그것도 새파랗게 젊은 놈이……."

구충서는 모비광의 눈치를 슬쩍 보며 말했다. 질투심이 남다른 모비광에게 다른 사람을 절대고수라 칭하는 것이 마음에 걸린 것이다. 그러나 모비광은 그걸 의식하지 않고 딴생각에 잠겨 있었다. 어쩌면 이제 죽어버린 사람이니 절대고수든 하늘이든 상관없는 모양이었다.

"어쨌든 그쪽 사정은 이제 두터운 안개에 감싸인 것처럼 흐릿해져 버렸군. 그러나 절대로 포기할 수 없는 일이지. 남패천이 소유한 그 막대한 부를 우리가 차지한다면 더 이상 동방회에 손을 벌리지 않아도 우리 서왕문은 천하제일문에, 무림일통을 이룰 수도 있을 것이오."

모비광은 다짐하듯 말했다.

"물론이지요."

"물론입니다. 비좁은 사천땅을 벗어나 이젠 중원 전역으로 뻗어나갈 때이지요."

모비광의 말과 함께 이곳저곳에서 격동 어린 목소리들이 흘러나왔다.

천하사패의 한곳이라 했지만 십 년 전에 벌어진 후계쟁탈전의 혈사로 인해 서왕문은 그동안 다른 곳에 비해 그 세력이 현저히 떨어졌다. 때로는 세인들로부터 천하사패가 아니라 천하삼패로 불리기도 했다. 그런 소리가 들릴 때마다 모비광뿐 아니라 서왕문도들이라면 누구나 이를 갈았다.

그러나 십 년 동안 절치부심으로 노력한 덕분에 이젠 예전의 명성을 되찾을 기회를 갖게 되었다. 은밀히 동방회와 손을 잡음으로 해서 천하제일의 문파로 거듭날 수도 있고, 더 나아가 무림일통의 대역사를 꿈꿀 수도 있게 되었다.

"남패천이 무너지고 나면 동방회의 부도 우리 것이 되겠지."

모비광의 말이 계속 이어졌다.

"하지만 그때까진 절대로 그런 내색을 해서는 안될 것이오. 이른바 적이 될 때까지는 절친한 친구로 행세해야겠지요."

모비광이 자아도취하며 너무 앞서 간다고 생각한 장로 한 사람이 분위기를 가라앉히며 말했다.

"하하! 물론이오. 하지만 동방회의 임자건 그 능구렁이도 똑같은 생각을 하고 있을 겁니다. 남패천을 무너뜨리고 나면 그 다음으로 우리를 무력화시켜 자신들의 부를 지키려 하겠지요. 후후."

모비광은 낮은 웃음을 흘렸다.

"어쩌면 남패천보다 동방회가 더 위험할 수도 있습니다. 놈들의 금력은 전 중원 금력의 반 이상 차지하고 있으니까요. 놈들은 우리가 남패천과의 싸움으로 힘이 쇠약해진 틈을 타서 뒤통수를 칠 것입니다. 그 조짐이 지금 드러나고 있습니다."

군사 구충서가 조심스럽게 서두를 끄집어냈다.

"조짐?"

"어떤 조짐 말이오, 군사?"

구충서의 말에 장로들의 눈길이 전부 구충서에게로 모였고, 모비광의 얼굴살이 처음으로 표시 나게 찌푸러졌다.

"오늘 아침 막 입수된 것인지라 조금 더 추이를 지켜보아야 할 것이지만… 구파일방의 수뇌들이 극비리에 회합을 추진하고 있다는 정보입니다."

“구파일방? 그 인간들이 왜?”

모비광은 점점 더 찌푸러지는 얼굴로 구충서를 쳐다보았다. 그리고 덧붙였다.

“그놈들은 우리 서왕문과 남패천이 동패구사하기를 가장 바라는 놈들이 아니오? 그때까지는 섣부른 짓하지 않고 지켜볼 것이라 생각했건만.”

“아직까지는 짐작만 할 뿐이지만 아마도 동방회의 수작이 아닐까 생각합니다. 남패천이 무너지고 나면 우리를 견제할 힘이 필요할 테니까요.”

“남패천의 그 여우 같은 영감은 무얼 한답디까? 그동안 구파일방의 그런 움직임을 가장 적절히 막아왔던 곳이 남패천주 구양천이 아니었소?”

초로의 장로 한 사람이 구충서를 향해 목소리를 높여 질문했다.

구파일방이 회합을 추진한다고 해서 당장 무림맹이니 정파연합이니 하는 단체가 만들어지는 것이 아니다. 그야말로 아홉 개의 문파와 거지들의 집단인 개방이 하나의 단체를 만든다는 것은 쉽지가 않다. 각 파의 이해타산이 충돌하기 일쑤여서 자칫하면 그런 시도를 한 후부터 사이가 더 나빠지는 경우도 있었다. 그런 것들을 가장 잘 이용하여 이제껏 구파일방의 힘을 적절히 분산시킨 곳이 남패천이었다.

“이젠 그 영향력을 잃어버렸겠지요. 아니면 일부러 그 영향력을 거두어 버렸는지도……. 그것도 아니면 동방회보다는 오히려 남패천이 그들을 준동하고 있을지도 모르지요.”

군사 구충서가 답했다.

“그 영감쟁이가 제 무덤을 파는 것이 아니오? 구파일방이 남패천에 대해서 별로 좋은 감정을 가지고 있지는 않을 텐데 말이오.”

모비광은 눈까지 가늘게 뜨며 구충서를 쳐다보았다.

“얻는 것도 있겠지요.”

“어떤 점에서 말이오?”

“우선은 상황을 좀 더 복잡하게 만들어 우리의 시선을 어지럽게 분산시키자는 것이지요. 지금 남패천이 제일 중점을 두는 것은 북제성을 끌어들이는 것이니까요. 또 정파무림이 힘을 되찾고 서서히 목소리를 높이게 되면 우리의 길이 막히게 되지요. 그들의 영역을 침범하지 않으려다 보면 직선으로 갈 수 있는 길도 돌아서 가야 하니까요.”

“머리가 조금 아프군.”

모비광이 태사의 깊숙이 상체를 파묻으며 중얼거렸다.

“하지만 구파일방의 그런 움직임이 지금 당장은 큰 영향을 미치지 않습니다. 시간을 두고 조금 더 지켜보아도 될 것 같습니다. 우선은 북제성을 끌어들이려는 놈들의 의도부터 꺾고 볼 일입니다.”

구충서가 결론을 내렸다.

“증원군을 좀 더 보내야겠군. 천도! 게 있느냐?”

잠시 생각에 잠겼던 모비광은 고함을 질렀다.

“왜 그러시는지요, 아버님!”

모비광의 큰아들 모천도(毛泉度)가 앞으로 나섰다.

“네 동생 천기만으로는 힘이 부치는 모양이다. 네가 도와주어라.”

그러자 장내에 일렁거림이 일었다. 큰아들 모천도는 아버지 모비광의 피를 그대로 물려받아 냉철하고 잔인한 성품이다. 그러나 그 성격은 절대로 밖으로 드러나지 않아 평소에는 한없이 유순했다. 그런 덕분에 많은 사람들의 지지를 받아 차기 문주로 내정되어 있었다. 그런 큰아들을 둘째 아들에 이어 또 밖으로 내보내려는 모비광의 행동이 무모해 보인 것이다.

"아니되오, 문주! 큰공자는 다음 대에……."

"그만두십시오, 수석 장로님! 언제까지나 우물 안 개구리 신세가 될 수는 없지요. 나가서 싸워야 이번 대를 쟁취한 아버지처럼 강해지지요. 후후!"

모천도가 자신의 장도를 빙글 돌려 어깨에 걸치며 등을 돌렸다.

第五十五章
교
란

교란

크르르—

검은 표범 흑풍이 낮게 으르렁거렸다.

진우청은 슬쩍 흑풍의 시선을 외면했다. 맹수의 눈을 똑바로 쳐다보는 것은 도전이라는 을지소소의 주의를 떠올렸기 때문이다.

남패천을 떠난 지 벌써 한 달이 되었다.

야반도주하듯 아무도 모르게 떠나 지금까지 되도록이면 사람들 눈에 뜨이지 않게 움직였다.

흑표범과 두 마리 백랑은 낮에는 전혀 모습을 드러내지 않고 은밀히 뒤를 따르다가 밤이면 주인 곁으로 모인다. 주인의 가벼운 손짓과 눈짓만으로도 의중을 알아채는 영물들이었다.

이놈들로 인해 아직까지 아무에게도 발각되지 않고 길을 잡을 수 있었다.

　표범과 늑대는 미리 앞서 가거나 뒤서며 주변의 이상한 낌새를 시시각각으로 주인에게 알렸다. 세 마리 짐승이 보내는 신호에 따라 을지소소와 그 동료들은 빠르게 치달리거나 바위 뒤에 숨어 기다리며 행적을 드러내지 않았다.

　그동안 두 마리 늑대와는 어느 정도 친분을 쌓았다. 같이 있을 때는 옆에 가서 털을 쓰다듬어 주어도 가만있을 정도까지 가까워졌다. 그러나 이놈의 시커먼 표범과는 한 치도 거리를 좁히지 못했다.

　고양이보다는 개가 훨씬 더 인간을 잘 따르는 본성 때문이기도 했지만 더 큰 원인은 첫 대면시의 싸움에 있었다.

　진우청에게 아가리를 벌리고 달려들다가 목구멍 깊숙이 주먹이 틀어박히는 충격을 받은 표범은 그 뒤 근 닷새 동안 물밖에 먹지 못했다.

　그때의 원한이 아직까지 고스란히 눈동자에 남아 있었다.

　"싫으면 네가 이 자리를 떠나면 될 것을 왜 으르렁거리며 발광이냐?"

　눈은 여전히 마주치지 않은 채 진우청도 흑풍을 향해 같이 으르렁거렸다.

　카앙—

　흑풍이 낮고 짧은 포효를 토했다.

　진우청은 피식 웃으며 그 자리에 주저앉았다.

　크르르르—

　흑풍이 훨씬 더 길게 으르렁거렸다.

　웬만한 사람 같으면 자신의 눈빛만 보고도 오줌을 지리는데 반해 진우청은 의도적으로 자신을 따라다니며 시비를 거는 행동이 도저히 마음에 안 드는 모양이다.

"그러지 말고 이것 좀 먹어봐라, 이 못생긴 짐승아!"

진우청은 소매 속에서 육포 한 조각을 꺼내 흑풍의 코를 향해 흔들었다.

육포 특유의 냄새가 바람결을 타고 흑풍의 코 속으로 날아들었다.

입을 빠져나온 흑풍의 혀가 입술을 핥았다. 본능적인 행동이었다.

크아앙!

무의식적으로 군침을 흘린 자신의 행동이 마음에 안 들었는지 흑풍이 다시 낮은 포효를 토했다.

"왜 그렇게 못살게 굴죠?"

몇 차례에 걸친 흑풍의 포효 소리를 들은 을지소소가 쌀쌀맞은 얼굴로 다가왔다. 그녀 역시 첫 대면에서 자신의 자존심을 뭉갠 진우청에게 감정이 좋을 리 없었다.

"괴롭히는 것이 아니라 먹을 것을 주려고 하지 않소?"

진우청은 손에 든 육포를 흔들어 보이며 답했다.

"그게 괴롭히는 것이잖아요."

을지소소가 도끼눈을 하며 말했다.

"배고픈 짐승에게 먹이를 주는 것이 어째 괴롭히는 것이오?"

진우청도 지지 않고 답했다.

"진 공자님은 누군가 자신을 때린 사람이 고기 조각을 주면 받겠어요?"

"일단 받지요."

진우청은 한순간의 망설임도 없이 답했다.

을지소소는 할 말을 잃고 잠시 진우청을 멍하니 쳐다보았다.

도대체 갈피를 잡을 수 없는 인간이란 생각이 들었다.

첫 대면시 자신의 채찍을 느릿한 몸짓으로 피해내고, 흑풍의 공격에서 순식간에 빈틈을 찾아내 전광석화같이 주먹을 찔러 넣는 모습은 간담이 서늘했다. 그러나 그동안 같이 움직이며 보여준 행동거지는 도저히 믿음이 가지 않았다.

"창룡금시는 정말 가지고 있나요?"

을지소소는 날카로운 눈초리로 진우청의 전신을 훑으며 말했다. 소지품이라고는 등 뒤에 꽂은 쇠몽둥이 두 개뿐이었다. 남패천을 떠날 때 천주의 손녀인 그 여우 같은 계집애가 온갖 걱정을 하며 챙겨주던 옷가지며 가죽신이며 각종 필수품이 든 보자기도 귀찮다며 마다했다.

그런 것들은 가면서 구하면 된다는 말과 함께 보자기 속에 든 노잣돈만 한 푼도 남김없이 챙겼다. 그리고 천주에게 좀 더 달라고 하여 더 챙겼다. 그렇게 작은 보따리 하나 소지하는 것조차 싫어하며 몸만 달랑 움직이는 인간이 창룡금시라고 해서 제대로 간직하고 있는지 의심이 갔다.

"잘 간수하고 있으니 걱정 마시오. 그보다 북제성에 대해서나 좀 더 얘기해 주시오."

"그건 더 이상 안 된다고 했을 텐데요."

"그럼 나도 생각을 달리 해봐야겠소."

"무슨 생각 말인가요?"

을지소소는 눈을 치떴다. 생기 건 어리숙해 보여도 절대 그렇지 않다는 것을 이젠 익히 알고 있었다.

"죽을 곳인지 살 곳인지도 모르는 곳을 무작정 이렇게 따라가는 것이 멍청하기 짝이 없다는 생각이 들어 요즘 많이 갈등하는 중이오. 그곳에도 이런 이상한 짐승들만 득실거린다면 언젠가는 잡아 먹힐지도 모르는 일 아니오?"

진우청은 흑풍을 슬쩍 쳐다보며 말했다.

을지소소는 쓴웃음을 삼켰다. 황소만 한 호랑이 세 마리와 싸워 일각 안에 모조리 물어 죽인 흑풍을 닷새 동안 물밖에 못 먹게 만들고, 졸졸 따라 다니면서 귀찮게 하는 인간이 잡아 먹힐 것을 걱정한단 말인가? 생트집을 잡아 유리한 상황을 만들려 하는 것이다.

"그래서 어쩌겠다는 건가요?"

을지소소는 내심을 내비치지 않고 질문했다.

"뭐 꼭 어쩌겠다기보다 위급한 상황이 생기면 북제성이고 뭐고 다 팽개치고 내 갈 길로 갈 수도 있다는 말이지요."

진우청 역시 아무런 표정을 떠올리지 않고 심드렁하게 답했다.

"남패천주와 약속하지 않았나요? 가문에 이익을 주는 대신 북제성주를 만나기로."

"그건 약속이 아니라 계약이었소. 계약은 위약금을 물어주고 파기할 수도 있는 것이오. 돈은 딴 데서도 얼마든지 벌 수 있는 것이니 말이오."

진우청은 어릴 때 주워들은 상술 용어들을 떠올리며 답했다.

"그렇게 마음에 안 들면 처음부터 계약을 하지 말 것이지 왜 계약했나요?"

을지소소도 지지 않고 따지고 들었다.

"솔직히 돈보다는 북제성에 대한 관심 때문이었소. 북제성과 관련이 있는 사부! 그리고 그 사부와 나 자신… 뭐 그런 관심 말이오. 그런데 당신들을 보니 그건 하나도 풀릴 것 같지 않고 등골만 빠질 것 같은 기분이 든단 말이오. 그러니 나도 내 살길을 찾아야지요. 위약금을 물어

준다 해도 내 형은 머지않아 그 손해를 만회할 것이오.”

진우청은 을지소소의 눈치를 슬쩍 살피며 말했다. 그녀의 눈빛이 잠시 흔들렸다.

무척 영리하고 바늘로 찔러도 피 한 방울 안 나올 것같이 냉정하고 빈틈없는 여자 같았지만 세파에 시달리지 않은 구석이 있었다.

‘정말 피곤한 인간이야!’

을지소소는 내심 중얼거리며 낮게 한숨을 내쉬었다. 무가가 아닌 상가의 자식이라더니 그런 면에서는 아주 계산이 빨랐다.

“뭐가 그렇게 알고 싶은가요?”

잠시 생각한 을지소소가 조심스럽게 물었다. 북제성에 대해 최소한의 설명은 해줄 생각이었다.

“궁금한 것이 한두 가지가 아니라서 무엇보다 질문해야 될지 모르겠소.”

진우청은 잠시 혼란스런 표정을 지었다. 막상 질문을 하자니 머릿속이 복잡해졌다.

“우선… 북제성이란 곳은 대체 어디에 있는 것이오? 그리고 왜 그런 고강한 무공을 지녔음에도 세상에 나오지 않고 숨어만 있는 것이오?”

진우청은 가장 궁금한 질문 두 가지를 한꺼번에 던졌다.

“우린 아무 곳에도 존재하지 않지만, 또한 어디에든 있어요.”

을지소소가 대답했다.

그 대답은 안 들은 것이나 마찬가지였다.

“그러니까 그곳이 구체적으로 어디냔 말이오?”

진우청은 와락 인상을 쓰며 다시 물었다.

“내가 있던 곳은 장성 너머예요.”

“장성 너머? 그럼 몽고나 서역이란 말이요?”

진우청은 목소리를 높였다.

이 여인과 동행하는 두 사내가 중원 말이 서툰 것을 보고 좀 먼 곳에서 왔을 것이라 생각했는데 장성 너머라면 아예 세상 밖에 있는 사람들이나 마찬가지였다. 그건 자신이 가야 할 길이 그만큼 멀다는 얘기였다.

“그렇다고 그런 걱정스런 표정을 지을 필요는 없어요. 지금 가는 곳이 그곳이란 말은 아니니까요. 그 이상은 답해줄 수 없어요. 그러니 첫 번째 질문은 그 정도만 알고 계세요. 그리고 세상으로 나오지 않은 이유는…….”

을지소소는 잠시 말을 끊었다. 설명을 해주어도 될지 안 될지를 생각하는 모양이었다.

“황실의 집요한 추적이 있어서 그래요. 아무리 고강한 무공을 지녔다 해도 황실과 황군을 모두 상대할 수야 없죠.”

을지소소는 최소한의 수긍이 갈 만한 답을 해주었다.

“세월이 그렇게 지났는데도 아직 황실과 원한을 가지고 있다는 말이오? 뒤에 태어난 당신들과는 직접적인 원한이 없을 텐데?”

진우청은 이해할 수 없다는 표정으로 말했다.

“그건 당해보지 않아서 그래요. 그동안 많은 황제가 바뀌었지만 우리를 제거하는 일을 등한시한 사람은 아무도 없었어요. 오히려 바뀔 때마다 더 극성스럽게 우리를 죽이려 하지요. 그런 집요한 추적을 받다 보면 없던 원한도 생겨요.”

을지소소의 목소리가 격해졌다. 그걸 미루어 황실에 대한 그녀의 증오심 역시 가볍지 않다는 것을 느낄 수 있었다.

"그런데 왜 백 명이오? 그런 무공으로 문도를 마구 늘이면 세력도 불어나고, 황실도 함부로 하지 못할 텐데……."

"비인부전, 일인계승을 원칙으로 하고 있어요. 어중이떠중이 열 명보다는 한 명이 낫지요. 그게 황실의 추적을 피하는 데도 훨씬 낫고요. 그리고 그 백 명이란 숫자는 처음 그런 것이지 지금까지 딱 백 명은 아니에요. 후사를 남기지 못한 사람도 있고, 일인계승이 원칙이지만 한 명 이상 제자를 둔 사람도 있어요. 철저한 점조직이라 정확히는 몰라요. 그건 성주님만이 알아요."

"혹시 야망을 품고 생각을 달리 하는 사람이나 배신자가 있을 수도 있는 것 아니겠소?"

"그것에 대해서는 금제가 있어요. 그 때문에 당신……."

무심코 말을 하던 을지소소는 황급히 입을 다물며 진우청의 눈치를 살폈다.

"어떤 금제고, 그것에 내 역할이 뭔지 조금만 더 설명해 주면… 안 되겠지요?"

진우청은 아쉬운 입맛을 다시며 말했다.

"꿈도 꾸지 마세요. 벌써 설명하지 말아야 할 것까지 설명했어요. 쯧!"

을지소소가 혀를 차며 손바닥으로 자신의 입을 때렸다. 그 모습이 쌀쌀맞기 그지없었던 여태까지 와는 달리 귀여운 구석이 있어 진우청은 피식 웃었다.

"그럼 한 가지만 더 물어봅시다. 얼마 전에 내가 만났던 눈썹 없는 노인은 누구요? 내 사부님과는 사형제지간으로 짐작이 가는데……."

"눈썹 없는 노인?"

　　진우청의 질문에 을지소소는 더 궁금한 표정을 지었다. 거기에 대해서는 아는 것이 없는 모양이었다.

　　"노인들 얘기라면 잘 몰라요. 세대교체가 많이 되었으니까요. 자세한 건 성주님만 알고 있어요. 성주님을 만나거든 여쭤… 쉿!"

　　설명을 하던 을지소소는 말을 멈추고 급히 손가락을 입술에 갖다댔다.

　　"설아, 아니, 백왕의 경고음이에요."

　　을지소소는 얼른 몸을 일으키며 말했다.

　　"무슨 소리 말이오?"

　　진우청은 고개를 갸우뚱거렸다.

　　제법 같이 지냈는데도 바람 소리와 구별할 수 없었다. 아마도 자신들끼리 오랫동안 익숙해진 어떤 음파가 있는 모양이었다. 이런 유기적인 연락 때문에 여태껏 아무에게도 모습을 드러내지 않을 수 있었다.

　　"흑풍! 뒤를 부탁해!"

　　을지소소는 말에 검은 표범 흑풍은 미끄러지듯 숲 속으로 스며들었다. 바싹 마른 낙엽들이 온 바닥을 뒤덮고 있었지만 흑풍은 미세한 소리조차 내지 않고 순식간에 모습을 감추었다.

　　두 마리 늑대는 전위병 역할을 완벽히 해냈고 흑표범은 후위병 역할을 맡았다. 그런 표범과 늑대들의 경계 신호가 요즘 들어 잦아지고 있었다.

　　"어서 가요!"

　　을지소소는 진우청을 향해 낮게 말했다.

　　"끄응—"

　　진우청은 신음과 함께 몸을 일으켰다. 무슨 대역 죄인도 아닌데 이렇게 산으로 들로만 숨어다니는 신세가 한심스러웠다.

"어서 와요! 더 늦어지기 전에."

꾸물거리는 진우청은 향해 을지소소가 한층 더 쌀쌀하게 소리쳤다.

*　　　*　　　*

휘이잉—

세찬 바람이 문틈을 통해 객점 안으로 스며들었다.

"젠장!"

객점 안에 아무렇게나 앉아 있는 인간들을 보며 서장태(西場太)는 역정을 토했다. 그러면서 혹시나 누군가 듣지 않았나 조심스럽게 고개를 돌리며 주변의 눈치를 살폈다. 다행히 아무도 서장태의 불평을 못 들었는지, 아니면 듣고도 모른 체하는지 서장태에게 눈길을 주지 않았다. 대부분 의자에 상체를 깊이 파묻고 지그시 눈을 감은 채 자신만의 생각에 침잠해 있는 듯했다.

얼핏 보면 만사가 귀찮아 눈을 감고 있는 사람들 같기도 했고, 나름대로의 방법으로 휴식을 취하고 있는 것 같기도 했다.

객점 주인 서장태는 힐끔힐끔 그들을 쳐다보며 불만스런 표정을 지었다.

어제 오후 이들이 무더기로 들이닥쳤을 때에는 횡재를 한 줄 알았다.

겨울이 깊어가며 가뜩이나 손님이 없는 판국에 이런 무더기 손님이 사흘만 묵어간다면 한 달은 대충 장사를 해도 큰 걱정이 없는 것이다.

서장태의 기대대로 이들은 사흘 정도 묵을 것이라 하며 우두머리인

듯한 사내가 선금조로 전낭 하나를 던져 주었을 땐 서장태의 입은 귀
밑까지 찢어졌다. 그런데 그 입은 다음날 아침이 되자마자 원상태로
되돌아갔고, 좀 더 지나자 앞으로 툭 튀어나오기까지 했다.

덩치는 하나같이 황소 몇 마리라도 잡아먹을 만한 인간들이 술도 거
의 마시지 않았고, 음식도 굶어죽지 않을 만큼만 시켰다. 그리고는 방
을 잡지도 않고 이렇게 객점 의자와 탁자 모두를 차지하고 비스듬히
기대거나 발을 탁자에 올리고 상체를 뒤로 젖힌 채 밤을 지낸 것이다.

그러니 방값을 받는 추가 수입을 올리지도 못했고 술값을 따로 받지
도 못했다. 오히려 다른 손님들까지 쫓아버리는 상황을 맞이했다. 만
약 이들의 허리에 칼이나 검, 낫 등의 병기가 매달려 있지 않았다면 날
이 밝자마자 당장 쫓아내 버렸을 것이다.

"염병할……."

낮은 소리로 다시 한 번 욕설을 토하던 서장태는 얼른 고개를 돌렸
다. 객점 문을 열고 일단의 사내들이 더 들어서고 있었던 것이다.

점소이 녀석이 반사적으로 일어서서 인사를 하며 그들을 맞았다. 서
장태도 찌푸려졌던 표정을 조금 펴며 그들을 바라보다가 아까보다 훨
씬 더 심하게 표정을 찌푸렸다.

그들도 먼저 온 시체 같은 인간들과 일행이었던 것이다.

새로 들어온 사내들은 열 명가량 되었다.

하나같이 죽립을 둘러쓰고 피풍의를 두르고 있었다. 아마도 밤새 길
을 달려온 듯 피풍의에 먼지가 뒤덮여 있었다.

사내들이 들어서자 구석진 자리에서 한 사내가 가운데로 걸어나왔
다.

아무렇게나 퍼질러져 있던 사내들이 자세를 가다듬었다. 아주 조금

몸을 움직였는데 지금까지의 느슨한 분위기는 순식간에 사라지고 객점 안에는 터져 나갈 듯한 긴장감이 느껴졌다.

서장태는 가슴을 쓸어 타고난 자신의 인내심에 감사드렸다. 만약 저런 인간들에게 참지 못하고 성질을 부렸다면 눈 깜짝할 사이에 시체가 되었을 것이라는 생각이 들었다.

서장태는 얼른 객실 한곳으로 사라졌다.

"찾았나?"

구석에서 가운데로 걸어나온 사내가 쉰 목소리로 물었다.

피풍의를 입은 사내가 죽립을 벗어들며 고개를 흔들었다.

"믿을 수 없군!"

쉰 목소리의 사내가 짤막하게 말했다.

"분명히 흔적은 있는데 도저히 실체를 찾을 수 없습니다."

다른 사내 하나도 피풍의와 죽립을 벗어 들며 말했다.

"귀신도 잡는다는 귀혼조(鬼魂組) 조원이 맞는 것이냐?"

쉰 목소리의 사내가 더욱 갈라지는 목소리로 말했다.

"짐승들이 있는 것 같습니다."

"무슨 소린가?"

"며칠 전 맹수에게 당한 적사조(赤蛇組)의 조원도 그렇고, 어제 당한 이십사호의 목에도 같은 상처 자국이라는 보고입니다."

또 다른 사내가 조심스럽게 말했다.

"짐승을 동행했다는 말은 듣지 못했다."

쉰 목소리의 사내는 혼란스런 표정으로 답했다.

"어쨌든 가까워졌다. 적사조에게 현상금을 넘겨줄 수 없다. 점심 후 즉시 출발한다."

사내의 목소리가 단호하게 울렸다.

"미안하군. 점심 먹을 시간을 주지 못해서!"

쉰 목소리가 끊어지자마자 이질적인 사내의 목소리가 지붕 위에서 들렸다. 그 소리와 함께 일곱 개의 가지가 나 있는 기병 하나가 섬전처럼 내리 꽂혔다.

"크윽!"

귀혼조 조장 허상인(許償仁)이 필사적으로 몸을 틀었지만 일곱 개의 가지가 난 칠지검은 그의 어깨를 썰 듯이 파고들었다. 연이어 다른 가지 하나가 그의 목줄까지 잘라 버렸다.

"누, 누구!"

"알 필요 없다."

이번에는 날카로운 여인의 음성이 울리며 출입문이 부서져 나갔다.

파앗—

부서지며 날아오는 문짝 사이로 여인의 검이 환상처럼 춤을 추었다.

두 명의 사내가 그 자리에서 무너졌다.

그것을 시작으로 양쪽 창문과 벽을 가르며 열 명가량의 사내들이 쏟아져 들었다.

조장과 동료를 잃었지만 사내들은 아직까지 멍하니 서 있었다.

귀신도 추적한다는 귀혼조의 이목을 속이고 이곳까지 숨어들었다는 것도 믿을 수 없었고, 열 명밖에 안 되는 인원으로 사십 명도 넘는 자신들을 포위하고 서 있다는 것도 믿을 수 없었다.

"혈랑대!"

포위당한 사내들 중 누군가 소리를 질렀다.

"단박에 알아보다니 안목도 높으셔!"

홍사갈(紅蛇蝎) 엄연지(嚴妍芝)가 차갑게 웃었다.

혈랑대란 말에 비로소 귀혼조 사내들의 눈이 공포감으로 물들었다.

"겁먹을 것 없다. 네 명이 합공하여 한 명만 죽이면 된다."

부조장 마영(馬影)이 목소리를 높였다.

"고맙군. 우린 얼른 계산이 안 섰는데… 그럼 우린 한 사람 당 네 명만 죽이면 되겠군. 실시!"

칠지검 임전성이 고함을 질렀다.

고함 소리와 함께.열 명의 무적대원이 그물처럼 귀혼조 사내들을 향해 조여들었다.

파앗―

피보라가 일었다.

그것은 일방적인 피보라였다.

우리 속을 빠져나온 미친 늑대들은 그야말로 혈랑이 되어 날뛰었다.

객점 주인 서장태는 객실 한쪽 구석에서 오줌을 지리며 벌벌 떨었다.

사십 명의 사내가 짚단처럼 순식간에 쓰러지고 있었다.

싸움보다는 추적에 더 소질이 있는 귀혼조는 혈랑대라 불렸던 무적대의 적수가 되지 못했다.

채 일각이 되기 전에 귀혼조 사십여 명은 하나도 남김없이 시체가 되어버렸다.

"주인장!"

임무를 끝낸 임전성은 고함을 질렀다.

다리에 힘이 빠진 서장태는 덜덜 떨기만 할 뿐 대답조차 하지 못했다.

와장창!

무적대원 하나가 문을 부수고 서장태를 끌어냈다.

"두 가지 선택이 있소."

임전성은 서장태를 보고 말했다. 서장태는 더 이상 지릴 오줌이 없자 다른 것을 바지에 지렸다. 누렇게 변하는 바지와 함께 냄새가 진동했지만 무적대원들은 눈썹 하나 까닥하지 않았다. 이미 피냄새에 전 그들의 후각은 더 이상 어떤 냄새에도 자극을 받지 않았다.

"첫째는 살인멸구의 재물이 되어 목이 달아나는 것!"

"제, 제발 살려……!"

서장태는 덜덜 떨며 소리쳤다.

"두 번째는 우리가 원하는 소문을 퍼뜨리며 천수를 누리는 것!"

임전성은 서장태의 반응은 조금도 신경 쓰지 않고 자신의 할 말만 했다.

"두, 두 번째!"

서장태가 손가락까지 두 개를 펼치며 연신 고개를 끄덕였다.

"탁월하신 선택이오. 이들을 시체로 만든 사람들이 서쪽으로 사라졌다고 동네방네 소문을 내시오. 만약 우리가 원하는 만큼 소문이 나지 않으면 돌아오겠소."

"여, 염려 마시오. 무슨 수를 써서라도 그렇게 소문내겠소."

서장태는 탁자가 부러져라 고개를 처박았다.

*　　　*　　　*

"귀찮아요, 모두 잠재워야겠어요!"

을지소소가 차갑게 말했다. 그녀와 떨어져 앞서 진로를 잡았던 타우와 초하이도 늑대와 함께 같이 모여 눈을 번뜩이며 아래를 내려다보았다.

"저들을 모조리 말이오?"

진우청은 산 아래쪽에서 은밀히 접근하는 사내들을 보며 말했다.

자기들 딴에는 최대한 은신하며 조심스럽게 다가오는 모양이었는데 을지소소는 며칠 전부터 저들의 움직임을 훤히 읽고 있었다.

"어떤 무리들인지 몰라도 꼬리를 잘라야 해요. 안 그럼 계속 귀찮아져요."

을지소는 허리에 찬 채찍을 쓰다듬으며 말했다.

"당신들도 같은 생각이오?"

진우청은 두 사내에게 질문했다. 두 사내는 고개만 미미하게 끄덕였다.

"오히려 더 많은 인원들이 소 떼처럼 달려들면 어쩌려고 그러시오. 그냥 이제까지 해왔던 데로 소리없이 빠져나가면 되지 않소?"

진우청은 수십 명도 넘는 인원들을 모두 처치한다는 을지소소의 말에 반감을 느끼며 말했다.

"저들만 해치우면 당분간 찾지 못할 거예요. 저들이 추적 능력이 제일 뛰어나요. 결과적으로 그 능력 때문에 제일 먼저 쓰러지는 신세가 되겠지만……."

을지소소는 가죽 장갑을 손에 끼며 대수롭지 않게 말했다.

"며칠 전부터 신경이 거슬렸지만 한데 모이기를 기다렸어요. 이젠 때가 되었어요. 저들을 해치우고 며칠만 더 가면 조직의 도움을 받을 수 있어요. 그럼 안심해도 돼요."

계속 찌푸린 표정의 진우청을 보며 을지소소는 픽 웃으며 설명을 하고는 몸을 일으켰다.

뒤를 따라 두 사내도 신형을 옮겼고 어디 있다가 나타났는지 흑풍도 미끄러지듯 뒤를 따랐다.

"그래도 모두 죽인다는 것은……."

이들의 무공이라면 저런 인간들이 몇 배나 더 많이 몰려와도 어려울 것이 없겠지만 모조리 죽여 버린다는 말은 내키지 않았다.

"죽이긴 누가 죽인다는 그래요. 며칠 꼼짝 못하도록 잠재운다고 했죠. 혈을 짚을 줄은 알겠지요?"

"혈……?"

진우청은 그제야 을지소소의 의도를 알아채고 혈이란 단어를 떠올렸다.

혼혈(昏穴), 사혈(死穴), 마혈(痲穴), 수혈(睡穴)……. 이들을 기다리는 동안 구양천과 나유백, 그리고 여덟 장로로부터 수박 겉핥기식으로 배운 적이 있는 것들이었다.

무척이나 까다로운 내용이었다. 같은 곳을 짚어도 어떻게 짚느냐에 따라 수혈이나 혼혈이 되기도 하고, 더 나아가 사혈이 되기도 한다. 어떤 곳은 시간의 흐름에 따라 그 위치가 바뀌기도 한다.

그런 것들은 단시간 안에 배울 수 없다. 오랜 세월 경험과 숙달에 의해서만 가능하다.

"며칠 못 움직이게 하는 거라면 자신있소."

진우청도 신형을 움직였다.

"멈춰라."

관모개(貫冒愷)가 경호성과 함께 손을 들어올렸다.

아무것도 보이지 않았지만 온몸에 한기가 느껴졌다. 그건 오감을 뛰어넘은 또 다른 감각이었다. 그 때문에 귀신도 쫓아 죽인다는 추혼살(追魂殺)이란 별호를 얻었다.

그 감각이 맹렬히 경종을 울려댔다.

"뒤로!"

추혼살 관모개는 자신의 본능에 충실하며 급히 부하들을 뒤로 물러서게 했다.

산기슭을 올라서고 숲이 우거지기 시작한 곳!

나뭇잎은 다 떨어졌지만 얼마든지 은신할 수 있는 곳이다.

"하앗!"

짤막한 여인의 목소리가 들리며 파공음이 터졌다.

"크윽!"

"큭!"

비명과 함께 네 명의 부하가 한꺼번에 무너졌다. 섬전처럼 날아온 채찍에 한 명은 목을 가격당하고 또 한 명은 가슴을 가격당했다. 나머지 두 명은 쇠꼬챙이처럼 뻣뻣하게 일어선 채찍에 명치와 복부를 찔렸다.

단 한 번의 채찍질에 일어난 일이라고는 도저히 믿을 수 없는 결과였다.

"산개하라!"

관모개는 재차 고함을 질렀다.

단 일합만으로도 상대의 실력을 짐작할 수 있었다. 그만큼 고수들이었다. 대신 숫자는 자신들이 압도적으로 많다. 흩어져서 포위하며 공격적인 유리한 고지를 점령할 수 있다.

펑—

왼쪽에서 낮은 폭음이 터졌다. 뒤이어 자신의 명령에 따라 신속히 몸을 날리던 부하 하나가 마치 가랑잎이 날리듯 허공으로 솟구치며 날아갔다.

펑—

다시 한 번 폭음이 터지며 이번에는 두 명의 부하가 똑같은 모습으로 날아갔다.

자신의 모습을 전혀 나타내지 않으면서 저런 공격을 펼칠 수 있다면 그자 역시 엄청난 고수란 얘기다. 소림의 백보신권과 같은 가공할 장력을 익힌 자라는 말이었다.

"대체……."

관모개는 신음처럼 내뱉었다.

처음에는 누군가를 자신들 사십 명이 한꺼번에 쫓으라는 명령을 받았을 땐 어이가 없었다. 이제껏 한꺼번에 열 명 이상 움직인 적이 없던 그들이었다. 거절하고 싶었지만 상금이 엄청났다. 상한 자존심을 충분히 보상해 줄 만한 금액이었다. 결국 수락했지만 한 달 동안 실패만 거듭했을 땐 생각이 바뀌기 시작했다. 그리고 이젠 바뀐 정도가 아니라 공포감이 밀려왔다.

파앗—

다른 쪽에서 또 다른 파공음이 들렸다. 칼이나 검을 휘두르는 소리였다.

부하 세 명이 동시에 바닥을 굴렀다. 그런데도 여전히 상대는 보이지 않았다. 검기만으로 부하들을 쓰러뜨린 것이다.

“모두 들판으로 내려가라!”

관모개는 발악하듯 고함을 질렀다.

이미 극도의 공포감을 느낀 부하들이 급급히 들판을 향해 몸을 날렸다.

“어헉!”

내려서던 관모개의 부하들을 헛바람을 들이켰다.

송아지만 한 백랑 두 마리와 금방이라도 목줄기에 이빨을 들이댈 것 같은 흑표범과 마주친 것이다.

퍼퍽—

세 마리 맹수에게 정신을 빼앗긴 사이 측면에서 쏘아져 나온 진우청이 사내들에게 부딪쳐 갔다.

순식간에 두 명의 사내가 허공으로 떠오르고 또 다른 두 명의 사내가 바닥으로 무너졌다.

혈은 깊이지 않았지만 사나흘 자리보전하기엔 부족함이 없었다.

일 다경 정도가 흘렀을 땐 관모개와 관모개의 부하들은 단 한 명도 남김없이 바닥에 드러누웠다.

“혈을 짚을 줄 모르는군요?”

“며칠 못 움직이는 데는 전혀 이상 없소!”

“못 움직여도 정신을 차리고 있으면 자신들 동료들에게 많은 것을 알려주죠. 삼 일 동안은 깨어나지 못하게 해야 해요.”

“기억도… 지워라!”

타우가 가볍게 고개를 저으며 을지소소를 밀어냈다. 그리고는 관자놀이 한곳을 눌렀다.

을지소소가 눈을 반짝였다. 사형들의 점혈법을 배울 수 있는 기회였다. 그러나 곧 실망한 표정으로 바뀌었다.

사형들이 펼치는 점혈법은 한동안 오늘 일을 기억하지 못하게 하는 수법이었다. 까닥하면 과거를 모두 기억 못할 수도 있어 극도로 조심해야 하는 것이다. 그러나 이들에게는 그런 조심성을 발휘할 필요가 없었다. 어쩌면 과거를 모조리 기억하지 못하는 것이 나을 수 있었다. 타우와 초하이는 거침없이 점혈했고, 너무 빠른 그들의 손놀림에 을지소소는 아무것도 배울 수 없었다.

타우와 초하이가 마지막 사내까지 모두 점혈했을 때 세 마리 짐승도 어슬렁거리며 나타났다.

"흉측한 놈."

진우청은 흑풍을 보고 중얼거렸다. 흑풍의 입에서는 피가 뚝뚝 떨어지고 있었다. 도망가는 자들을 단번에 물어 죽인 것이다. 그 때문에 다른 인간들은 도주를 포기했다. 표범에게 물어 뜯겨 죽는 것보다 쓰러지는 것이 나았기에…….

크앙—

자신을 욕하는 소리를 알아들었는지 흑풍이 짧게 포효했다.

크르르—

흑풍의 뒤를 이어 늑대들도 낮게 으르렁거렸다.

진우청은 불만스런 표정으로 설아와 백왕으로 이름 붙인 백랑들을 쳐다보았다. 표범과는 사이가 계속 안 좋았지만 늑대들과는 그럭저럭 가까워졌다. 그런데 갑자기 적의를 나타내며 이빨을 드러내고 있었다.

"이놈들이 왜 이러는 것이오?"

진우청은 을지소소에게 늑대들이 갑자기 사나워진 이유를 물었다.

"맞바람이에요!"

을지소소는 엉뚱한 대답을 하며 긴장한 표정을 지었다.

"맞바람?"

진우청은 을지소소의 말을 되뇌다가 급히 고개를 돌렸다.

늑대들의 적의는 자신을 향한 것이 아니었다. 을지소소의 말대로 맞바람을 향해서였다.

그 맞바람을 타고 뭔가 냄새를 맡은 모양이었다.

캐앵—

코를 벌렁거리며 냄새를 맡던 늑대가 갑자기 날카로운 울음을 토했다. 그냥 울음이 아니라 비명에 가까운 소리였다.

카앙—

뒤이어 흑풍도 비명을 터뜨렸다.

"안 돼! 숨을 멈추게 해요!"

을지소소가 고함을 지르며 흑풍의 고개를 돌렸다. 초하이와 타우도 급히 설아와 백아의 목을 끌어 뒤로 돌리며 코를 두드렸다.

진우청은 오히려 코를 킁킁거리며 맞바람에 실려 오는 냄새를 맡았다. 독이라면 몸속에 있는 쓰디쓴 기운이 먼저 반응할 것이다.

꽃향기 같기도 하고 여인의 지분 냄새 같기도 한 향기가 후각을 자극했다.

"패앵—"

진우청은 신경질적으로 코를 풀었다.

은은한 꽃 냄새가 묘하게 후각을 자극하자 재채기가 터져 나올 것 같았다. 그러나 그것으로 끝이었다. 쓰디쓴 가루약의 기운도 느껴지지 않았고, 코를 한 번 세차게 풀고 나니 재채기의 기운도 느껴지지 않았다.

그런데 표범과 늑대는 그게 아닌 모양이었다. 연신 고개를 흔들었고 코에서 물이 줄줄 흘러내렸다.

"소후분(燒嗅粉)이에요. 며칠 동안 설아와 백왕, 흑풍은 냄새를 맡을 수 없어요!"

을지소소는 긴장한 표정과 함께 악을 쓰며 말했다.

주위를 경계하는 데는 늑대와 표범의 청각도 중요한 역할을 했지만 더 중요한 역할을 하는 것은 후각이었다. 후각은 청각보다 훨씬 광범위한 지역을 아우를 수 있었다. 심지어는 며칠 전의 흔적까지 찾아낼 수 있었다.

그런데 이렇게 소후분 때문에 표범과 늑대의 후각이 무력화 되어버렸으니 앞으로는 청각에 의존할 수밖에 없다.

"청각으로만 경계할 수 있는 범위는 그렇게 넓지 않아요. 바람을 등지고 꼼짝도 않고 은신해 있다면 흑풍이 나보다 나을 게 없어요. 눈은 오히려 인간들보다 못하니까요."

을지소소는 아랫입술을 깨물었다. 꽤나 긴 시간 동안 변고없이 여기까지 왔다.

온갖 종류의 은신법과 속임수에 흑풍, 백왕, 설아의 능력이 이루어 낸 성과였다. 이젠 이틀만 더 행군하면 되는데 결국은 꼬리를 밟히게 되었다. 자신들의 존재를 아는 사람은 거의 없다. 더더구나 자신들이 이번 행로에 흑풍과 백왕, 설아를 동행했다는 것을 아는 사람은 극소수 다. 그런데도 행적을 찾아내고 소후분까지 뿌려 표범과 백랑들의 후각을 마비시켰다면 그곳은 한 곳뿐이다.

"누구 짓이오?"

진우청이 낮은 목소리로 물었다.

"황실!"

을지소소가 단호하게 답했다.

"흑궁… 일 수도… 있다."

초하이가 반론을 제시했다.

"그들은 독을 쓰지 않아요. 독은 비열한 황실의 전유물이죠."

을지소소가 경멸스런 말투로 답했다.

"황실? 그리고 흑궁은 또 무엇이오?"

아주 잠깐이었지만 평소답지 않게 긴장한 표정을 보인 을지소소를 보며 진우청이 물었다.

"최대한 이곳에서 멀리 사라지는 게 좋아요."

을지소소는 흑궁에 대한 설명은 해주지 않고 빠르게 주변을 훑어보고는 어느 한쪽으로 방향을 잡았다.

第五十六章
황궁의 추적자

후각을 잃은 표범과 늑대들은 신경과민이 되었다.

숲을 헤치고 오는 동안 내내 불안한 모습이었고 조그마한 소리에도 온 신경을 곤두세웠다. 후각이 멀쩡하다면 아무것도 아닌 소리로 치부하고 지나갈 바람 소리에도 필요 이상의 과민한 반응을 보였다. 마치 갑자기 시력을 잃은 사람이 무엇이 발길에 걸릴지 몰라 평지에서도 벌벌 떨며 걷는 것과 같은 모습이었다.

을지소소와 타우, 초하이는 세 마리의 짐승에게 목줄을 감았다. 그리고 더 이상 그들에게 의존하지 않고 앞서서 그들을 끌었다.

진우청도 더 이상 표범과 늑대들을 쳐다보지 않고 자신의 청력과 전신 살갗으로 느껴지는 감각에 의존했다.

"잠깐!"

제일 뒤에서 세 사람을 따라가던 진우청은 우뚝 걸음을 멈추며 소리쳤다.

을지소소와 타우, 초하이와 긴장한 눈빛으로 진우청을 쳐다보았다.

"이쪽으로 갑시다."

진우청은 을지소소가 잡았던 방향 반대쪽으로 고갯짓을 했다.

을지소소가 잠시 진우청을 쳐다보며 의문스런 표정을 지었다. 아무리 후각을 잃었지만 표범과 늑대들의 귀는 사람보다 월등하다. 뭔가 의심을 감지했다면 표범이나 늑대들이 먼저 움직임을 멈추고 적의를 드러냈을 것이다.

"왜죠?"

을지소소가 짤막하게 물었다.

"그쪽은 왠지 힘들게 보여서 말이오."

진우청은 무뚝뚝하게 답하고는 방향을 바꾸어 성큼 걸음을 옮겼다.

을지소소는 기가 막힌 표정으로 진우청의 뒷모습을 쳐다보았다. 제법 호기롭게 걸음을 멈추게 하며 방향을 바꾼 이유가 겨우 힘든 길이라서 그렇단 말인가? 나에게 편한 길이라면 적에게도 편할 것이다.

"이, 이봐요!"

을지소소는 낮게 소리를 질렀다. 그러나 진우청은 이미 저쪽으로 사라지고 있었다. 을지소소는 사형들은 쳐다보았다. 그들 역시 잠시 갈등하는 빛을 보이다가 고개를 끄덕였다. 어차피 누구도 정확한 예측이 불가능한 길이기에 곰 같은 고집을 지닌 인간과 옥신각신하느니 그 방향으로 가는 것이 낫다고 생각한 것이다.

"대체 왜죠?"

한참 더 숲 속을 나아가다 다시 의견 충돌이 일어나자 을지소소는 날카로운 눈초리로 목소리를 높였다.

이번에는 편한 길이 아니라 제일 힘든 방향을 잡았다. 그런 곳에서 암습이라도 당하면 경사가 급해 제대로 대처할 수 없다.

"내가 힘들면 남들도 힘들게 아니겠소? 그러니 허를 찔러야지요."

진우청은 이유 같지 않은 이유를 갖다 붙이며 아까처럼 성큼 발걸음을 옮겼다.

쌔액—

날카로운 파공음이 들리며 흑풍의 목줄이자 을지소소의 독문병기인 흑편이 허공을 갈랐다.

진우청은 걸음을 멈추고 고개를 돌렸다.

흑편은 어느새 회수되어 을지소소의 손에 들려져 있었다. 대신 성질을 이기지 못한 을지소소의 사나운 얼굴만이 진우청의 눈에 들어왔다. 흑편으로 괜한 허공에다 화풀이를 한 모양이었다.

"정말 제멋대로군요."

을지소소는 최대한 억눌린 목소리로 말했다. 억지로 심호흡을 하며 분기를 억누르고 있었지만 여차하면 일전도 불사하겠다는 모습이었다.

"대체 무슨 근거로 내가 잡은 방향을 무시하며 당신 맘대로 하는 거죠?"

을지소소는 계속해서 낮지만 날카로운 목소리를 토하자 이번에는 타우와 초하이의 눈에서도 옅은 적의가 드러났다. 일심동체처럼 최대한 빠르게 움직여도 모자랄 판에 이렇게 자중지란이 일어나면 위험한 것이다.

"사람만 숨을 쉬는 게 아니오. 나무도 숨을 쉬고, 풀도 숨을 쉬고, 그것들을 품고 있는 대지도 숨을 쉬오. 그리고 그 숨결에는 색깔이 있게 마련이오. 당신이 방향을 잡은 저쪽 숲은 호흡의 색깔이 탁해져 있소.”

진우청은 자신의 방식대로 설명한 후 을지소소가 잡았던 방향을 뚫어져라 쳐다보았다.

진우청의 시선을 좇는 을지소소의 눈빛이 심하게 흔들렸다.

“기감(氣感)을 말하는 건가요?”

잠시 후 을지소소가 한층 누그러진 목소리로 물었다.

“그런 말을 모르겠고… 좌우간 저쪽은 누군가 흙탕물을 일으켜 놓은 것 같은 빛깔이오!”

진우청의 대답에 을지소소는 다시 한 번 그쪽을 쳐다보았다.

“맹수가 숨어 있을 수도 있지 않나요? 맹수라면 걱정할 게 없어요. 흑풍이 있으니까요.”

을지소소는 조심스런 목소리로 말했다.

“맹수는 숲의 일부라서 결코 숲의 호흡을 흐트러뜨리지 않소. 맹수보다 훨씬 흉포한 뭔가가 있는 모양이오. 어쨌든 난 저쪽으로는 가지 않겠소. 마음에 들지 않는다면 소저는 저쪽으로 가시오. 자기 갈 길로 가서 한 시진 후에 저 능선 너머에서 만납시다.”

진우청은 다시 등을 돌려 성큼 걸음을 옮겼다. 을지소소는 멍하니 진우청의 뒷모습을 쳐다보았다.

“미, 미안해요. 나도 이쪽으로 가겠어요!”

잠시 갈등하던 빛을 보이던 을지소소가 재빨리 방향을 바꾸었다.

진우청은 씨익 미소를 지었다. 사납기는 자기가 끌고 다니는 표범보다 훨씬 더했지만 자신의 잘못을 즉시 인정하고 사과하는 담백한 기질은 있었다.

을지소소를 따라 타우와 초하이도 신속하게 방향을 바꾸었다.

"되돌아갑시다!"

반 시진가량 미끄러지듯 숲 사이로 헤쳐 나가던 진우청이 우뚝 걸음을 멈춘 채 말했다.

을지소소는 긴장한 눈빛으로 앞으로 쳐다보았다.

어스름이 깔리기 시작하는 숲은 어느 곳이나 어두운 색깔을 머금고 있었다. 딱히 어느 곳이 더 음습하고 덜 음습한지 구별되지 않았다. 그런데 진우청은 좌, 우 방향은 고사하고 아예 되돌아가자고 하는 것이다.

"왜 그러는 거죠? 저 넓은 숲의 호흡이 모두 흐트러졌나요?"

"그렇소!"

"말도 안 돼요. 저렇게 넓은데……"

을지소소는 피곤한 표정으로 진우청을 올려다보며 말했다.

진우청은 잠시 을지소소와 타우, 초하이를 쳐다보았다.

"세 사람이 힘을 합치면 남패천주도 제압할 수 있다고 한 것 같은데 정말이오?"

"그래요. 우리 세 사람이면 중원 어느 누구와 대결해도 이길 수 있어요!"

을지소소는 단호하게 답했다.

"되돌아가도 마찬가지일 테니 치고 나갑시다. 다행히 내 짐작이 틀리고 소저 말이 맞아 맹수라면 이놈들이 해결할 수도 있으니."

진우청은 되돌아가겠다는 생각을 포기하며 말했다.

"몇… 명… 인가?"

초하이가 서툰 한어로 질문했다.

“넷이나… 아니면, 다섯!”

진우청이 손가락을 펴며 답했다.

“알아… 듣는다!”

초하이는 마치 어린애에게 설명하듯 손가락까지 꼽아가며 답하는 진우청의 태도가 맘에 안 들었는지 초립 틈새로 눈을 가늘게 뜨며 말했다.

“만약… 아니면… 너… 굶는다.”

타우 역시 좀더 서툰 한어로 중얼거리며 앞으로 나섰다.

“굶어?”

진우청은 타우가 한 말을 되뇌며 쓴웃음을 지었다.

그러잖아도 배가 고파 늑대 두 마리가 보신탕 재료로 보일 지경인데 그걸 눈치챈 모양이었다.

“당신 말이 맞았어요. 네 명이에요.”

을지소소가 침음성을 흘리며 말했다.

“오는 길에 두 명을 따돌렸으니 그들까지 가세하면 여섯이군!”

진우청은 양손으로 손가락 여섯 개를 펼치며 초하이를 쳐다보았다. 초하이의 눈에 어이없는 빛이 어렸다.

“저들의 무공은 어느 정도요?”

“넷이면 남패천주와 겨뤄도 지지 않을 거예요!”

“그럼 당신들 셋이서 저들만 겨우 쓰러뜨릴 수 있다는 계산이 서니, 내 몫이 둘이나 되지 않소?”

진우청이 인상을 썼지만 긴장한 표정의 을지소소는 대답을 하지 않았다.

“따돌린 두 사람이 합세하기 전에 저들 넷을 당신들이 해치우면 난 놀고 있어도…….”

“늦었어요!”

진우청의 말을 자르며 을지소소가 안광을 빛냈다. 그녀의 눈이 서서히 야수의 눈으로 변해갔다.

진우청은 고개를 돌리려다가 그만두었다. 그럴 필요가 없었다. 보이지는 않았지만 두 명의 인기척이 빠르게 가까워지고 있었다.

“젠장!”

역정을 토한 진우청은 길게 대기를 들이마셨다.

눈썹 없는 노인과 생사지투를 벌인 후 제대로 된 싸움을 한 적이 없었는데 이젠 격전을 벌여야 할 것 같았다. 이번에도 지독한 살심을 불러일으키면 온몸의 기운이 머리끝만큼도 남지 않고 다 빠져나가 버릴지 은근히 걱정도 되었다. 웬만해서 그때 같은 살심이 솟구쳐 오르지는 않겠지만 스무 날이 넘게 죽었다 깨어난 몸인지라 걱정이 되는 건 어쩔 수 없었다.

“너희들은 어서 숨어라!”

을지소소는 세 마리 짐승에게 소리를 쳤다.

표범과 늑대들이 잠시 머뭇거리다 신속히 사라졌다.

그때 저 멀리서 앞을 가로막고 있던 인영들이 바람처럼 쏘아지고 있었다.

한 번의 도약으로 화살처럼 날아오는 모습은 네 명이면 남패천주도 이길 수 있다는 말이 결코 과언이 아닌 것 같았다.

“하앗!”

타우와 초하이가 마주쳐 몸을 날렸다.

"조심해요!"

기합성처럼 말한 을지소소도 신형을 뽑아 올렸다. 같이 몸을 날리려던 진우청은 등을 돌렸다. 뒤에서 오는 자들 둘을 맡을 생각이었다.

을지소소의 계산이 정확하다면 한 명만 더 가세해도 그녀와 타우, 초하이는 힘들 것이다.

어느새 바람 소리를 내며 다가오던 두 명의 인영이 시야에 들어왔다.

진우청은 뿌리라도 내리듯 두 발을 낙엽 속으로 깊숙이 파묻었다.

두 명의 사내는 순식간에 가까워진 후 신형을 멈추었다. 복면 사이로 뻗어 나오는 안광이 찌를 듯이 진우청의 신형을 향해 쏘아졌다.

흑풍보다 몇 배는 더 흉맹한 눈빛이었다. 그래서 을지소소는 도움을 줄 수도 있는 흑풍과 설아, 백아를 저 멀리 물러나게 한 것 같았다.

잠시 신형을 멈추고 눈빛을 교환한 두 복면인 중 한 명이 신형을 뽑아 올렸다. 을지소소 일행과 상대하기 위함이었다. 이미 네 명이 그들과 상대하고 있지만 그렇게 쉽지 않다는 판단을 한 것이다. 아울러 진우청 정도는 한 명만으로도 충분히 상대할 수 있다는 판단이 든 모양이었다.

꾸욱—

진우청은 두 발을 낙엽 속으로 더욱 깊숙이 파묻었다. 굳이 을지소소의 당부가 아니더라도 단 한 번의 도약으로 엄청난 거리를 도약하는 경공법 하나만으로도 엄청난 고수란 것을 느낄 수 있었다.

그와 함께 차츰 거리를 줄이며 다가오는 복면인에게서 뿜어져 나오는 막대한 압력!

그것이 한곳을 향한 한꺼번에 뿜어져 나온다면 아름드리 통나무도 쉽게 뽑히고, 커다란 바위도 쩌억 금이 갈 것 같았다.

"내 앞을 가로막은 이상 편히 죽을 수 없다!"

복면인이 낮은 목소리로 중얼거렸다. 쉰 듯 하면서도 쇠를 긁는 것 같은 목소리! 상대의 심기를 흔들기 위해 일부러 그렇게 꾸몄겠지만 지옥유부(地獄幽府)에서나 들려올 법한 목소리였다.

파앗—

발목을 슬쩍 움직인 복면인의 신형이 흐릿하게 사라졌다. 그리고는 유령처럼 일 장 앞에서 나타났다.

복면인의 손이 움직이려는 찰나 진우청은 낙엽 속으로 발목까지 쑤셔 넣었던 오른발을 갑자기 차올렸다.

파아앗—

두껍게 쌓였던 낙엽과 잔가지들이 폭발하듯 허공으로 솟구쳤다.

공격하려던 복면인의 눈에 당혹감이 어렸다. 하오문의 잡배들이나 펼치는 수법을 펼쳐 오리라고는 생각지도 못했다는 눈빛이었다.

파악—

다른 한쪽 발도 튀어 오르며 또 한 무더기의 낙엽과 잔가지, 돌조각까지 솟구쳐 올랐다.

"흥!"

한 마디 비웃음과 함께 복면인이 장력을 뻗었다. 치졸한 수법으로 앞을 가린 나뭇잎을 단번에 날려 버릴 셈이었다.

장력을 날린 복면인의 눈이 크게 뜨여졌다.

슬쩍 내뻗긴 했지만 작은 소나무 한 그루 정도는 뿌리째 뽑아버릴 만한 힘이 담겨진 일장이었는데 허공에 뜬 낙엽들이 잠시 출렁하다가는 그대로 모여들었다. 마치 장력으로 두터운 흙벽을 두드린 느낌이었다. 이런 상황은 정말 예측하지 못한 중년인이 급히 뒷걸음질을 했다.

사사삭—

뭔가를 손으로 쓰다듬는 소리와 함께 낙엽 장막이 그물처럼 덮쳐 오고 있었다.

"어림없다!"

복면인이 일갈과 함께 이번에는 장도를 세차게 내려쳤다.

파앗—

장도에서 시퍼런 도기가 쏟아지며 진우청이 몸을 숨긴 낙엽 장막을 두 쪽으로 쪼개 나갔다.

낙엽 장막이 비단 폭이 찢어지듯 두 쪽으로 쪼개졌다. 그러나 그것뿐, 낙엽 장막은 순식간에 다시 하나가 되었다.

"가소로운 놈!"

분기 가득한 고함을 터뜨린 복면인이 어지럽게 장도를 그어갔다. 그러면서 다른 손으로는 한꺼번에 다섯 번의 장력을 뻗어갔다.

촤아악—

퍼퍼펑—

몇 가지 소음이 동시에 터지며 벽처럼 앞을 막고 있던 낙엽 장막이 수십 갈래로 갈라지며 사방으로 터져 나갔다. 연속적인 복면인의 공격에 의해 낙엽 장막이 이젠 완전히 찢겨져 나간 것이다.

"엇!"

장막을 쪼갠 복면인이 짧은 경호성을 토했다.

흩어지는 낙엽 장막 뒤에 있어야 할 진우청이 보이지 않은 것이다.

"하이앗—"

경각심을 느낀 복면인은 맹렬한 기합성과 함께 쳐다보지도 않고 허공을 향해 일장을 갈겼다. 아름드리 잣나무 가지를 향해서였다.

그 짧은 순간에 곰만한 덩치가 그곳까지 몸을 날려 은신했을 리는 없다는 생각이 들었지만 본능과 민감한 신경조직은 의식에 앞서 그런 공격을 펼친 것이다.

팟!

잔가지 하나를 걷어차며 허공을 향해 몸을 날린 진우청이 온몸을 팽이처럼 회전하며 급전직하로 떨어져 내렸다.

촤아악—

기음과 함께 복면인의 장력이 물줄기가 갈라지듯 갈라졌다.

복면인은 급히 장도를 휘둘렀다. 그러나 팽이처럼 회전하는 진우청의 신형에서 튀어나온 발이 한 발 앞서 복면인의 어깨를 찍어갔다.

복면인은 급히 상체를 틀었다. 그러자 정반대편에서 다른 발이 튀어나왔다. 팽이처럼 회전하는 몸에서 튀어나온 전광석화 같은 연속 공격이었다.

퍼억—

복면인의 한쪽 어깨에서 격타음이 터졌다. 빗맞긴 했지만 격심한 통증이 전해지는 공격이었다. 보통의 무인 같았으면 어깨뼈가 유리조각처럼 깨져 버렸을 것이다.

"내가 너무 과소평가했구나!"

내력을 운기시켜 어깨의 통증을 가라앉힌 복면인이 나직하게 말했다.

고수들 앞에서 낙엽을 차올리고, 그것을 이용해 뻔히 예상되는 수법으로 몸을 숨길 때는 코웃음이 쳐졌지만 작은 나뭇가지 하나를 밟고 무서운 속도로 떨어져 내리며 자신의 어깨에 일격을 가한 솜씨는 더 이상 얕보기만 할 수는 없었다.

"계속 얕잡아 봐도 좋소!"

복면인의 말에 대답한 진우청은 다시 양 발에 힘을 주어 낙엽 속으로 발목까지 파묻었다.

'오늘내일하는 노인네들의 얘기도 배울 게 있군!'

진우청은 남패천 여덟 장로를 떠올리며 중얼거렸다.

그 노인네들도 그렇게 말했지만 자신이 그들에게서 뭘 배웠는지 제대로 기억나는 건 없었다.

한 명에게서 겨우 열흘 동안 무언가를 제대로 배웠다면 그게 더 이상할 것이다. 그 노인 등에게서의 배움은 그야말로 뒤죽박죽 담긴 잡동사니 광주리였다.

나중에는 안 배우는 게 나을 것 같다는 생각이 들 정도로 번잡스럽기만 했다. 그동안 문외한이었던 무림정세나 주요 문파, 현재 상황 등을 알 수 있었다는 것이 그나마 소득이었다.

그런데 몸이 그 잡동사니들을 기억하고 있었다. 그리고 꼭 필요한 때에는 자신도 모르게 밖으로 쏟아내었다.

어깨에 공격을 받은 복면인이 주춤하는 틈을 타 진우청은 을지소소 일행에게로 시선을 주었다. 그들은 아직 격돌하지 않고 있었다. 다섯 명이 세 명을 에워싼 상태로 팽팽히 대치했다.

아마도 서로를 너무 잘 알기에 섣불리 공격 못하고 있는 것 같았다.

"쳐라!"

대치 상황이 깨어지며 다섯 명의 사내가 일제히 짓쳐들었다. 그것을 신호로 진우청 앞에 선 사내도 몸을 날렸다.

쑤아앙—

순식간에 다가온 사내의 장도가 섬뜩한 파공음을 뿌리며 일도양단의 기세로 떨어져 내렸다.

보통의 검보다 두 뼘은 더 긴 장도! 그 장도가 거리를 격하고 어지럽게 떨어져 내리자 온 세상이 사내의 칼로 가득 찬 것 같은 느낌이었다.

장도에서 뿜어져 나오는 기파만으로도 육신이 두 동강이 날 것 같은 느낌에 진우청은 두 걸음 급히 뒤로 이동했다.

턱!

한 그루 나무가 진우청의 등에 부딪쳤다. 뒷걸음치는 상대에게는 최악의 상황!

기회를 잡은 복면인은 수직으로 그어 내리던 장도를 틀어 태산횡단의 초식으로 무시무시하게 휘둘러 왔다.

나무에 등이 부딪친 인간과 나무가 한꺼번에 양단될 상황!

그러나 사내의 장도는 굵은 참나무만 두 동강 내고 제자리로 돌아왔다. 동시에 사내의 눈이 찢어질 듯 크게 뜨여졌다.

파아악—

참나무에 등을 부딪치는 순간 한손으로 가볍게 나무 둥치를 치며 허공으로 하체를 띄운 진우청의 발이 복면인의 검보다 더한 기세를 싣고 복면인의 정수리를 향해 떨어져 내렸다.

퍼억—

급히 머리를 틀었지만 진우청의 발뒤축은 복면인의 어깨를 사정없이 내리찍었다.

두 번의 공격을 받은 사내의 어깨는 함몰되듯 무너져 내렸다.

"크윽!"

복면사내가 억눌린 비명을 토했다. 그의 입에선 선혈이 터져 나와 복면 아래로 흘러내렸다.

어깨가 무너지며 부서진 뼈들이 폐를 찌른 모양이었다.

"겨우… 그런 움직임에… 내가… 쿨럭!"

지독한 불신의 눈빛으로 진우청을 쳐다보며 복면인은 기침과 함께 또 한 번의 피를 쏟았다.

복면 안으로도 검게 느껴지는 핏덩이는 절대로 가벼운 상태가 아님을 알게 했다. 그럼에도 불구하고 사내는 성한 오른쪽 어깨를 움직여 일도를 그어왔다.

진우청은 장도가 그어오는 방향 그대로 신형을 회전하며 팔꿈치를 들어올려 사내의 관자놀이를 가격했다.

더 이상 비명도 지르지 못한 사내가 통나무처럼 무너졌다.

진우청은 잠시 차가운 눈으로 쓰러진 사내를 쳐다보았다. 폐가 손상된 상처에 관자놀이까지 함몰됐으니 살아나기 힘들 것이다.

죽이지 않으면 내가 죽는 강호의 세계!

을지소소의 말이 예언처럼 자신에게 적용되었다.

진우청은 땅을 박찼다. 죽이지 않으면 자신을 죽일 사내들이 아직 다섯이나 더 남은 것이다.

"당신?"

뒤쪽 바위 위에서 전권 가운데로 깃털처럼 가볍게 날아 내리는 진우청을 보며 을지소소가 놀란 눈을 했다.

바늘 끝 하나 스며들 틈이 없는 팽팽한 대치 상황 속으로 이렇게 마구잡이로 뛰어드는 것도 어이없었지만 더욱 놀란 것은 한 명의 상대를 벌써 쓰러뜨린 사실이었다. 그렇지 않고서는 절대로 이곳에 올 수 없을 테니까…….

슈아악—

진우청의 가세로 인해 오히려 흐트러진 전열 사이로 한 사내의 검이 날아들었다.

"피해요!"

을지소소는 진우청의 등 뒤로 날아드는 검을 보며 급히 소리를 질렀다. 그러나 진우청의 신형은 어느새 그녀의 시야에서 사라지며 바닥으로 무너졌다.

거의 바닥에 주저앉듯이 몸을 숙여 사내의 검을 위로 흘린 진우청은 갑자기 치솟아오르는 회오리바람처럼 튀어 오르며 사내의 목을 향해 양 발을 휘돌려 찼다.

허공을 가른 검을 제대로 회수하지도 못한 상태에서 전혀 생각지도 못한 방식으로 날아드는 반격에 사내는 급히 퇴로를 밟았다. 무서운 회전력을 실은 발도 치명적이었지만 그 발과 함께 같이 솟아오른 낙엽들이 시선을 가렸기 때문이다. 우선은 시야가 왕창 가려지는 이 상황에서 벗어나야 했다. 그러나 사내의 그런 생각은 한 줄기 채찍으로 인해 무위로 돌아갔다.

시야를 가린 짧은 순간, 그걸 놓치지 않은 을지소소의 채찍이 사내의 목을 감았다가 떨어졌다.

"커억!"

사내는 경악에 찬 비명을 질렀다.

소리없이 날아와서는 가볍게 스치듯이 목을 한 번 감고 지나간 채찍!

그 채찍이 닿은 자리에서 불이 달군 쇠꼬챙이가 쑤셔드는 것 같은 고통이 느껴졌기 때문이다.

툭!

비명을 지른 사내의 고개가 옆으로 기우는 듯하더니 바닥으로 떨어졌다. 그리고 머리를 잃은 사내의 몸에서 피분수가 터져 오르며 그대로 무너졌다.

"악독한 계집!"

처참하게 동료를 잃은 복면인 한 명이 억눌린 소리를 질렀다.

"누가 할… 소리……."

초하이가 더듬거리며 사내의 말을 받았다. 그 사이 그도 복면인들의 공격을 제대로 한 번 받았는지 어깨의 옷이 갈라지고 그곳으로 선혈이 흐르고 있었다.

"이젠 똑… 같다! 흐흐!"

타우가 죽립 아래로 이를 드러내며 웃었다. 육 대 사의 불리한 대결에서 이젠 동수가 되었다는 말이다. 그동안 보여준 것과는 전혀 다른 악령 같은 웃음은 복면인들에 대한 이들의 원한이 얼마나 깊은지 충분히 짐작할 수 있었다.

"하앗!"

웃음을 다 끝내지도 않은 타우가 앞으로 쏘아졌다. 쏘아지는 자세 그대로 두 손을 쭈욱 뻗은 타우는 연속으로 두 번씩 쌍장을 갈겼다.

이제껏 제대로 본 적이 없는 이들이 무위가 고스란히 펼쳐지는 순간이었다.

슈아악—

미세한 파공음이 일며 타우의 장심에서 순간적으로 백무가 피어오른 듯한 느낌을 주었다. 그렇게 잠깐 손바닥 안에서 맴돌았는가 싶은

백무는 허공을 격하고 상대하는 흑의복면인 앞에서는 커다란 장막이
되어 터져 나갔다.

“타아!”

흑의복면인이 일갈과 함께 검을 휘둘렀다.

퍼퍼퍼펑—

그제야 폭음이 터지며 복면인의 검이 백무를 갈라갔다.

“어엇!”

복면인의 입에서 놀란 음성이 흘러나왔다. 백무에 위협을 느끼며 검
을 휘두르는 사이 타우의 신형이 코앞으로 쏘아져 온 것이다.

파앗—

이번에는 주먹을 말아 쥔 타우가 빠르게 주먹을 내뻗었다. 장력을
뻗을 때처럼 동시에 여러 번을 갈긴 것이 아닌, 단 일 권이었다.

슈아악—

직선으로 뻗어나가는 타우의 주먹이 세 배는 더 커진 느낌이었다.
일 권에 엄청난 경력이 실렸기 때문이었다.

차아앙—

잠시 주춤하던 흑의복면인도 일 검으로 모든 것을 베어버리겠다는
기세로 섬전처럼 검을 휘둘렀다.

검과 주먹이 부딪치려는 순간 타우의 주먹이 보일 듯 말 듯 떨림을
일으켰다.

까가강—

쇳소리와 함께 흑의복면인의 검이 여러 조각이 나며 사방으로 튕겨
나갔다. 인간의 맨살로 된 주먹이 쇠로 된 검을 누른 것이다.

“하앗!”

동료의 위기를 느낀 키가 큰 복면인이 짓쳐들었다. 그 순간 진우청의 신형도 흐릿하게 움직였다. 일 장여를 순식간에 움직인 진우청은 타우의 권격에 의해 부러져서 날아오는 검 조각을 손등으로 세차게 가격했다.

검 조각이 타우를 향해 짓쳐드는 사내의 목을 노리고 탄환처럼 날아갔다. 사내는 더 이상 동료를 도우려는 의도를 포기하고 날아오는 쇳조각을 향해 일장을 내뻗었다.

땅—

"크윽!"

비명과 쇳소리가 동시에 울렸다. 동료의 도움을 받지 못하고 타우의 주먹을 정통으로 명치에 맞은 사내가 울컥 피를 토하며 뻣뻣이 뒤로 넘어갔다. 그를 도우려던 키 큰 복면인은 검 조각을 쳐내 목숨을 건졌지만 이젠 삼 대 사의 불리한 상황에 놓이게 되었다.

"마귀 같은 놈들!"

불리한 상황임에도 불구하고 남은 세 명의 복면인은 전혀 기세가 꺾이지 않았다. 도리어 더 흉맹한 눈빛을 빛내며 다가들었다.

죽음을 도외시한 그들의 모습은 숫자는 줄었지만 오히려 더욱 위기감을 느끼게 해주었다.

"무형독!"

어느 순간, 을지소소가 소스라치게 놀라며 고함을 질렀다. 순간 진우청은 쓰디쓴 기운이 목구멍으로 역류하는 느낌을 받았다.

"비열한… 즉시 운기!"

을지소소는 경고음을 끝맺지도 못하고 입을 다물었다. 초하이와 타우 역시 낭패한 표정으로 공력을 돋우었다. 그들 역시 무형독에 중독

되었음을 느낀 모양이었다.

"비열해야 이길 수 있지. 아직도 그걸 몰랐나?"

키가 큰 복면인이 차갑게 말하며 다가섰다. 그의 손에는 정교한 녹피 장갑이 끼어져 있었다.

을지소소가 찢어 죽일 듯이 그를 쳐다보았지만 움직일 수 없었다.

'젠장! 조금만 더 빨리 느꼈어도……'

진우청은 쓰디쓴 기운을 삼키며 내심 중얼거렸다.

을지소소가 고함치는 것과 거의 동시에 자신도 독기운을 느꼈다. 조금 더 빨리 느꼈다면 경고를 할 수 있었을 것인데 그럴 틈도 없었다. 그것은 이자들의 용독술이 그만큼 뛰어났다는 말이다. 아니면 을지소소의 감각이 그만큼 뛰어났든지…….

어쨌든 이젠 어렵게 잡은 승기가 손바닥을 뒤집듯 역전되었다.

"괜찮겠소?"

진우청은 자신도 중독된 듯 괴로운 표정을 지으며 을지소소에게 전음을 날렸다. 남패천 태상호법 나유백에게서 배우긴 했지만 크게 자신은 없었다.

"너무 커요. 고막 터지겠어요."

을지소소가 끊어질 듯 가는 전음으로 답했다. 독에 대항해 운기하며 전음을 보내는 것이 쉬운 일이 아닌 때문이었다.

"시간만 있으면 몰아낼 수 있어요. 그런데 그 시간이……."

을지소소의 전음이 다시 들렸다.

"최대한 끌겠소. 그러니 소저도 최대한 빨리 회복하시오."

진우청은 호흡을 조절해 다시 전음을 날렸다. 을지소소의 눈에 강한 의구심이 어렸다. 같이 중독된 처지에 어떻게 시간을 끈단 말인가?

“그럴수록 독은 훨씬 빨리 퍼지지. 흐흐!”

진우청이 어설픈 전음을 펼치는 것을 눈치챈 키 큰 복면인이 낮은 웃음을 흘리며 검을 들어올렸다. 그러면서도 쉽게 공격하지 않는 것이 혹시라도 중독이 덜 된 상태에서 을지소소 등이 동귀어진식의 공격을 펼치는 것을 경계하는 것이다.

“크윽!”

진우청은 낮은 비명을 토하며 비틀거렸다.

“흐흐! 곰 같은 놈이 오히려 제일 먼저 뻗는구만!”

키 큰 복면인 옆에 선 회의복면인이 득의에 찬 웃음을 흘렸다. 그러면서 검을 휘둘렀다. 그것을 본 을지소소의 얼굴에 절망감이 어렸다.

“네놈들도 이젠 보내주마!”

또 한 명의 회의복면인이 득달같이 날아들었다.

그 순간 진우청이 허리를 쭉 폈다.

“더럽게 약군!”

비웃음을 흘린 진우청은 날아드는 회의인이 목을 향해 칼날 같은 손을 찔러 넣었다. 손으로 만든 칼! 강호에게 사용하는 수도(手刀)라는 수법이었다.

“어헉!”

다 죽어가던 송장이 일어서는 상황을 맞는 회의인이 비명에 가까운 경호성을 지르며 급히 상체를 틀었다.

진우청은 찔러가던 수도를 그대로 옆으로 휘두르며 회의사내의 목줄을 가격했다. 그의 손에서 은연중에 금광과 백광이 한꺼번에 어렸다.

파육음과 함께 회의인이 튕겨나듯 밀려나며 바닥에 처박혔다.

방심한 사이에 회의인 하나를 쓰러뜨린 진우청은 틈을 주지 않고 두 명의 복면인을 향해 한꺼번에 짓쳐들었다.

"족제비 같은 놈!"

흑의복면인이 일갈을 토하며 급급히 뒤로 물러섰다. 그를 따라 회의복면인도 신속하게 퇴보를 밟았다. 순간적인 방심이 낳을 결과였다.

을지소소 일행과 복면인들 사이의 거리를 벌린 진우청은 두 명의 복면인을 한꺼번에 막아섰다.

한 명이라도 놓치면 을지소소 일행이 위험했다.

"시간은 많지. 네놈부터 처치하고 저것들을 처치해도 충분하다."

회의복면인이 낮게 중얼거리며 소매를 걷었다. 소매 속에서 시커먼 갈고리가 튀어나와 손등을 감쌌다. 마치 쇠로 된 장갑을 낀 모습이었다.

쇠로 된 주먹! 철권(鐵拳)이었다.

쌔액—

키 큰 흑의인이 먼저 검을 휘둘렀다.

번쩍하며 휘둘러지는 한 자루 검에서 폭죽처럼 빛줄기가 쏟아졌다. 독을 쓰는 자였지만 검법에 있어서도 절정의 고수였다.

'최선의 수비는 최선의 공격!'

내심 중얼거린 진우청은 폭죽 같은 빛무리 속으로 오히려 몸을 날렸다.

파파파팡—

천수관음처럼 움직이는 진우청의 손등에 부딪친 빛살들이 진짜 폭죽인 양 폭음을 토했다.

검기의 빛줄기들을 하나도 남김없이 비껴 흘린 진우청은 숨쉴 틈을 주지 않고 선풍각을 날렸다. 복면인들이 다시 일 장여를 뒷걸음질쳤다.

콰앙—

통나무 같은 다리와 엄청난 회전력에서 뿜어져 나오는 발길질에 걸린 팔뚝만 한 참나무 한 그루가 칼에 잘린 듯 끊어지며 무너졌다. 진우청은 그 참나무를 세차게 걷어찼다.

우지끈 하는 굉음과 함께 참나무가 무서운 속도로 두 복면인을 한꺼번에 쓸어갔다.

정말 하류잡배 같은 수법이었지만 무거운 진동음을 토하며 날아오는 참나무는 절대로 무시할 수가 없었다.

파아앗—

흑의복면인이 섬전 같은 일검을 뿌렸다.

강한 회전력과 함께 날아오는 물체는 더 강한 힘으로 부딪치지 않는 한 검이 튕기고 만다.

흑의복면인은 휘두르는 검에 본능적으로 극성의 공력을 불어넣었다.

콰앙—

양단되어 날아간 참나무가 뒤쪽 바위에 부딪쳐 폭음을 토했다. 두 복면인의 눈빛이 무겁게 가라앉았다.

비록 공격을 해오는 수법들은 어이가 없었지만 그 속에 담긴 내력은 자신들의 상상을 훨씬 뛰어넘고 있었다.

그러나 그것보다 더 신경을 거슬리게 하는 것이 있었다.

지금까지의 모든 공격이 마구잡이식으로 펼쳐지고 있었지만 한 발 앞서 자신들이 호흡을 철저히 끊고 있었다. 그래서 제대로 된 반격을 할 수 없었다.

무거운 내력과 호흡을 끊어오는 기묘한 움직임!

처음의 판단과는 달리 결코 쉬운 상대가 아님이 느껴졌다. 제일 처음 상대했던 동료 한 사람도 이런 움직임을 제대로 파악하지 못하고 당했을 것이다. 이젠 그걸 느꼈지만 반격할 틈을 찾기가 쉽지 않았다. 무거운 내력과 소름 끼치도록 정확한 몸놀림에 어우러진 수법들은 하찮은 잡기라도 어떤 고수의 절초보다 무서웠다.

쌔애액—

똑같은 식으로 괴물체가 날아들었다. 산비탈에 아무렇게나 구르는 돌덩이였다. 그것이 커다란 발에 채여 포탄처럼 날아오는 것이다.

쒸악—

회의인이 철권을 쥔 손으로 주먹을 뻗었다. 머리통만 한 돌덩이가 철갑에 부딪쳐 산산조각이 났다. 그러나 회의인도 무사하지는 못했다. 쿵쿵거리며 세 걸음이나 뒷걸음을 쳤다. 그런 회의인을 향해 다시 메추리 알만 한 돌멩이들이 가슴에 있는 다섯 개 대혈을 정확히 노리고 있었다.

'발을 손처럼 쓰는 놈이다.'

흑의복면인은 손으로 던진 것보다 더 정확히 날아드는 돌멩이들을 향해 검을 휘둘렀다. 아직 중심을 다 잡지 못한 회의인이 모두 쳐내기엔 무리였다.

콰앙—

돌에 이어 다시 통나무 하나가 날아왔다.

"이런 망할!"

동료의 도움으로 겨우 신형을 추스른 회의인이 우측 손을 쭉 뻗었다. 손등에 장갑처럼 덧씌워진 철권이 섬전처럼 튀어나와 통나무를 반 토막 내고는 진우청의 가슴을 향해 날아들었다. 철권에 쇠사슬이 달려 있어 이런 용도로도 가능했다.

파앗—

진우청이 상체를 틀려는 순간, 검고 긴 채찍이 한 발 앞서 철조를 감 았다. 중독되었던 을지소소가 진기로 독을 몰아내고 달려온 것이다.

"망할!"

회의인의 얼굴에 낭패감이 번져 나갔다. 진우청 한 명을 상대하면서 도 아직 확실한 승기를 못 잡았는데 이들마저 기력을 회복했으니 절망 적인 상황이었다.

"더… 러운 놈!"

초하이도 독을 몰아냈는지 쾌속하게 몸을 날렸다.

퀴우웅—

초하이의 참룡검에서 시퍼런 광채가 뻗어나가며 철조가 채찍에 걸 려 운신이 자유롭지 못한 회의인의 허리를 쓸어갔다. 회의인이 다른 손을 틀어 참룡검을 막아갔다. 그 순간 을지소소가 강하게 채찍을 잡 아당겼다. 중심이 무너진 회의인의 허리로 참룡검이 스쳐 지나갔다. 회의인의 허리가 반쯤 갈라지며 내장이 흘러내렸다.

"네놈도 끝장이다."

을지소소의 채찍이 이번에는 독을 뿌렸던 키 큰 흑의인을 향해 어지 럽게 날았다.

펑—

흑의인의 손에서 흑색 연기가 피어올랐다.

"두 번은 안 당하지!"

어지럽게 날아가던 을지소소의 채찍 끝이 팽이처럼 회전하며 흑연을 흩뿌렸다.

그 사이로 타우의 권풍이 뚫고 들어갔다.

퍼억—

가죽북이 터지는 소리와 함께 흑의인의 심장이 왕창 무너져 내렸다.

"신세… 졌다. 밥… 안 굶긴다."

격전이 끝난 후 초하이가 진우청에게 자신의 방식대로 인사를 했다.

"목숨을 건져 준 것이나 마찬가진데 겨우 밥 안 굶긴다는 말뿐이오?"

진우청은 쓴웃음을 지으며 말했다.

"그건 당신에게 목숨만큼 중요한 것이잖아요."

을지소소가 처음으로 옅은 미소를 지으며 말했다. 도도하고 사나워보이는 얼굴에 떠오른 옅은 미소는 어떤 화려한 미소보다 매력적이었다.

"그런 식으로 황실의 고수 두 명을 한꺼번에 밀어붙일 줄은 생각도 못했어요. 당신 말대로 목숨을 구원받았어요."

을지소소는 솔직히 인정했다. 이런 점이 그녀의 장점이었다.

"그럼 당신은 내게 뭘 보답해 줄 생각이오?"

진우청은 슬쩍 농을 던졌다. 을지소소가 금세 싸늘한 표정을 하며 눈을 흘겼다.

"나도 당신의 목숨을 한 번 구해주겠어요. 그런데 어떻게 중독되지 않았죠? 독성이 그렇게 강한 것은 아니지만 중독을 피하긴 힘들었을 텐데……."

을지소소는 두 눈을 크게 뜨며 진우청을 훑어보았다. 커다란 덩치 어느 곳에 해독 작용을 하는 기관 하나가 더 달리지 않았나 탐색하는 눈빛이었다.

"독을 분해할 수 있는 면적이 넓어서 그런 모양이오. 그보다… 이들이 나타나기 전에 타우란 사람이 흑궁의 고수일지도 모른다고 했는데 그건 또 무엇이오."

진우청은 소후분이 날아들었을 때 타우와 을지소소가 하던 말을 떠올리며 질문했다. 그때는 경황이 없어서 답을 듣지 못했다가 깜박 잊고 있었는데 이젠 궁금증이 몰려왔다. 이젠 황실도 모자라 흑궁인지 백궁인지도 경계해야 할 판이었다.

"너무 많은 것을 알려고 하지 마세요. 그럼 내가 당신을 죽여야 해요."

을지소소는 사나운 눈빛으로 답했다.

"좀 전에는 목숨을 구해준다고 하지 않았소?"

"그럼 빚을 갚았어요. 방금 죽여야 했는데 살려주었으니까요."

을지소소는 순식간에 진우청에게 입은 구명지은을 갚아버렸다.

진우청은 끄응! 하는 신음과 함께 입을 다물었다.

"가야… 한다!"

타우가 초하이와 함께 복면인들의 시체를 모두 파묻고 장내를 감쪽같이 정리한 후 재촉했다.

"어서요!"

구름처럼 일어나는 의문에 몸을 움직이지 않는 진우청을 향해 을지소소가 날카로운 목소리로 재촉했다.

第五十七章

복수의 서곡(序曲)

복수의 서곡(序曲)

낮은 겨울 하늘이 눈이라도 쏟아질 듯 잔뜩 찌푸러 더욱 낮게 가라앉아 있었다. 그 겨울 하늘 위로 까마귀 떼가 어지럽게 날며 아침부터 극성스럽게 울어댔다.

"허어― 저놈들은 왜 저렇게 극성스럽게 울어대는고."

도관을 단정하게 쓴 노도인이 걱정스런 시선으로 하늘을 쳐다보며 탄식을 토했다. 노도인의 어두운 얼굴이 더욱 어두워졌다.

노도인 옆으로 도사를 수행하며 따라 나온 여러 젊은이들도 바쁜 걸음을 멈추고 하늘을 올려다보았다.

까마귀들은 이리저리 흩어지다가는 다시 제자리로 날아들기를 반복하며 특유의 기분 나쁜 울음소리를 멈추지 않았다.

"기분 나쁜 것들!"

까마귀들이 자신들 머리 위로 날아들자 청년 하나가 눈살을 찌푸리며 돌을 주워들어 까마귀들을 향해 던졌다. 슬쩍 손목만 흔들어 던졌는데 돌멩이는 쏜살같이 까마귀 떼 가운데로 날아갔다.

"까악―"

놀란 까마귀 떼가 더 큰 울음을 토하며 저 멀리 고개 너머로 사라졌다.

"쯧쯧!"

노도인은 까마귀 떼가 사라진 하늘 쪽을 바라보며 혀를 찼다.

"미물들이 무슨 죄가 있을까? 저놈들이야 본능에 충실하며 죽음의 냄새를 따라 먹이를 찾아다닐 뿐인 것을……."

노도인은 혼잣소리처럼 중얼거렸다. 그 소리에 주변에 있던 중년 도인 두 명과 젊은이들이 죄라도 지은 듯한 모습으로 눈을 내렸다.

"인간의 욕심이 피를 부르고, 원한은 또 다른 원한을 낳는 법! 그 악순환은 언제쯤 그칠꼬?"

까마귀들이 사라진 하늘 쪽을 바라보며 노도인은 긴 한숨을 토했다.

"사숙조님! 또 자책하세요? 유가검보의 일은 우리 화산으로서는 불가항력이었잖아요."

옆에 있던 한 여인이 노도인을 향해 말했다. 아직 스물도 안 넘긴 것 같은 여인의 맑은 목소리는 무거워졌던 분위기를 대번에 날려 버리고 내려앉은 구름마저 날려 버리는 것 같았다.

"허허!"

노도인이 허허로운 웃음을 터뜨리며 말을 이었다.

"내 잠시 미망에 사로잡혔구나. 이미 지난 일인데 후회해 보아야 무슨 소용이랴……. 그래도 살아남은 사람들이 있다니 나중에라도 만날 날이 있을 것이야. 우선은 이번 정파 회동에 최선을 다하도록 하자

꾸나.”

노도인은 상념을 떨쳐 버리려는 듯 상체를 쭉 펴며 길게 대기를 들이마셨다.

“길을 재촉해 보자꾸나. 폭설이라도 내리면 더 힘들어질 테니…….”

노도인이 다시 걸음을 옮기자 두 명의 중년 도인과 몇 명의 젊은이들이 고개를 숙인 후 노도인을 따랐다.

*　　　*　　　*

“여우 같은 놈들!”

들판의 한 천막 안에서 눈처럼 흰 백의를 걸친 청년이 한 장의 서찰을 읽은 후 차갑게 소리를 질렀다.

천막 안에 빽빽이 들어선 사내들은 자리에 앉지도 않고 선 자세로 숨을 죽였다.

“막염!”

서찰을 한 번 더 읽은 청년은 소리를 빽 질렀다.

“예, 둘째 공자님!”

막염이라 불린 강팍한 인상의 장한이 무리들 속에서 걸어나왔다. 그의 손에는 커다란 두루마리 하나가 들려 있었다.

“펼쳐라!”

청년의 명령에 막염이 탁자 위에 지도를 펼쳤다. 호북과 섬서, 하남 인근의 지형과 소롯길들이 상세하게 나타나 있는 지도 위에는 여러 곳에 동그라미들이 그려져 있었다. 그 동그라미들을 쳐다보는 청년의 얼굴이 더욱 찌푸러졌다.

“어제 당한 곳은?”

“이곳입니다.”

막염이 지도 위 한곳에 또 다른 동그라미 하나를 그렸다.

“모두 열두 개군! 놈들의 그림자도 못 보고 벌써 백 명 가까운 인원이 당했단 말이지?”

지도를 들여다보던 청년은 천천히 고개를 들었다. 아무런 감정이 담기지 않은 눈빛이었다. 그러나 그 상태가 제일 위험하다는 것을 아는 사내들은 아무도 눈을 맞추지 못했다.

“모두 벙어리들이 되어가는가? 술을 가져와!”

청년은 자리에 앉으며 지시했다. 옆에 도열한 사내들이 안도의 한숨을 내쉬었다. 청년은 자신의 감정을 추스른 후에는 버릇처럼 술을 찾는다. 마치 스스로를 극복한 자신에 대한 보상이라도 하려는 듯.

이젠 의견을 제시해도 된다.

“너무 성급했습니다. 구룡단(九龍團)과 합류할 때까지 기다리는 게 나았습니다!”

질풍대주가 먼저 나섰다.

“그렇게 되면 난 형님 발바닥이나 닦아주는 역할밖에 안 되지. 설마 그걸 바란다는 말은 아니겠지?”

청년은 막염을 매섭게 쳐다보았다. 그의 눈에 짙은 야망의 빛깔이 서려 있었다.

“절대로 아니지요. 공자님께서 그렇게 되면 우리 역시 본단에서 쫓겨나 변방 지부에 처박힐 테니까요!”

질풍대주는 조심스런 목소리로 답했다. 그의 눈에도 어느덧 야망의 불길이 번져 가고 있었다.

“그런데 그런 말을 지껄이는 것인가?”

“지금부터라도 큰공자님께 무적대를 맡기고 허둥거리는 사이, 공자님은 북제성으로 향하는 놈들을 잡으면 큰공자님이 공자님의 발바닥을 닦는 역할을 하겠지요.”

이번에는 흑풍대주가 나섰다.

처음부터 성급하게 나서지 말았어야 했다. 큰공자 모천도에게 먼저 떠나게 하고 나중에 나섰으면 입장이 바뀌었을 것이다. 그런데 호승심이 강한 모천기는 자신이 이번 일을 맡고 나섰다. 결과적으로 놈들의 교란 작전에 말려 큰 타격을 입고 큰공자 모천도가 구원병을 이끌고 오고 있었다.

“말이야 쉽지. 어느 쪽이 무적대 놈들이고 어느 쪽이 북제성으로 향하는 놈들인지 구별이 안 가는데 어떻게 그놈들을 잡나?”

“그러니 앞으로는 확신이 설 때까지는 큰공자님께 맡기고 기다리다가 결정적일 때 나서면……”

“돌이키기에는 이미 늦었어. 그리고 이젠 기호지세야. 이렇게 된 바에야 형님이 오기 전에 이곳과 이곳까지도 틀어막아서 기필코 놈들을 잡는다. 이번에도 실패하면 모든 대주들의 목을 치고 부대주들을 대주직에 앉히겠다.”

서왕문주의 둘째 아들인 모천기의 눈이 번쩍 살광을 내쏘았다.

*　　　　*　　　　*

“뭐라고?”

무적대 제이조의 조장을 맡고 있는 칠지검 임전성은 부하의 보고를 받고 자리에서 벌떡 일어났다.

"이런 미친 자식!"

임전성은 욕설을 토했다. 그 욕설을 들은 홍사갈 엄연지는 눈꼬리를 치켜 올렸다.

"대주님께 대한 호칭이 너무 무례하군요!"

남패천 외성 밖 호숫가에서의 결투 후 엄연지는 유화성의 말이라면 팥을 콩이라 해도 믿을 정도로 따랐다.

"대주면 대주답게 행동해야 대접을 해줄 게 아냐. 못 죽어 환장한 인간처럼 제일 먼저 날뛰는데 어떻게 대접을 해준단 말이야!"

임전성은 악을 쓰며 답했다.

"하지만 그곳을 뚫지 않으면 우린 포위되어 위험해져요. 대주님께서도 그걸 알고 그곳을 뚫으려 하고 있어요. 그곳은 가장 위험한……."

"그러니까 그런 곳은 부하를 시켜야지. 모가지가 잘린 뱀은 아무짝에도 쓸모없다는 것을 모르나?"

임전성은 불안한 표정으로 악을 썼다.

"대주님이라면 할 수 있어요."

홍사갈 엄연지도 지지 않고 답했다.

"지도를 줘봐!"

임전성은 거칠게 지도를 낚아채 길바닥에 펼쳤다.

"정말 뚫고 싶다면 이곳을 뚫어야지 안 그래?"

빠르게 지도를 훑던 임전성은 한곳을 손가락으로 짚으며 엄연지를 쳐다보았다.

"그, 그래요!"

엄연지가 고개를 끄덕였다.

"그런데 왜 이곳으로 갈까?"

"난 잘……."

엄연지는 지도에서 시선을 떼고 임전성을 쳐다보았다. 그동안 여러 번 급습을 하고 사투를 벌이며 대주 유화성의 의중을 가장 잘 파악하던 임전성이었다. 또한 그럴수록 대주에게 점점 더 빠져들었다. 그건 엄연지 자신도 마찬가지였지만…….

"이곳에서 산 하나를 더 넘으면 뭐가 있지?"

순간 엄연지의 눈이 부릅떠졌다.

"설마!"

"설마가 사람 잡아. 이 자식은 오히려 허를 찌르며 그쪽으로 움직이는 중이야!"

"그건 안 돼요. 너무 위험해요!"

엄연지는 뒤늦게 펄쩍 뛰며 고함을 쳤다.

"망할 자식! 애초부터 우리보다 훨씬 더 미친놈이었어. 어서 조원들을 모아!"

임전성의 말이 끝나기도 전에 엄연지는 몸을 날렸다.

*　　　*　　　*

잔뜩 찌푸러지던 하늘이 오후가 되며 결국 눈발을 쏟아냈다.

눈은 전투와 기습에 있어 치명적이다. 내리는 동안은 모든 것을 덮어주지만 눈이 그치면 은밀히 움직이는 사람들의 흔적을 뚜렷이 남겨준다. 그리고 또한 두텁게 쌓인 눈은 이동을 하는데 몇 배는 더 체력을 소모시킨다.

다행히 눈발이 거세어지기 전에 목적지에 도착했다. 이제부터 눈은
짙은 피냄새와 선혈 낭자한 지옥도를 이불처럼 덮어줄 것이다.

유화성은 스무 명의 대원을 돌아보았다. 이미 여러 명의 척후병을
순식간에 처치한 그들은 온몸에서 혈향을 풍겼지만 잠시 뒤에 있을 더
많을 혈투를 기대하며 두 눈에 광기가 이글거렸다.

"후읍—"

심호흡을 한 유화성은 들끓어오르려는 감정을 가라앉혔다.

한 조직의 우두머리가 된 이상 사적인 감정을 철저히 배제하고 매
순간 전체를 위한 최선의 선택을 하여야 한다.

하지만 지금 이 순간 끓어오르는 감정 한 줄기는 어쩔 수 없었다.

복수!

가슴 밑바닥 길게 눌러두었던 한 가닥 감정이 주체할 수 없이 강렬
한 기세로 솟구쳤다.

자칫 그것이 전 조직원을 위험에 빠뜨리지는 않을까?

유화성은 다시 한 번 스스로에게 자문했다.

그동안 한 치의 실수 없이 대원들을 이끌었다. 수많은 방법으로 상
대를 교란하고 철저하게 치고 빠지는 방법으로 놈들을 분산시켰다. 그
런데 며칠 전부터는 옅어지던 포위망이 더 두터워졌다. 지극히 은밀히
움직였지만 그건 확실했다.

또 다른 증원군이 투입되었다는 말이다.

이제까지의 방법으로는 더 이상 힘들다. 이렇게 며칠만 더 지나면
대원들이 모두 포위망 속에 갇히고 말 것이다.

지금부터는 무모할지도 모르는 방법으로 모험을 걸어야 한다. 아울
러 그것이 복수의 서막을 울리게도 될 것이다. 그러나 그게 목적이 되

어서는 안 된다. 궁극적인 복수는 아직 시작도 하지 않았으니까.

스스로에게의 질문은 끝났다.

사감에 휘둘리지 않은, 전 대원을 위한 최선의 결정이다. 그러기에 뒤를 따르는 대원들의 눈빛과 호흡이 한 치도 흐트러지지 않고 있다.

유화성은 수신호를 내렸다.

저 앞 숲이 끝나는 지점까지는 소리없이 접근해야 한다. 초병들 역시 그렇게 해치워야 한다.

일조의 조장 백하군(白何群)이 고개를 끄덕였다.

유화성보다는 다섯 살이나 더 많았지만 이젠 유화성의 명령이라면 촌각의 망설임이 없었다.

스스스―

미세한 소음만 흘리며 대원들이 숲 속으로 미끄러졌다. 잠시 후 다섯 사내와 함께 유화성도 연기처럼 반대쪽 숲 사이로 스며들었다.

"뭔가?"

모천기는 눈살을 찌푸렸다.

바깥의 작은 소란이 순식간에 커졌기 때문이다.

오랜 기간 동안 쥐새끼들을 추적하느라 신경이 곤두선 부하들 사이에 심심찮게 충돌이 있었다. 그런데 지금은 그런 소음과는 뭔가 달랐다. 모천기는 즉시 도를 움켜쥐었다.

파앗―

임시로 설치한 천막이 찢어지며 섬뜩한 백광이 쏟아졌다.

콰앙―

모천기는 탁자를 걷어차며 뒤로 몸을 빼냈다.

‘속임수!’

모천기의 머릿속으로 수많은 경고음이 울렸다.

백광에 이어 모습을 드러내야 할 무기의 주인이 보이지 않았다. 찢어진 천막 사이로 쏟아져 내렸다면 치솟아오르는 탁자에 걸리고 그 순간 자신의 일도를 받았을 것이다.

파앗—

이번에는 옆쪽 천막이 갈라지며 백광이 쏟아졌다. 그리고 그 사이로 한 인영이 모습을 드러냈다.

‘혈랑대주!’

모천기의 뇌리를 빠르게 스쳐 지나간 이름이었다.

이동할 때는 물론이고 이렇게 야영을 할 때도 인근 십 리에 걸쳐 삼중, 사 중으로 척후병을 세웠다. 그리고 그들은 수시로 연락을 주고받으며 조금이라도 이상이 있으면 비상 신호를 울린다. 그런데 그들을 뚫고 이곳까지 올 수 있단 말인가?

숨어들 수는 없다. 그렇다면 순식간에 해치우고 여기까지 왔다는 말인데, 범인이라면 그건 불가능하다.

“혈랑대주냐?”

질문을 던진 모천기는 피식 웃으며 사내의 전신을 훑었다. 대담하게 여기까지 나타난 것이 솔직히 조금 놀랍기는 했지만 이젠 더 이상 찾아다닐 수고는 하지 않아도 되는 것이다.

“글쎄?”

허옇게 이를 드러내며 사내가 답했다. 사내의 메마른 목소리와 함께 후욱 하고 혈향이 밀려왔다.

“아니구나!”

눈을 가늘게 뜬 모천기가 말했다. 머릿속에 각인된 혈랑대주에 대한 정보와 사내의 생김새는 우선 체형부터가 달랐다. 마주 선 사내는 훨씬 더 크고 장대했다. 그런데도 천막 위에서 일검을 날리고 순식간에 천막 옆으로 또 일검을 날리며 나타났다. 그것만으로도 사내의 실력을 단적으로 짐작할 수 있었다.

"우리 대주 말씀이 네놈 정도는 나 하나면 충분하다더군!"

"그런가? 좋아, 사내라면 그만한 배짱은 있어야지, 어디 한 번 증명해 보게."

모천기도 이를 드러내며 웃었다.

번쩍―

웃음이 사라지기도 전에 한줄기 도광이 백하군의 가슴을 향해 쏟아졌다.

언제 발도하고 언제 휘둘렀는지 구별조차 가지 않는 극한의 쾌도술이었다.

촤아악―

모천기의 쾌도에서 뿜어져 나오는 도기가 천막을 횡으로 길게 갈랐다. 상체를 꺾듯이 뒤로 뉘어 모천기에 도격을 피한 백하군이 갈라진 천막 사이로 몸을 날렸다.

"쥐새끼!"

모천기가 다시 한 번 도를 휘두르며 이젠 완전히 누더기가 된 천막 밖으로 쏘아졌다.

천막 밖에서는 난전이 벌어지고 있었다. 열 명 남짓의 무적대원들이 그 다섯 배도 넘는 대원들 사이를 바람처럼 헤집고 있었다.

"네놈들 우두머리의 용병술은 인정해 주어야겠군!"

슬쩍 상황을 한 번 쳐다본 모천기는 이를 갈았다. 그동안 쉼없는 교란 작전으로 인원들을 분리시킨 후 최소한의 인원으로 지키고 있을 때 들이닥쳤다. 실로 영리하고도 대담했다.

"하지만 서왕문주의 둘째 아들을 건드린 대가가 어떤 건지 지금부터 보여주지!"

모천기는 두 눈에서 살광을 내뿜으며 백하군을 쳐다보았다.

눈에서부터 시작하여 온몸으로 뿜어지는 살기!

씨익!

무적대 제일조장 백하군의 이가 다시 허옇게 드러났다. 강한 상대를 만날수록 그만큼 투지가 솟구쳐 오르는 그들이었다.

"그동안 제대로 된 상대를 못 만났지. 하앗!"

기합성을 지른 백하군이 먼저 솟구쳐 올랐다. 그 상태에서 직도양단의 기세로 백하군의 도가 벼락처럼 떨어져 내렸다.

번쩍!

백하군의 도세가 정수리 한 자 앞까지 다가왔을 때 모천기의 쾌도가 바람을 갈랐다.

까앙—

순간적으로 시야가 가려질 만큼 커다란 불꽃이 튀었다.

"젠장!"

백하군이 한 소리 불평을 토했다. 자신의 도가 이가 반이나 빠져 있었다. 모천기의 도가 평범한 도가 아니라 절세의 보도였기 때문이다. 아마 검이었다면 단번에 반으로 갈라졌을 것이다.

"후후! 이래서 출신이 중요하다는 것이지. 같은 실력이라면 귀한 출신이 유리하게 마련이야. 보약 한 그릇이나 더 마셨을 것이고, 고기 한

근이라도 더 먹었을 테니까 말이지. 무기 역시 마찬가지고.”

“하앗!”

파츠츠츠—

허공에 떠오르자마자 휘두른 모천기의 도에서 마른 나무가 타 들어가는 듯한 소리가 흘러나왔다. 뒤이어 새파란 도광 한 줄기가 백하군의 정수리를 향해 섬전처럼 떨어져 내렸다.

도를 마주쳐 올리려던 백하군은 급히 퇴보를 밟았다. 한 번 더 부딪쳤다 가는 자신의 도는 댕강 두 동강 나고, 몸뚱어리마저도 그렇게 될 것이다. 피하거나 비껴 흘리고 틈을 노릴 수밖에 없었다.

콰앙—

백하군이 섰던 자리에서 땅거죽이 터져 올랐다.

“하앗—”

퇴보를 밟던 백하군이 급히 신형을 회전하며 튕기듯 솟구쳐 올랐다. 모천기의 쾌도가 뿌려진 수유의 순간을 잘라간 것이다. 모천기가 극쾌하게 상체를 틀며 다시 일도를 뿌렸다.

파앗—

촤악—

두 개의 미세한 소음이 일며 두 사람은 각기 일 장여를 뒤로 물러났다.

모천기의 가슴 옷깃이 갈라져 있었고 백하군의 허리옷도 거의 한 자 가까이 갈라져 있었다.

“내가 말하지 않았나, 같은 실력이라면 귀한 집 출신이 더 유리하다고. 결정적인 순간 보검을 겁내 몸을 사리면 어떡하나?”

모천기는 주변에서 들려오는 부하들의 비명 소리는 아랑곳 않는다는 표정으로 말했다.

"대주를 잘못 만난 때문이지. 예전 같았으면 허리가 반쯤 잘리더라도 네놈 목은 베었을 텐데, 우리 대주란 양반이 절대로 죽지 말라더군. 쩝!"

백하군이 허리에 난 상처를 지혈하며 말했다.

"정말 존경스런 대주를 두셨군. 그 때문에 부하들이 겁쟁이가 되는 줄은 모르는 모양이지?"

모처기가 입을 크게 벌리며 비웃음을 흘렸다.

"거기에 덧붙여 이런 말도 하더군. 낚시꾼이 모습을 드러내기 전에는 미끼는 따먹지 말고 입질만 하라고 말이야. 후후!"

"미끼?"

한없이 여유롭던 모천기의 이맛살이 급격히 일그러졌다.

"그럼 형이 나를……?"

"형이었나? 빌어먹을. 그럼 그놈은 더 질 좋은 보도를 들고 있겠군!"

그 말과 함께 백하군은 이 장의 거리를 순식간에 좁히며 짓쳐들었다.

까앙—

다시 불꽃이 튀었다. 모천기의 보도 옆면을 때린 백하군이 도를 휘둘렀다. 이놈을 최대한 오래 묶어두면 다른 놈들은 부하들이 충분히 제압할 수 있다. 그럼 상황이 유리해지고 낚시꾼이 나타난다.

"어림없다!"

백하군의 의도를 읽었는지 모천기가 발악적으로 도를 휘둘렀다.

따앙—

이질적인 소리가 나며 백하군의 도가 결국 반 토막 나고 말았다.

"조장!"

정소벽(丁昭壁)이 바닥에 구르는 무기를 발로 차서 날렸다.

백하군은 허공에서 한 바퀴 공중제비를 돌며 날아오는 검을 잡아챘다.

"망할 놈! 도를 차 보내야지!"

백하군은 와락 인상을 쓰며 급히 검을 휘둘렀다. 자신의 도에 비해 반도 안 되는 무게의 검이 수수깡처럼 부실해 보였다.

파츠츠츠—

모천기의 보도에서 뿜어져 나오는 도기가 이번에는 백하군의 검을 세 동강 낸 후 가슴까지 양단할 듯 맹렬히 짓쳐들었다.

"타앗—"

정소벽이 검과 하나가 되어 모천기를 향해 쏘아졌다.

모천기는 백하군의 심장을 가를 의도를 접고 몸을 빼냈다.

"실력이 많이 줄었소, 조장!"

정소벽(丁昭壁)이 숨을 헐떡거리며 말했다. 몇 명을 한꺼번에 상대하면서 이곳까지 신경 쓰느라 내력의 소모가 극심했던 것이다.

백하군은 다시 검 한 자루를 건네받으며 정소벽을 물끄러미 쳐다보았다. 남패천내의 좁은 공간 안에서 사육될 때는 서로를 못 잡아먹어 으르렁거리던 사이였다. 그때는 동료가 곧 적이었다. 동료보다 한 발 앞서 도착해야 한 모금의 물이라도 더 얻어먹고 한숨의 잠이라도 더 잘 수 있었다. 그땐 자신을 앞지르는 동료는 죽이고 싶은 존재였다.

그런 인간에게 이렇게 두 번이나 도움을 받을 줄 몰랐다. 그리고 실없는 말투의 농담까지도…….

늑대는 들판에서 키워져야 제대로 큰다는 대주 유화성의 말이 뇌리에 감돌았다.

"젠장. 또 검이군!"

백하군이 거칠게 내뱉었다.

"그것도 힘들게 구한 거요."

정소벽이 모천기에게 눈을 떼지 않고 답했다.

"합공을 하면 이길 것 같나?"

잠시 뒤로 몸을 뺐던 모천기가 앞으로 나섰다. 어느새 부하들의 수가 반으로 줄었다. 그래서 한 놈이 몸을 뺄 수 있는 것이다. 그러나 자신이 이놈들 둘만 처치하면 아무런 문제가 없었다.

모천기가 들고 있는 보도가 시퍼런 광채를 내뿜고 있었다. 주인의 분노와 살기가 도신을 타고 뻗어 나오는 것이다.

"우리 둘이면 네 아비와도 해 볼만하지!"

백하군이 검의 무게를 가늠하며 한 바퀴 돌렸다.

"입을 찢어주마!"

모천기의 쾌도가 허공을 갈랐다.

백하군과 정소벽이 한꺼번에 달려들었다. 일 대 일의 대결일 때는 보도의 위력이 최고로 발휘되었지만 이 대 일의 대결이 되자 그 위력을 발휘할 수가 없었다. 다른 상대의 검을 쳐내느라 단번에 힘을 모두 실을 수 없어서였다.

그사이 부하들의 숫자는 좀 더 줄었다.

"하앗!"

정소벽이 기합성을 지르며 모천기의 도가 지나간 빈틈을 파고들었다.

"크윽!"

“소, 소벽!”

백하군이 찢어져라 눈을 부릅뜨며 붉은 피를 폭포수처럼 토하며 날아가는 정소벽을 쳐다보았다.

긴 장창 한 자루가 정소벽의 심장을 관통하고 있었다. 창이 날아온 여력에 정소벽은 삼 장이나 날아가 바닥에 처박혔다.

“소벽! 소벽, 이 자식아!”

백하군은 고함을 치며 정소벽을 향해 몸을 날렸다.

갑작스런 사태에 모천기는 멍하니 장창이 날아온 방향을 쳐다보았고 치열하던 접전도 잠시 멈춰졌다.

아무도 알아채지 못할 정도로 소리없이 날아온 창 한 자루!

화살이나 암기였다면 모르겠지만 길고 긴 장창이 이렇게 낌새도 못 채게 날아온 사실이 대번에 장내를 경직시켰다.

스스스—

소음과 함께 뒤쪽 숲에서 한 명의 인영이 연기처럼 나타났다.

“형……!”

모천기는 복잡한 눈빛으로 형 모천도를 바라보았다. 위기를 구해주었지만 뭔가 울컥하는 심정이 앞섰다. 백하군의 말대로 형은 벌써 이곳에 도착해 자신을 미끼로 삼아 근처에서 기다리고 있었던 것이다.

이제껏 커오면서 단 한 번도 형에게서 이득을 본 적이 없었다.

앞에서는 위해주는 척했지만 지나고 나면 결코 그게 아니었다. 언제나 형의 잘못까지 덤터기를 쓰며 아버지에게 혼쭐이 났다. 이번 역시 마찬가지였다. 중원군을 이끌고 왔지만 도와주는 것이 아니라 목적을 위해 철저히 자신을 이용한 것이다. 동생이 기습을 당하고 있음에도 불구하고 이제껏 숨어 있다가 마지막 순간에 할 수 없이 나타난 것이다.

그런 것들을 느꼈기에 이처럼 서둘렀는지도 몰랐다. 고생은 혼자 다 하고 공은 형에게 고스란히 돌아가고 마는 상황을 맞이하지 않고자 서두른 것이 다시 대 실책으로 돌아왔다.

"병신 같은 놈!"

모천도는 싸늘한 음성과 함께 모천기를 노려보았다.

미끼 역할마저도 제대로 못해낸 동생에 대한 질책의 눈빛이 모천기의 전신을 옥죄었다.

"이젠 다 틀렸다, 천우!"

모천도는 고개를 돌리며 고함을 쳤다.

뒤쪽에서 두 명의 사내가 더 나타났다. 모습을 드러냄과 동시에 사내 하나가 허공을 향해 신호탄을 쏘아 올렸다.

"젠장!"

온 얼굴로 부딪쳐 오는 나뭇가지들도 아랑곳 않고 치달려 나가던 칠지검 임전성은 급히 손을 들어올렸다.

거의 열 배에 가까운 인원들이 신호탄과 함께 소리없이 솟아나 달려가고 있었다.

자신의 판단이 맞았다.

이놈들이 며칠 전부터 은밀히 포위망을 두텁게 한 놈들이었다. 그걸 안 유화성이 대원들에게 최대한 부담을 덜어주고자 위험한 행보를 보이고 있다. 그러나 아무리 뛰어난 인간이라도 매에는 장사가 없는 법! 불가항력의 숫자가 달려들면 어쩔 수 없는 법이다. 그리고 유화성이 죽으면 무적대는 순식간에 사냥당하고 만다. 이제껏 유화성의 지략으

로 압도적인 숫자의 서왕문도들 사이를 헤집고 이곳까지 올 수가 있었
다고 해도 과언이 아니다.

"산개!"

임전성은 짧게 명령을 내렸다.

뒤를 따르던 부하들이 부챗살처럼 퍼졌다.

단 한 순간도 주저함이 없는 모습!

죽음에 대한 두려움 따위는 없다. 살아 있으면서도 이미 수십 번도
더 죽음을 맛보았으니까. 대신, 자신의 몫을 다 못해서 동료들에게 짐
을 지우지 않을까 하는 두려움은 가슴속에 가득하다.

그건 여기까지 오면서 가장 강하게 싹튼 감정이다. 동료를 믿고, 자
신 역시 동료의 믿음을 저버리지 않고…….

예전의 혈랑대는 그렇게 탄생되었을 것이다.

"쳐라!"

무적대를 발견한 서왕문 무사들도 그물망처럼 덮쳐 왔다.

"목표량은 한 명 당 다섯 명! 젠장! 저쪽에도 또 있군. 두 명 더 추가!
대주가 독사 대가리를 자를 때까지 한 놈도 내려 보내지 말아야 한다."

임전성은 고함을 지르며 섬전처럼 앞으로 쏘아졌다.

'저놈이다!'

유화성의 눈에서 불길이 뿜어졌다.

그동안 허술했던 포위망이 어느 순간부터 두터워지고 주변의 지형
을 잘 이용하며 인원을 배치시키는 바람에 기습 교란 작전이 용이하지
가 않았다. 증원군과 함께 지략이 뛰어난 자가 가세했다는 것을 느낄
수 있었는데 드디어 모습을 드러냈다.

놈은 이곳에서 함정을 파고 기다리고 있었던 것이다.

저놈들만 잡으면 이 포위망은 쉽게 무너진다. 그럼 다시 계획대로 움직일 수 있는 것이다.

휘익―

수신호와 함께 유화성은 몸을 날렸다.

"자네가 그 유명한 혈랑대주인가?"

모습을 드러낸 유화성을 향해 모천도가 질문을 던졌다.

유화성은 대답 대신 깊게 가라앉은 눈빛으로 모천도를 쳐다보았다. 탄탄한 체격에 쉽게 생각을 읽을 수 없는 눈빛!

며칠 동안 치열한 두뇌 싸움을 했던 자가 확실했다.

"두 놈 모두 서왕문주의 아들놈입니다. 복수를 할 수 있겠소, 대주!"

정소벽의 시신에게서 몸을 일으킨 백하군이 잇새로 내뱉었다.

번쩍!

이자 역시 서왕문주의 또 다른 아들이라는 백하군의 말에 유화성의 눈이 순간적으로 섬광을 토했다. 그러나 그 빛은 순식간에 사그라들었다.

동방회의 사주를 받고 가문을 무너뜨린 서왕문은 불구대천지 원수이다. 그러나 지금은 사사로운 감정에 얽매일 때가 아니다. 더 큰 복수를 위해 순간적인 감정은 다스려야 한다.

"함정에 빠뜨리려고 했는데 오히려 함정에 빠진 건가?"

신호탄을 보고 쳐내려오던 부하들이 배후를 치고 나타난 임전성 조원들에 막혀 치열한 접전을 벌이고 있는 것을 본 모천도는 쓴웃음을 지었다.

“이름이 뭔가?”

한동안 침묵을 지키며 감정을 추스른 유화성이 대뜸 질문을 던졌다.

모천도의 눈살이 슬쩍 찌푸러졌다. 아무리 잘 봐주어도 유화성은 동생 모천기 정도밖에 안 되어 보였는데 대뜸 하대였다.

“기분 나쁜 모양이군! 내 대원들 중에는 자네보다 나이 많은 사람들도 많지. 그래도 기분 나쁜가?”

유화성은 여전히 무심한 음성으로 말했다.

“큭큭! 좋아, 인정해 주지. 내 이름은 모천도. 그런데 왜 그게 궁금한가?”

모천도가 뒤틀린 웃음과 함께 말했다.

“모천도… 모비광의 아들이 확실하군!”

그 말과 함께 유화성의 눈에서 시퍼런 불길이 쏟아졌다.

모천도는 자신도 모르게 장도의 손잡이를 움켜쥐었다.

냉염(冷炎)!

결코 흥분하지 않고 타오르는 차가운 눈빛이었다. 그런데 그 차가운 눈빛은 용암의 열기보다 더 뜨겁게 온몸을 휘감아왔다.

파앗—

유화성의 표풍검이 검갑에서 빠져나오며 그대로 모천도의 가슴을 쓸어갔다.

쌔애액—

쾌속하게 장도를 빼낸 모천도는 표풍검을 자를 듯이 쳐내갔다. 장병기였지만 동생 모천기의 도와는 비교도 할 수 없는 빠르기였다.

스스스—

두 개의 병기가 마주치려는 순간 표풍검 끝이 변화를 일으켰다.

휘이잉—

표풍검에서 한 줄기 강력한 바람이 불어 나왔다. 매화검처럼 표홀하게 움직이던 초식에서 뻗어 나오는 바람이라고는 도저히 예측할 수 없는 검풍이었다. 모천도는 급격히 칼날을 틀어 검풍을 갈랐다.

쩌쩌쩡—

얼음벽이 갈라지는 것 같은 소리가 터져 나오며 모천도의 가슴으로 휘몰아쳐 가던 검풍이 갈라졌다. 그 사이로 모천도의 장검이 창대처럼 쑤시고 들었다.

장병기로는 쉽사리 펼칠 수 없는 수법이었다.

그런데 갈랐다고 생각했던 그 틈 사이에서 더 강력한 검풍 한 가닥이 다시 불어왔다.

표풍무형의 초식에 실린 표풍진천의 초식이었다.

"헛!"

단말마를 들이킨 모천도는 찔러가던 장도를 회수하며 풍차처럼 휘둘렀다.

콰앙—

검풍에 부딪친 장도가 비명을 토했다.

모천도는 탁한 호흡을 내뱉으며 재차 장도를 휘둘렀다.

아직 유화성의 검에 장도를 직접 부딪쳐 보지도 않았는데 자신의 보도가 이런 비명을 지른 사실에 두 눈이 크게 뜨여지고 있었다.

천상천! 천외천!

모천도는 생애 처음으로 그 말의 의미를 실감했다.

서왕문도들에 의해 단 하루 만에 무너진 유가검보의 자식이기에 얕잡아 보는 마음까지 있었는데 실상은 그게 아니었다. 이런 실력이 있었기에 동생들을 데리고 살아남은 것이다.

장차 큰 화근! 아니, 당장 목숨을 장담할 수 없었다. 등줄기에 식은 땀이 흘렀다.

파아앙—

똑같은 수법의 검풍이 다시 밀려왔다. 그런데 막상 부딪치는 순간에는 너무 달랐다. 그것이 한시라도 긴장의 끈을 놓지 못하게 했다. 더 나아가 모천도의 움직임을 경직되게 만들었다.

“하앗—”

기합성과 함께 모천도는 최대한 칼자루의 뒷부분을 잡고 독룡출동의 수법으로 유화성의 심장을 향해 섬전처럼 칼을 찔러 넣었다. 검풍이 도달하기 전에 먼저 심장을 꿰뚫을 의도였다.

“헛!”

모천도는 헛바람을 토했다.

세찬 바람으로 밀려오던 유화성의 검풍이 어느 순간 씻은 듯 가시며 그 속에서 다섯 가닥의 빛줄기가 폭죽처럼 터져 나왔다. 검풍이 검기로 바뀌어 쏟아지고 있었다.

촤아악—

모천도는 찔러가던 도를 거둬들이며 사선으로 그어 올렸다.

그의 장도에서도 시퍼런 도기가 뻗어 나오며 찔러오는 검기를 한꺼번에 잘라갔다.

치치칭—

쇳소리도 아니고 기관음도 아닌, 이상한 소리가 폭발하는 빛무리와 함께 터져 나왔다.

두 마리 신룡의 대결에 장내의 대결이 또 한 차례 멈추어졌다.

심혼을 얼려 버릴 듯한 소리와 함께 터져 나오는 빛줄기는 적아를 막론하고 걸리는 것은 모조리 베어버릴 위험이 있었다.

"대단하군! 정말 대단해! 큭큭!"

옆구리 한곳의 옷깃에 구멍이 뻥 뚫린 모천도가 입술을 비틀며 웃었다. 그 사이로 선혈이 터져 나오고 있었다. 표풍검의 검기가 만든 상처였다.

"그런 말은 고수가 하수에게 하는 말이지. 허리에 구멍이 뚫린 인간이 할 소리가 아닌 것 같은데……."

유화성은 여전히 조금도 동요하거나 흥분하지 않은 목소리로 답했다. 그런 모습이 오히려 더 섬뜩했다.

"형!"

모천기가 모천도의 허리에서 점점 더 거세게 터져 나오는 핏줄기를 보며 소리를 질렀다. 그러나 백하군의 검세에 막혀 앞으로 다가가지 못했다.

"이젠 끝장을 봐야겠군!"

모천도는 계속 흘러내리는 핏줄기는 본 체도 않고 장도를 들어올렸다.

파아앗—

장도가 다시 시퍼런 빛줄기를 토했다.

상처 입은 맹수의 발악처럼 좀 전보다 훨씬 더 강맹한 도기였다.

유화성은 검을 휘두르며 장도가 뿜어내는 빛살 속으로 오히려 몸을 날렸다.

"형!"

모천기의 고함과 함께 모천도의 목이 허공으로 떠오르며 핏줄기가 솟구쳤다.

모천도를 처치한 유화성은 망연한 모천기의 목에 표풍검을 갖다 대었다. 모천기는 몸으로부터 떨어져 나간 형의 머리만 쳐다본 채 전의를 상실하고 있었다.

가라앉은 눈으로 모천기를 쳐다보던 유화성은 모천기를 향해 몇 마디 말을 던진 후 표풍검을 거두었다.

"최대한 빨리 이곳을 지우고 다음 장소로 집결하시오! 그리고 이놈은 오른팔을 자른 후 살려 보내시오!"

더 이상 모천기에게 눈길도 주지 않은 유화성은 임문정 일행이 접전을 벌이고 있는 능선을 향해 몸을 날렸다.

"동생 놈을 왜 살려 보내라고 하셨소?"

혈전을 끝낸 후 빠르게 이동하며 백하군은 유화성에게 질문을 던졌다. 유화성의 지시대로 근처에 있는 모든 서왕문 문도들을 처치하고 모천기는 오른팔을 자른 채 살려 보냈다. 그리고 그 이유가 내내 궁금했다.

"아끼던 자식은 죽고, 병신 같던 자식은 확실한 병신이 되어서 살아 돌아온다면 두 자식이 다 죽은 것보다 몇 배는 더 고통스러울 것이오."

유화성의 대답에 백하군은 잠시 입을 다물었다.

"원래부터 그런 잔인한 사람이었소?"

백하군은 유화성을 다시 본 듯 쳐다보며 말했다.

"원래는 물러터진 술주정뱅이였소."

유화성은 억양없이 답했다.

"왠지 입이 무안해지는군요. 쩝!"

　백하군은 입맛을 다신 후 뒤로 쳐졌다. 그 자리를 홍사갈 엄연지와 칠지검 임전성이 메웠다.

　"그런데 숨 쉴 틈도 없이 또 어디로 가는 건가요?"

　엄연지는 일부러 거친 숨을 토하며 질문했다.

　"일단 저곳까지!"

　유화성은 검끝으로 모퉁이를 가리켰다.

　모퉁이를 돌자 한 노인이 그들을 기다리고 있었다.

　"오무평?"

　임전성이 정말 뜻밖이라는 듯 중얼거렸다.

　"고얀 놈! 내가 네놈 친구더냐?"

　오무평이 슬쩍 절명자를 흔들며 고함을 질렀다.

　"너무 뜻밖이어서 대협이라는 호칭을 까먹었소. 그런데 이 먼 곳까지 어쩐 일이시오? 정말 정력도 좋으시오."

　"비원각의 전갈이네."

　오무평은 한 장의 서찰을 유화성에게 넘겨주었다. 유화성은 급히 서찰을 읽었다.

　"이제부터가 진짜 지옥이군. 늦기 전에 도착해야 하니 말하는 힘까지 아껴서 경공을 펼쳐야 하네!"

　"제길!"

　유화성의 말에 임전성이 와락 인상을 찌푸리며 역정을 토했다.

第五十八章
백화원(百花園) 혈루

백화원(百花園) 혈투

"이젠 고생은 거의 끝났어요. 저 곳으로 가면 돼요."

성시가 보이는 고갯마루에서 을지소소가 긴 한숨을 내쉬며 말했다. 그녀의 표정에는 그간의 숱한 고생이 다 끝났다는 안도의 기운이 넘쳐 흘렀다.

"다 온 것이오?"

"그런 건 아니에요."

"그럼 이곳이나 이제껏 지나온 곳이나 똑같은 땅인데 무슨 고생이 끝났단 말이오. 그리고 오늘은 어째 숲 속으로 길을 잡지 않고 성시 쪽 으로 길을 잡은 것이오."

진우청도 그동안의 숲길 여행이 끝나고 사람들이 사는 곳으로 스며 들 수 있다는 사실이 더없이 반가웠지만 한편으로는 갑자기 바뀐 경로가 궁금하여 내색하지 않고 물었다.

"다 같은 땅이지만 국경이 있고 영역이 있어요. 그동안은 위험한 영역이었어요. 그래서 극도의 조심을 했어요. 하지만 이젠 그 위험한 영역은 거의 다 벗어났어요. 정말 고생 많았어요."

을지소소는 처음으로 활짝 웃었다.

남자의 몸으로도 힘든 길이었다. 그러니 여자인 그녀로서는 몇 배는 더 힘들었을 것이다. 그래서 이제부터는 사람 사는 곳으로 발을 디딜 수 있게 되었다는 사실이 그 누구보다 더 반가운 것이다.

"아직… 완전히 끝… 아니다."

을지소소와는 달리 타우와 초하이는 여전히 긴장의 끈을 풀지 않고 말했다.

두 마리 늑대와 흑표범의 후각은 아직 정상이 아니었다. 차츰 나아지긴 했지만 예전의 능력에 비하면 아직 반도 회복되지 않았다. 그만큼 황궁의 추적자들이 뿌린 독이 강했던 것이다.

"네, 그래요. 항상 마무리가 중요하지요. 그러니 여기서 일각만 쉬고 곧장 가요. 제일 먼저 목욕부터 좀 해야겠어요."

"할 때 하더라도 우선 제대로 된 음식부터 시켜주고 하시오."

진우청은 입맛을 다셨다.

"어련하시겠어요."

을지소소가 피식 미소를 지었다.

성시로 스며들어 을지소소 일행이 진우청을 인도한 곳은 천만 뜻밖에도 주루였다.

평범한 주루라면 별로 놀랄 것이 없었지만 이곳은 푸른색의 등도 아니고, 붉은색의 등이 찬란한 빛을 뿜는 최고급의 홍루였다.

진우청은 아직 그런 곳에 한 번도 가본 적은 없지만 무엇을 하는 곳인지는 잘 알고 있었다.

낮에는 죽은 듯이 조용하다가 밤이 되면 화려하게 살아나는 곳!

주향과 형형색색 꽃들의 웃음소리가 끊이지 않는 곳!

을지소소나 초하이, 타우에게는 전혀 어울리지 않을 곳 같았는데 그들은 바람처럼 움직이며 안채의 문을 들어섰다. 안채를 들어서자 그들은 더 이상 은밀한 움직임을 보이지 않고 보통의 손님들처럼 당당하게 걸었다.

"이곳이 본거지요?"

진우청은 정말 의외라는 표정으로 을지소소를 쳐다보았다.

"어서 따라 들어오기나 하세요."

을지소소는 어색한 미소와 함께 답했다. 이런 곳은 여자들이 손님으로 오는 곳이 아니라 남자들을 기다리는 곳이다. 그런 곳을 남자들과 버젓이 걸어간다는 것이 무척이나 어색한 모양이었다.

"어서 오십시오."

건물 모퉁이를 돌자 한 명의 소녀가 즉시 그들을 안내했다. 이미 약속이 되어 있었는지 소녀는 아무 말 없이 을지소소 일행을 안내했고, 을지소소 등도 아무 거리낌 없이 소녀를 따랐다.

'이걸 복받았다고 해야 하나, 아니면 뭘 밟았다고 해야 하나.'

쭈뼛거리는 모습으로 을지소소 등을 따라가며 진우청은 속으로 중얼거렸다.

숱한 사내들이 천금을 쏟아 부으면서도 아깝다는 생각을 하지 않고 더 쏟아 붓지 못해 안달을 하는 곳이었다. 지긋지긋한 고생 끝에 찾아온 곳으로는 최상의 장소였지만 진우청으로서는 계속 어색하기만 했다.

"촌놈!"

타우가 진우청의 등을 철썩 두드리며 말했다. 일상적인 말은 서툴렀지만 욕이나 핀잔을 주는 말은 조금도 어색하지 않은 발음으로 토해냈다.

"정말 여기가 본거지요?"

진우청은 다시 한 번 물었다.

"아니에요. 그간 고생했으니 오늘 저녁은 진수성찬에다 주지육림에 빠지라고 비싼 돈을 들여 모셔온 거예요."

쭈뼛거리는 진우청의 모습이 우스웠는지 을지소소는 고소와 함께 농담을 던졌다.

진우청은 입맛을 다신 후 이곳저곳으로 시선을 돌리며 홍루 안의 동정을 살폈다.

넓은 정원과 여러 채의 전각들!

그리고 그 정원 안에 자리한 인공호수와 가산, 기이한 수목과 기석은 웬만한 부잣집은 비교도 안될 수준이었다.

아직 해가 지지 않은 시간인지라 여인들은 몇 명밖에 눈에 띄지 않았지만 그녀들의 용모로 보아 붉은색의 등불이 켜지고 모든 꽃들이 한꺼번에 피어나면 눈이 어지러울 것 같았다.

"저번에 제가 한 말 기억하죠? 우린 아무 곳에도 없지만 또한 어느 곳에도 있다구요. 이곳은 우리 북제성과 끈이 닿는 곳이에요. 그것만 빼면 일반 홍루나 다를 게 없어요. 그리고 그 끈은 며칠이 지나면 끊어져 언제 다시 연결될 지는 아무도 몰라요. 당사자만 알 뿐이에요."

후원으로 들어서며 을지소소가 말했다.

"당사자?"

진우청은 또 다른 북제성 인물 한 사람은 대체 누구일까 하는 생각에 짙은 궁금증이 일었다.

그때 안내를 하던 소녀가 후원의 한 별채 앞에서 걸음을 멈추었다. 그리고는 진우청과 초하이, 타우를 그곳에 있는 방으로 들게 했다.

"세 분은 오늘 여기서 쉬세요. 잠시 후에 음식을 가져오겠습니다. 그리고 소저께서는 저를 따라오세요."

"잠시 기다려 봐요."

소녀의 말에 고개를 끄덕인 을지소소는 소녀가 마련해 준 숙소와 주변의 정경들을 유심히 살폈다. 타고난 조심성이든지, 아니면 그동안 수많은 위험을 겪으며 자연스레 몸에 익은 습관 같았다.

"됐어요. 그만 쉬세요. 저는 오늘 저녁 할 일이 좀 더 있어요. 푹 쉬고 내일 아침에 보기로 해요."

을지소소는 방에서나 주변 정물에서 별다른 위험 요소를 발견하지 못했는지 고개를 끄덕인 후 소녀를 따라 사라졌다.

을지소소가 사라지고 얼마 후 안내를 맡았던 소녀가 다른 소녀 네 명과 함께 음식상을 들고 들어왔다.

그야말로 상다리가 휘어질 만한 진수성찬이었다. 진우청은 숨도 쉬지 않고 음식을 들었다.

이미 익숙했지만 초하이와 타우는 그런 진우청을 마치 괴물을 보듯 쳐다보았다.

배가 부르면 잠이 오는 법!

특히 길고 긴 여독이 쌓인 상태에서는 더욱 그랬다.

음식을 들자마자 쏟아지는 잠에 진우청은 침상에 드러누워 잠을 청했다.

잠은 쏟아지는데 쉽게 잠에 빠져들지 못했다.

그동안 너무 인간들 세상과 동떨어져 생활하다가 갑자기 인간들 세상 속, 그것도 가장 화려하고 열기가 넘치는 세상 속에 파묻히고 보니 오히려 잠이 오지 않았다.

특히 해가 지기 시작하자 곳곳에서 들려오는 풍악 소리와 여인들의 웃음소리는 들었던 잠도 깨울 정도였다.

초하이와 타우 역시 마찬가지였다.

방에 들어서서도 초립을 벗지 않은 그들은 겉으로는 무심한 척 벽에 등을 기대고 앉아 있었지만 점점 고조되어 가는 홍루의 분위기에 내심 동요를 느끼는 것 같았다.

"끄응!"

진우청은 천천히 몸을 일으켰다.

멈칫하며 시선을 교환한 초하이와 타우도 몸을 일으켰다.

"뒷간까지 따라올 생각이오?"

진우청은 따라나서는 두 사람을 보며 말했다.

"저쪽… 안 된다."

초하이는 음악 소리와 간드러진 여인이 웃음소리가 유난히 높게 울려 퍼지는 곳을 가리키며 고개를 저었다.

"오라고 불러도 돈 없이는 못가는 곳 아니오?"

진우청은 피식 웃으며 답하고는 밖으로 나왔다. 초하이와 타우가 잠시 갈등하다가 그대로 눌러앉았다. 긴장이 풀리자 긴 여로에 지친 몸이 천근만근 무거워져 온 것이다.

“역시 돈이 좋군!”

볼일을 본 진우청은 웃음소리와 풍악 소리가 더욱 고조되어 가는 본채 쪽을 쳐다보며 가슴을 더듬었다.

남패천에서 받아낸 은자와 유화경이 준 패물 주머니가 갑옷처럼 든든하게 전신을 감싸는 기분이었다.

가슴을 토닥토닥 두드린 진우청은 걸음을 멈추었다.

초하이와 타우가 가지 말라고 한 그쪽의 광경이 바람과 함께 열려진 쪽문 사이로 훤히 드러났다.

진우청은 주춤거리며 그쪽으로 다가갔다.

“아이쿠 급하다!”

문 안쪽으로 빼꼼히 고개를 내미는 순간, 배가 튀어나온 중년인 하나가 헐레벌떡 쏟아져 나왔다. 그리고는 뒤뚱거리는 걸음으로 뒷간으로 달려갔다.

“쩝!”

진우청은 약간은 어이없는 표정으로 입맛을 다셨다.

뛰쳐나오며 살짝 부딪친 그 짧은 순간, 돼지 같은 중년인이 가슴속에 든 주머니를 채간 것이다.

정말 귀신같은 솜씨였다.

언제 어떤 순간에도 고양이의 수염처럼 민감하게 살아 있는 그의 감각을 순간적이나마 속이고 유화경이 준 비단 주머니를 채 간 것이다.

잠시 후 중년인이 뒷간에서 나왔고 벽 뒤쪽에 몸을 기대고 있던 진우청은 갑자기 걸어나오며 중년인과 부딪쳤다. 움찔한 중년인은 잠시 진우청을 노려보다가 급히 등을 돌렸다.

“이 보시오, 대협!”

진우청은 중년인을 불러 세웠다.

“나, 말인가?”

중년인이 멈칫하며 신형을 멈추고는 돌아섰다.

진우청은 천천히 중년인에게 다가가서 손을 내밀었다.

중년인의 눈에 찰나지간 동요의 빛이 스쳐 지나갔다. 그러나 언제 그랬냐는 듯 원래의 표정으로 돌아왔다.

“내놓으시지요.”

“뭘 말인가?”

“그쪽 소매 속에 감춘 주머니 말이오.”

진우청의 말에 중년인의 눈빛이 이채를 발했다.

“이거 말인가?”

잠시 진우청을 쳐다보던 중년인은 뻔뻔스럽게도 방금 채간 주머니를 끄집어내어 흔들었다.

“그렇소!”

“왜 주어야 하나?”

중년인은 생떼를 썼다.

“내 것이니까요.”

“자네 것이라는 증거가 있나?”

“그 속에 든 것이 무엇인지 다 알고 있는 것이 증거 아니겠소!”

“그건 나도 알고 있네. 금반지 두 개, 옥가락지 세 개, 그리고 금 두 꺼비 한 개, 또…….”

중년인은 비단 주머니 안에 든 물건을 꺼내놓으며 하나하나 읊었다. 마치 눈을 뜨고 장님 행세를 하는 것과 같았다.

진우청은 기가 막힌 표정으로 중년인의 하는 양을 지켜보았다. 순식간에 가슴속에 있는 주머니를 채간 솜씨만 봐서는 남패천 장로 중 서열 일곱 번째 장로의 손놀림을 능가했다. 그런데 하는 행동은 마치 저잣거리 협잡꾼 같았다.

"그리고 마지막으로 비췌 장신구 한 개! 어떤가, 나도 다 알고 있지 않은가? 하하!"

중년인은 껄껄 웃으며 생떼를 썼다. 그사이 지나가던 여인들이 호기심 어린 눈으로 두 사람을 쳐다보고 있었다. 너무 태연하고 뻔뻔하게 나오는 중년인의 모습에 진우청은 빙긋 미소를 지었다.

"그런 식으로라면 무엇이든 자기 것 아닌 것이 어디 있겠소? 이 안에도 은자가 한 개, 두 개, 세 개……."

진우청도 소매 속에서 전낭 하나를 꺼내 전낭 속에 있는 돈을 세었다.

"마지막으로 금원보 두 개! 그러니 이것은 내 것이 되겠군요."

진우청은 꺼내놓았던 돈들을 도로 집어넣으며 전낭을 흔들었다. 전낭 속에는 열 가족이 족히 일 년은 무위도식하며 편히 지낼 수 있는 돈이 들어 있었다.

자신과 똑같은 수법으로 전낭을 채가고, 똑같이 행동하는 진우청을 바라보는 중년인의 눈빛이 아주 느리게 바뀌어갔다. 그래서 거의 느낄 수 없었지만 중년인의 눈빛은 처음과 분명히 달라졌다. 자신은 진우청에게 들켰지만 진우청은 자신에게 들키지 않은 때문이었다.

"푸하하하!"

마침내 중년인이 광소를 터뜨렸다.

"이 백화원의 규칙 제일조가 뭔지 아나?"

다 지우지 못한 웃음과 함께 중년인이 불쑥 질문을 던졌다.

"그건 무전취식이 절대로 허용되지 않는다는 것일세. 그런데 자네들 일행 때문에 그 철칙이 깨어지려고 한단 말일세. 아무리 주공의 지시라 하더라도 난 그걸 용납 못하지!"

진우청은 중년인의 정체를 가늠해 보았다.

주공이라는 말을 미루어 이 중년인은 이곳 주인은 아닌 것 같았다. 집사나 총관쯤 되는 모양이었다.

그러나 손놀림과 무공이 비례한다면 중년인의 무공은 남패천 장로 수준일 것이었다.

"그럼 계산을 치릅시다. 은자 한 냥이면 하룻밤 숙식비로 떡을 치고도 남을 것 같고……."

진우청은 전낭에서 은자 한 냥을 꺼냈다.

"다음으로… 그 비단 주머니 나에게 파는 게 어떻겠소, 은자 열 냥 쳐 드리겠소."

진우청은 다시 열 냥을 꺼냈다.

"오늘은 실패네요, 호호호!"

쪽문 뒤쪽에서 교소가 터져 나왔다. 호기심에 걸음을 멈춘 여인들이 터뜨린 웃음이었다.

아마도 중년인의 이런 행각은 처음이 아닌 모양이었다.

"쩝! 살다 보니 이럴 때도 있군. 하지만 명심하게 세상에는 공짜가 없는 법일세!"

입맛을 다신 중년인은 비단 주머니를 던져 주고는 자신의 전낭을 받을 생각도 않고 등을 돌렸다.

진우청은 셈을 하려고 끄집어낸 은자 열한 냥을 슬쩍 소매 속으로 집어넣고는 전낭을 던졌다.

　중년인은 아무것도 모른 것처럼 전혀 동요 없이 걸음을 옮겼다. 그러나 날아간 전낭은 바닥으로 떨어지지 않았다. 마치 허공으로 빨려들듯 중년인의 신형 속으로 빨려들었다.

　중년인이 전낭을 잡아채는 손놀림은 눈보다 빨랐다.

　'무섭도록 빠른 손놀림이군. 그건 그렇고 잠깐 실랑이로 은자 열한 냥 수입이면 횡재 수준일세.'

　진우청은 속으로 함박웃음을 터뜨리고는 여인들의 시선을 피해 얼른 걸음을 옮겼다.

　다음날 점심을 먹고 나서야 어제저녁 사라졌던 을지소소가 나타났다.

　진우청은 눈을 휘둥그레 뜨며 을지소소를 쳐다보았다.

　숲길을 헤쳐 나오고 노숙을 하기를 반복할 때는 두텁고 칙칙한 무복 차림으로 일관했던 그녀가 화려한 성장 차림으로 나타난 것이다. 하긴, 이곳에 있는 여자들은 모두 그런 차림이니 을지소소 역시 그렇게 차려 입어야 표시가 나지 않을 것이다. 이제껏 입고 있던 옷을 그대로 입고 행동하다 가는 수많은 학들 속에 한 마리 닭이 되어 당장 의심을 살 것이다.

　"오늘 사고께서 이곳으로 온다는 표식을 확인했어요!"

　을지소소는 자신에게 고정된 세 남자의 시선을 냉정하게 뿌리치며 입을 열었다.

　"성주가 아니라 다른 사람이란 말이오?"

　진우청은 즉시 말을 받았다.

"성주님을 그렇게 쉽게 만날 수 있다면 황실의 척백대(擲百隊)도 그럴 거예요. 저도 아직 성주님을 직접 보지는 못했어요."

을지소소는 살짝 눈을 흘기며 다시 말을 이었다.

"그동안 가장 원했던 것이 진수성찬과 편한 잠자리였을 테니 다시 한잠 주무세요. 그리고 소식이 오면 연락드릴 테니 그동안 함부로 나돌아 다니지 마세요. 진 공자님은 특히 조심하세요."

을지소소는 진우청은 빤히 쳐다보았다.

"왜 그러시오!"

진우청은 얼굴에 밥풀이라도 묻지 않았나 얼굴을 쓰다듬었다.

"참 부담스런 덩치군요. 다른 사람들이라면 옷차림을 바꿔 변장이라도 할 수 있을 텐데……."

"그게 어디 내 책임이오? 날 때부터 그런 걸."

진우청은 퉁명스럽게 답하고는 다시 침상에 드러누웠다.

을지소소는 한 시진 후에 다시 찾아왔다. 그녀의 얼굴이 상기되어 있었다.

"사고가 왔어요. 어서 가요."

그녀의 말에 타우와 초하이도 흥분된 기색과 함께 얼른 몸을 일으켰다.

진우청은 그들을 따라 걸음을 옮겼다.

"저곳이에요."

기거하던 별채를 돌아 호숫가에 도착한 을지소소는 손가락으로 호수 한가운데를 가리켰다.

을지소소가 가르킨 곳을 향해 진우청은 시선을 돌렸다.

후원의 커다란 인공호수 가운데는 정자가 한 채 있었다. 그건 어제도 본 광경이었다.

그런데 오늘은 묘했다.

청명한 날씨였는데 정자가 있는 호수 한가운데는 안개가 끼어 있었다. 그 안개가 사방으로 퍼져 있다면 그러려니 하겠지만 사방은 청명했는데 유독 호수 한가운데만 안개가 서려 있었다.

절대로 자연적인 현상은 아니었다. 정자 근처에 무슨 장치를 하여 인공적으로 안개를 불러일으킨 것이다.

거울처럼 맑은 호수 한가운데에 안개가 서려 있고, 그 속에 자리하고 있는 작은 정자!

정말 신비로운 모습의 선경이었다. 신비문파의 사람들이라 나타나는 모습도 신비한 모양이었다.

진우청은 고개를 쭈욱 빼고는 안력을 돋구었다..

정자와 호숫가까지의 거리는 족히 이십 장이 넘었다. 그런데 정자로 연결되는 다리가 없었다. 그야말로 정자는 호수 한가운데에 있는 안개 섬이었다.

조금 더 안력을 돋우자 정자 한쪽 기둥 옆에 작은 배 한 척이 눈에 들어왔다. 그것이 다리를 대신하는 모양이었다.

그리고!

그 정자 위에 한 인영이 앉아 있었다.

자세한 용모나 나이는 가늠할 수 없었지만 그 인영은 분명 여인이었다.

대체 누구일까?

북제성에서는 어떤 위치에 있을까?

사부와는 어떤 관계일까?

'엇!'

생각을 이어가던 진우청은 눈을 크게 떴다.

수면 아래로 뻗어 내려 정자를 굳건히 받치고 있는 기둥 옆에 정박해 있던 배가 스르르 움직여 을지소소 일행 쪽으로 미끄러지고 있었다.

정자 위에 있던 인영은 조금도 움직이지 않았다. 그런데 배가 미끄러지고 있었다.

배에는 줄이 메어져 있는 것도 아니었다. 줄이 메어져 있더라도 누군가 그걸 끌어당겨야 움직일 것인데 을지소소나 정자 위의 여인 중 아무도 움직인 사람은 없었다. 그런데도 배는 천천히 미끄러져 오고 있었다.

'허공섭물?'

진우청은 남패천의 여덟 장로에게서 들었던 잡동사니 지식들 중에서 한 가지를 떠올렸다.

자신의 내기를 외기와 동화시켜 공간을 격하고 외부의 물체를 끌어당기는 수법!

그러나 그건 검이나 칼 등의 작은 물체에 한한 것이지 몇 명이 탈 수 있는 저런 배까지 움직일 수 있다는 말은 들어보지 못했다. 그런데도 배는 똑같은 속도로 미끄러지듯 다가오고 있었다.

을지소소 등도 그 모습을 감탄스런 눈으로 바라보았다.

"사고의 음풍장(陰風掌)은 날로 성취가 높아지는군요!"

배가 호숫가에 닿자 을지소소는 미소와 함께 사뿐히 배에 올랐다. 뒤이어 초하이와 타우도 배에 올랐다.

진우청은 음풍장이란 단어를 입에 되뇌며 배에 올랐다.

　모두 배에 오르자 을지소소가 살짝 호승심을 내보이며 소매를 걷고 호숫가 쪽을 향해 쌍장을 쭈욱 뻗었다.

　우우웅! 하는 소리와 함께 그녀의 손바닥에서 기류가 일었다. 그녀 역시 정자 위에 인물과 같은 수법을 펼치려는 모양이었다.

　쏴아아―

　기이한 소음과 함께 호숫가의 물에 둥근 구덩이가 패였다. 그리고 배가 조금 움직였다.

　"휴우―"

　잠시 힘을 쏟던 을지소소가 한숨과 함께 쌍장을 거두어들였다. 그녀의 이마에 땀이 송골송골 맺혀 있었다.

　"난 한참 멀었어요."

　을지소소가 땀을 닦으며 말했다.

　"쉬운 방법 놔두고 왜 그렇게 땀을 흘리는 거요?"

　진우청은 등 뒤에서 용곤과 호곤을 꺼냈다. 꺼내자마자 용곤과 호곤은 하나로 조립되며 용호곤이 되었다.

　파악―

　진우청은 용호곤 끝을 잡고 그대로 호수 속에 찔러 넣었다.

　호수 바닥을 찍은 용호곤이 그 반동을 진우청의 팔을 통해 발로, 그리고 배의 갑판까지 전해주었다.

　쉬이익―

　배가 빠르게 앞으로 나아갔다.

　"어맛!"

　갑작스런 충격에 을지소소가 짧은 경호성을 질렀고, 초하이와 타우도 휘청하고는 중심을 잡았다.

“정말 당신은…….”

초하이에게 안길 뻔한 을지소소는 진우청을 향해 도끼눈을 떴다.

그러는 사이 배는 점점 정자를 향해 다가가며 안개 속을 파고들었다.

“사고!”

정자 가까이 다가가자 선수 쪽으로 몸을 옮긴 을지소소가 반가운 음성으로 소리를 질렀다.

정자 한가운데에 그린 듯이 앉아 있던 여인도 답례를 하듯 천천히 손을 들어올렸다.

순간!

섬뜩한 파공음과 함께 여인의 장심에서 한 줄기 섬광이 뻗어 나왔다.

“아악!”

반가운 표정을 짓던 을지소소가 비명을 질렀다.

그녀의 가슴이 피로 물들었다.

초하이와 타우도 놀라 고함을 지르며 을지소소를 안아들었다.

파악—

진우청은 용호곤으로 호수 표면을 내려쳤다. 넓적한 노가 아닌 용호곤은 물살에서 반동을 얻기보다는 물살을 갈라 버렸다.

배는 조금 속도가 느려지기만 했을 뿐 여전히 정자로 다가가고 있었다.

을지소소에게 섬광을 내쏜 여인은 전혀 서두르지 않고 천천히 일어섰다.

훌렁!

여인이 입고 있던 옷이 훌렁 벗겨져 나가며 그 안에서 한 인영이 솟아오르듯 일어섰다.

호리호리한 몸매. 그리고 하얀 피부!

나이를 짐작하기 힘든 모습의 사내였다. 그 사내의 붉은 입술이 열리며 하얀 치아가 드러났다. 마치 가면극에 나오는 배우 같은 귀기스런 모습이었다.

"흑궁의 귀면랑(鬼面郎)! 함정이에요."

을지소소가 끊어질 듯 입술을 움직였다.

초하이가 그런 을지소소를 향해 고함을 질렀다. 말은 통하지 않았지만 기력을 낭비하지 말라는 내용이 분명했다.

파앙─

갑판에 발을 굳건히 디딘 타우가 사내를 향해 쌍장을 날렸다.

순간적으로 전력을 다한 무지막지한 장력이었다.

가면을 쓴 것 같은 사내의 입술이 다시 열려지며 오른손이 어지럽게 흔들렸다.

타우의 무거운 힘이 실린 장력이 소리없이 흩어졌다.

그러나 타우가 왼손으로 뿌린 장력이 정자 아래 기둥에 작렬하며 폭음을 토했다.

그 반동으로 배가 호숫가로 나아가기 시작했다.

귀면랑이란 사내의 눈이 차가워지며 그의 신형이 허공으로 둥실 떠올랐다.

콰앙─

구름처럼 가볍게 떠올랐는데 그의 신형에 부딪친 정자 지붕이 박살이 나며 튀어 올랐다.

파아악—

진우청은 다시 용호곤으로 수면을 내려쳤다. 이번에는 최대한 수평으로 눕혀서 수면을 때렸기에 퍼엉! 하는 폭음과 함께 무거운 힘이 배에 전해졌다. 초하이의 장력에 힘을 얻고 있던 배는 속력을 내며 호숫가로 나아갔다.

"가소로운 수작!"

정자 지붕의 파편과 함께 허공에 뜬 귀면랑의 손에서 다시 한 번 섬광이 내비쳤다.

마치 손바닥에 들고 있는 작은 손거울이 햇빛을 반사시키는 것 같았지만 그 섬광은 을지소소의 가슴을 온통 피로 물들이며 생사를 예측할 수 없게 만들었다.

"타앗!"

이를 악문 초하이가 검을 빼 들고는 허공으로 몸을 날렸다. 수풀 속에 숨어 있던 비조가 갑자기 허공으로 날아오르는 듯 초하이의 신형은 바람같이 허공으로 솟아올랐다.

콰콰콰쾅—

두 사람이 마주친 곳에서 벽력이 터지는 소리가 온 백화원 안을 진동시켰다.

초하이와 귀면랑 두 사람은 허공에서 한 번 격돌하고는 수면으로 떨어져 내렸다. 그리고는 수면에 뜬 정자 지붕 파편을 밟고는 다시 수면을 박차고 허공으로 솟구쳤다.

그러는 사이 배는 호숫가에 닿았다.

"소저, 정신 차리시오. 소저!"

용호곤을 분리해 등에 꽂은 진우청이 을지소소의 뺨을 두드리며 소리를 질렀지만 을지소소는 죽은 듯이 꼼짝도 하지 않았다. 진우청은 급히 을지소소의 맥을 짚었다. 아직 맥은 뛰고 있었지만 점점 가늘어지고 있었다.

"내… 내가… 한다. 넌… 도와!"

타우가 을지소소를 안으며 다급한 시선으로 초하이 쪽을 쳐다봤다. 그러잖아도 서투른 말이 급한 마음과 함께 더욱 엉망으로 튀어나왔다. 그러나 그 의미는 어떤 때보다 명확히 전달되었다. 을지소소를 한 번 더 쳐다본 진우청은 그대로 신형을 날렸다.

파파파팟―

수면에 떠 있는 나무 조각들을 밟고 땅 위를 달리듯이 치달린 진우청이 비호처럼 허공으로 솟구쳤다.

"으윽!"

허공에서 답답한 비명성이 들리며 허리에 상처를 입은 초하이가 급전직하로 떨어져 내렸다. 겨우 세 번 격돌한 사이 귀신같은 얼굴의 사내에게 일격을 당한 모양이었다.

파앗―

진우청은 떨어져 내리는 초하이의 신형을 발판 삼아 한 번 더 허공으로 도약했다.

그 바람에 초하이의 몸은 더 급격하게 바닥으로 떨어졌지만 바닥은 물이고 그 정도 상처로는 절대로 죽지 않을 사람이었다.

진우청의 신형이 포탄처럼 귀면랑에게로 쏟아지며 활처럼 뒤로 휘어졌다.

날아오는 진우청을 향해 손바닥을 펼치던 귀면랑의 얼굴에 당혹감이 어렸다.

먹이를 쪼아 먹으려던 닭이 갑작스레 변모하는 먹이를 보고 움찔하는 모습과 같았다.

그 찰나적인 순간을 쪼개며 진우청의 몸이 궁신탄영의 수법으로 팅기듯 귀면랑을 덮쳐 갔다.

초하이는 떨어져 내리면서도 크게 뜬 눈으로 그 장면을 놓치지 않았다. 허공에 뜬 상태에서 저런 동작을 펼치는 인간이 있다는 소리는 듣지 못했다.

진우청의 주먹과 귀면랑의 쌍장이 부딪쳤다.

콰앙—

굉음이 터지며 두 사람은 수평으로 각각 삼 장 가까이 팅겨 나오며 호수 표면으로 떨어져 내렸다.

한 발 앞서 추락한 귀면랑이 서까래 조각 하나를 밟고 호숫가로 몸을 날렸다.

진우청도 부유물들을 밟으며 쏜살같이 호수를 가로질렀다.

호숫가에는 타우가 정신없이 을지소소의 상처를 보살피고 있었다. 초하이도 호숫가로 헤엄쳐 나왔다.

호수 위 허공에서 벌어진 격돌과 굉음으로 인해 백화원 안채에서는 벌집을 쑤신 듯 사람들이 쏟아져 나왔다. 대부분이 밤을 밝히는 여인들이었고 그 속에 사내들도 섞여 나오고 있었다.

호숫가에 선 진우청은 귀면장이란 사내를 쳐다보았다.

안개 자욱한 정자 위에서는 여인이라고 깜박 속을 정도로 흰 얼굴과 붉은 입술이었다. 그래서 나이를 정확히 짐작할 수는 없었지만 중년은 훨씬 넘은 느낌이 들었다. 외모에서는 절대 그런 짐작을 하지 못했지만 눈빛에서 그것이 느껴졌다. 그리고 소름 끼칠 만큼 강한 무공의 냄새도 그 눈빛에서 자연스럽게 흘러나오고 있었다.

"제법이다!"

귀면랑의 붉은 입술이 열리며 여인이라 착각해도 될만한 음성이 흘러나왔다.

진우청은 사내 같지도 여인 같지도 않은 귀면랑에게서 욕지기와 함께 강한 적개심을 느꼈다.

모습은 전혀 달랐지만 귀면랑의 전신에서 피어오르는 기운은 남패천에 도착했을 때 만난 눈썹 없는 노인과 같은 느낌을 주었다.

그때 죽은 듯이 누워 있던 을지소소의 몸이 움직였다. 타우의 필사적인 노력이 그녀의 의식을 일깨운 모양이었다.

"사고… 사고를 찾아……."

을지소소의 목소리가 끊어질 듯 흘러나왔다. 겨우 들릴 정도로 가는 목소리에 다급함이 가득 담겨 있었다.

"그녀가 찾고 있는 사람은 어디 있소?"

을지소소 쪽을 한 번 쳐다본 진우청은 다짜고짜 질문을 던졌다.

귀면랑의 붉은 입술이 옆으로 틀어졌다.

"아직은 살아 있지. 하지만 미끼로서의 가치가 사라졌으니 이젠 죽여야겠다. 너희들도 함께."

그 말과 함께 귀면장은 손을 들어올렸다.

스스스스!

옷깃이 스치는 소리가 나며 놀란 눈으로 이곳을 쳐다보고 있는 여인들 사이에서 여러 명의 사내들이 앞으로 나섰다.

절제된 움직임과 가벼운 신법!

절대로 하수가 아니었다.

‘조력자가 있는 곳이라더니 오히려 범 아가리 속이었군.’

진우청은 삼면을 포위하는 사내들을 보며 무겁게 눈빛을 가라앉혔다.

삼면이 막혔고, 뒤쪽은 호수이니 사방이 막힌 것이나 마찬가지였다. 그에 더해 을지소소는 심한 상처를 입었다. 누굴 돕기는커녕 타우나 초하이 둘 중 한 사람의 엄중한 보호를 받아야만 살 수 있는 상태였다.

“창룡금시를 내놓으면 살려주겠다.”

귀면랑이 낮은 목소리로 말했다. 이제까지 들어오던 여인의 목소리와는 전혀 딴판인 사내들의 낮고 굵은 목소리였다.

“조심하세요. 살기를… 극성으로 끌어올렸다는… 증거예요. 저 목소리는…….”

을지소소가 경고했다.

“어디에 숨긴 모양이오, 몸에는 없었소!”

여인들 속에서 나온 뚱보 중년인이 말했다. 어제저녁 진우청의 품속에서 비단 주머니를 빼갔던 사내였다.

사내는 초췌한 모습으로 손을 흔들었다. 그러자 이곳이 얼마나 위험한 곳인지도 모르고 우르르 몰려왔던 여인들이 뒤로 물러섰다.

“뭔지 모르겠지만 내어주고 떠나는 게 어떻겠나? 그러면 나도 주공을 살리고, 별다른 피해 없이 이곳에서 장사를 할 수 있을 테니까.”

사내는 착잡한 목소리로 말했다.

누군가 인질을 잡힌 채 협박을 받고 있는 모양이었다.

“있어도 줄 수 없다!”

진우청은 짤막하게 답했다.

“그렇다면 죽어야지.”

더 굵어진 목소리로 외친 귀면랑의 발이 슬쩍 앞으로 나왔다. 그러자 그의 몸이 미끄러지듯 진우청을 향해 쏘아졌다.

"당신들은 조금 더 을지 소저를 돌보시오."

진우청은 초하이와 함께 쏘아져 나가려는 타우를 끌어당겼다. 의술에도 조예가 깊은 사내들이었다. 그들이 신속히 손을 쓰지 않았다면 을지소소는 지금쯤 죽은 목숨일 것이다.

쉬익―

발끝으로 가볍게 바닥을 찍은 진우청의 신형도 바람처럼 쏘아졌다.

두 사람의 신형이 서로를 향해 이 장 가까이 다가섰을 때 귀면랑의 손이 앞으로 쭈욱 뻗어 나왔다.

아무런 소음도 기파도 일지 않았다. 그런데 진우청은 전신으로 집채만 한 바위가 내리눌리는 듯한 압력을 느꼈다.

아까 정자에게 배를 밀어 보낸 그 장력이었다. 진우청은 손을 빳빳하게 세웠다. 그리고는 앞으로 쭈욱 찔러 넣었다.

촤아악!

아무것도 없는 허공에서 화선지가 갈라지는 소리가 들렸다. 동시에 전신을 짓눌러 오던 압력도 사라졌다.

대신 뒤쪽의 호수에서 두 개의 물줄기가 퍼엉 하는 소리와 함께 삼 장도 넘게 치솟아올랐다.

마치 포탄이 터진 것 같았다.

"아악!"

뚱보 중년인의 경고로 뒤로 물러나던 여인들이 날카로운 비명과 함께 더욱 혼비백산 안채를 향해 달려갔다.

음풍장이 무산된 것을 본 귀면랑은 일렁거리는 눈빛과 함께 양팔을 기이하게 교차시켰다.

귀면랑의 쌍장이 어지럽게 뻗어 나오려는 순간 진우청은 허공으로 신형을 띄웠다. 바윗덩이 같은 몸이 깃털처럼 가볍게 날아오르는 모습이 도저히 믿어지지 않는 듯 뚱보 중년인은 입을 벌리고 쳐다보았다.

귀면랑의 팔이 다시 뒤틀리며 교차하는 찰라 진우청의 신형이 급전직하로 떨어져 내렸다.

귀면랑의 손바닥에서 한 줄기 빛이 쏟아졌다. 이번에는 피처럼 붉은 색이었다.

허공에서 앞으로 쭈욱 뻗은 진우청의 손에서도 금광과 백광이 용의 모양을 한 채 한꺼번에 쏟아졌다.

나유백과 구양천이 진우청에게 불어넣어 줄 때는 일성이었지만 지금 뻗어 나오는 힘은 그 몇 배가 되었다.

콰앙—

핏빛 기운과 진우청의 기운이 부딪치며 굉음이 울렸다.

창백한 귀면랑의 얼굴이 더욱 창백해지며 뒤로 주르르 밀렸다. 허공에서 떨어져 내리는 진우청의 신형도 일순 도로 튕겨 오르는 듯하다가 다시 땅으로 내려앉았다.

휘익—

땅을 박찬 진우청의 몸이 뒤로 밀려나는 귀면랑에게로 덮쳐 갔다.

귀면랑이 눈이 크게 뜨여졌다. 도저히 믿기지 않는 연속 동작이었다. 마치 날개가 달려 허공에서 방향을 바꾸는 듯한 움직임이었다. 그로 인해 제대로 몸을 추스르지도 못한 채 귀면랑은 손을 흔들었다.

이젠 음풍장을 뿌릴 만한 시간적, 공간적 여유가 없었다. 초식과 초식의 대결이었다.

흔들—

진우청의 몸이 어깨춤을 추듯 흔들렸다. 그리고는 귀면랑이 뿌린 초식의 틈을 파고들었다. 지극히 단순한 움직임이었지만 빈틈으로 물이 스며드는 듯한 느낌이었다.

"하앗—"

거듭 놀란 눈을 한 귀면랑이 손가락을 구부리며 응조수를 만들어 진우청의 목을 잡아왔다.

흔들—

이번에도 마찬가지였다.

어깨부터 시작된 흔들림이 온몸으로 퍼져 나가며 응조수가 허공만 움켜쥐었다. 그리고 그 사이로 진우청의 팔꿈치가 스며들었다.

파앗—

필사적으로 몸을 뒤로 젖혔지만 미세한 차이로 진우청의 움직임이 빨랐다.

퍽!

둔탁한 격타음과 함께 귀면랑은 뒤로 훌쩍 몸을 날렸다.

파육음과 함께 어깻죽지가 떨어져 나가는 것 같은 통증이 밀려왔다.

"쳐라!"

여인들 속에서 미끄러져 나와 두 사람의 대결을 지켜보던 한 사내가 고함을 질렀다. 어울리지 않게도 도관을 쓴 사내였다.

고함 소리와 함께 열 명가량의 사내들이 동시에 날아올랐다.

휘익—

초하이에게 을지소소를 맡긴 타우의 몸도 허공으로 숫구쳤다.

퍼펑—

타우의 주먹에서 무거운 권풍이 터져 나왔다. 권풍에 마주친 사내 하나가 맹렬히 검을 휘둘렀다. 그의 양옆으로 다른 두 명의 사내로 검을 찔러들었다. 정면에서 타우의 권풍을 받은 사내가 주르르 뒤로 밀려났다. 그의 입에서는 선혈이 새어 나오고 있었다. 그러나 타우 역시 허리에 검상을 입었다.

그사이 초하이와 을지소소가 있는 쪽으로도 사내들이 짓쳐들었다.

"이놈! 이젠 죽는다."

일격을 당하고 잠시 주춤 뒤로 물러났던 귀면랑도 야차 같은 모습으로 진우청을 향해 짓쳐들었다. 뒤를 따라 도관을 쓴 중년인도 날아들었다.

무림으로 쏟아져 나온다면 일파를 이루고도 남을 사람들!

그들이 한꺼번에 짓쳐들자 숨이 턱 막히는 느낌을 받았다.

"크윽!"

이번에는 을지소소를 보호하며 검을 휘두르던 초하이가 억눌린 비명을 토했다. 뒤이어 등 쪽의 길게 갈라진 옷 사이로 선혈이 터져 나왔다. 서왕문의 추적자 사십 명을 세 명이서 단 일각 만에 쓰러뜨린 사람들이었지만 이들의 합공에는 역부족이었다.

그들이 위기를 뻔히 보면서도 진우청은 어쩔 도리가 없었다. 도관을 쓴 중년인과 귀면랑의 합공은 가일층 강해졌다.

퍼억—

진우청은 활짝 편 손바닥으로 도관을 쓴 중년인의 가슴을 가격했다. 도관을 쓴 중년인이 일그러진 얼굴로 한 줄기 선혈을 토하며 튕겨났다. 그러나 그사이 귀면랑의 웅조수도 진우청의 어깨를 스치고 지나갔다.

찌이익—

어깻죽지의 옷이 갈라지며 지독한 통증이 몰려왔다. 무의식적으로 끌어올린 용린탄주의 기운이 아니었으면 살점이 뭉텅 뜯겨져 나갈 만한 공격이었다.

"크윽!"

그때 주먹을 휘두르던 타우의 비명 소리가 또 한 차례 울렸다.

두 군데나 검상을 입은 그의 신형이 술에 취한 듯 비틀거렸다.

그를 향해 한 사내가 비호처럼 덮쳐들다가 급격히 신형을 뒤틀었다. 그의 손에 화살 하나가 잡혀 있었다.

피잉—

날카로운 파공음을 울리며 날아온 또 한 개의 화살이 다른 사내의 공격을 멈추게 했다.

"노인장!"

절명자 오무평을 본 진우청은 최대한 크게 고함을 질렀다. 저 노인이 어떻게 여기 나타났는지 너무 뜻밖이었고, 반가운 기분 또한 더할 나위 없었다. 그러나 최대한 크게 고함을 지른 이유는 초하이 등을 향해 짓쳐드는 사내들을 물리게 함이었다.

그 목적은 즉시 이루어졌다. 야차같이 달려들던 사내들은 훼방꾼이 나타났음을 직감하고 얼른 물러서 사방을 경계했다.

절명자 오무평의 뒤로 유화성이 이끄는 무적대도 함께 모습을 드러냈다.

남패천을 떠날 때는 이백 명이었는데 지금은 오십 명 정도밖에 되지 않았다. 그러나 백척간두의 위기를 멈추기에는 충분했다.

"때맞춰 도착했군."

온몸이 땀투성이가 된 오무평은 한숨과 함께 말했다. 유화성도 안도

하는 눈빛으로 진우청과 을지소소 등을 쳐다보았다. 을지소소 일행은 온통 피투성이가 되어 있었지만 진우청은 아직 멀쩡했다.

유화성과 무적대의 등장으로 한숨을 돌리게 된 진우청은 급히 을지 소소 일행에게로 다가갔다. 활을 거누고 있는 무적대에게 둘러싸여 칼 날같이 경계하고 있던 사내들이 주춤 뒤로 물러났다. 진우청의 손에 일장을 가격당한 도관을 쓴 중년인은 아직 일어나지 못하고 있었다. 또한 귀면랑도 진우청에게 한 대 맞고 수세에 몰렸다. 자신들은 그렇 게 맞는다면 생사를 가늠할 수 없을 것이라 판단한 사내들은 일단을 뒤로 피했다.

"괜찮소?"

진우청은 을지소소를 보며 질문했다.

을지소소가 핏기없는 얼굴로 미미하게 고개를 끄덕였다. 그 모습은 마치 기름이 바닥난 등잔의 불꽃같이 위태로워 보였다.

타우와 초하이도 치명상은 입지는 않았지만 혼자서는 거동이 불가 능할 정도로 심한 상처를 입고 있었다. 셋이 합치면 남패천주 구양천 과 겨뤄도 자신있다고 한 그들이 이런 꼴을 당했다는 것이 쉽게 믿어 지지 않았다.

"서로를 의지하시오."

진우청은 세 사람을 한데 모은 후 몸을 일으켰다. 그러자 잠시 뒤로 물러섰던 사내들이 조여들며 포위망을 견고히 했다.

그들은 한편으로는 오무평과 오십여 명의 무적대에 포위되어 있으 면서 또 한편으로는 진우청과 을지소소 일행을 포위하고 있었다.

결국 진우청과 을지소소 일행은 무적대에 포위된 귀면랑 일행의 인 질이 되고 있는 입장이었다.

“이런 망할!”

그걸 느낀 진우청은 역정을 토했다.

쨍—

진우청은 용곤과 호곤을 꺼내 하나로 합쳤다. 검보다 긴 용호곤을 휘둘러 거리를 확보하기 위함이었다.

우웅—

용호곤이 무거운 진동음을 토하자 포위망을 조이던 사내들이 급히 사정권 밖으로 물러섰다.

“혈랑대인가?”

강시처럼 꼿꼿이 서서 포위하고 있는 무적대를 쳐다보던 귀면랑이 옅은 미소와 함께 하얀 이를 드러내며 말했다. 여인도 사내도 아닌 미소는 기괴한 느낌마저 일게 했다.

“그만 활은 내리는 게 어떤가? 한때 무적대라는 이름이 부끄러울 것 같은데 말일세.”

여인에 더 가까운 음색과 함께 귀면랑은 유화성을 쳐다보며 말했다.

유화성 역시 똑같은 모습으로 활을 겨누고 있어 겉모습으로는 다른 무적대 대원들과 전혀 다름없어 보였지만 귀면랑은 무적대주를 정확히 찾아낸 것이다.

“누가 누굴 부끄럽다고 생각할 처지가 아닌 것 같소. 당신들이 가두고 있는 사람들을 밖으로 보내주면 우리도 활을 거두겠소.”

유화성이 활을 겨눈 자세를 조금도 흐트리지 않고 답했다.

“이런 거리에서 시위를 놓으면 자네 친구도 다칠 수 있을 텐데?”

귀면랑 역시 조금도 양보하지 않고 맞받아쳤다.

“그 친구는 예전에 빗발치는 화살들을 하나도 남김없이 맨손으로 쳐낸 적이 있소. 그래서 난 활을 쏘라는 명령을 내리는 데 전혀 부담을 느끼지 않고 있소만."

유화성은 활시위를 조금 더 팽팽하게 당겼다.

일촉즉발의 팽팽한 긴장이란 이런 상황을 두고 하는 말이었다.

누구라도 먼저 움직이면 곧바로 대폭발의 형국으로 치달을 순간이었다.

그 긴장감이 진우청에 의해서 깨어졌다.

"여긴 내가 알아서 할 테니 그냥 쏴버리시오."

진우청은 그 말과 함께 용호곤을 허공으로 한 바퀴 휘둘렀다.

용호곤 끝에 걸린 대기가 찢어지며 무서운 비명을 토해냈다.

"괜찮겠나?"

유화성은 가라앉은 눈빛으로 진우청을 쳐다보며 물었다.

"저번에 봤잖소!"

진우청은 크게 고개를 끄덕였다. 그러자 유화성도 천천히 고개를 끄덕이며 활시위를 한층 더 팽팽하게 당겼다.

"자, 잠깐!"

얼굴을 찌푸린 귀면랑이 급히 소리를 질렀다.

"늦었소!"

짤막한 한마디와 함께 유화성이 활시위를 놓았다.

설마 정말로 활을 쏠 것이라 생각하지 못한 오무평이 기절초풍하며 입을 벌렸다.

활시위를 떠난 화살은 파공음을 내며 날았고, 다른 모든 대원들도 동시에 활시위를 놓았다. 대주의 명령에 추호의 망설임이 없이 따르는 모습이었다.

피피피핑—

오십여 발의 화살이 가운데를 향해 날아갔다.

쏘는 사람들끼리도 위험할 정도로 가까운 거리였다. 그런 거리에 쏟아지는 화살들은 그야말로 빛살이었다. 활시위를 떠났다 싶은 순간 화살들은 귀면랑 일행의 전신으로 꽂혀들고 있었다.

"미……!"

미친! 이라는 소리를 다 내뱉지도 못하고 귀면랑은 그야말로 미친 듯이 양손을 흔들었다. 다른 사내들도 도저히 믿을 수 없다는 표정으로 검을 휘둘렀다.

보통의 인간들이라면 고슴도치가 되어 쓰러져도 하등의 이상할 것이 없는, 아니, 그렇게 되는 것이 지극히 당연한 상황이었지만 믿어지지 않게도 그들은 화살들을 모두 쳐내고 있었다.

북제성의 무서움이 또 한 번 증명되는 순간이었다.

그런데 그 무서움이 진우청에게는 약이 되었다. 그들의 무시무시한 무공 때문에 진우청과 을지소소에게는 화살들이 단 몇 발밖에 날아들지 않았다. 인간의 판단력을 마비시키는 급박한 순간 속에서 어느 것을 쳐내고, 어느 것을 흘려버릴지 구별 못한 귀면랑 일행들이 최대한 많은 화살들을 쳐낸 결과였다.

"밖에는 화살, 안에는 몽둥이, 이런 것을 두고 내우외환이라 하지."

자신들에게까지 날아든 세 발의 화살을 가볍게 쳐낸 진우청은 득달같이 용호곤을 휘둘렀다.

퍼퍽—

화살을 쳐내느라 온통 신경을 뺏긴 사내 두 명이 용호곤에 휩쓸려 튕겨났다. 그 사이로 을지소소와 타우, 초하이의 뒷덜미를 한꺼번에 걸머쥔 진우청이 몸을 날렸다.

"쥐새끼 같은……!"

귀면랑이 악귀처럼 소리를 지르며 쌍장을 흔들었다. 그의 눈에서 시퍼런 살광이 폭죽 터지듯 터져 나왔다.

파앗—

아직도 혼비백산한 기운을 다 털어내지 못한 오무평이 절명자를 휘두르며 귀면랑을 막아갔다.

찌이잉—

귀면랑의 장심에서 뻗어 나온 빛줄기와 오무평의 절명자에서 뻗어 나온 기운이 마주치며 쇠 젓가락으로 접시를 긁어대는 소리가 터져 나왔다.

"윽!"

천하의 오무평이었지만 귀면랑의 장력은 다 막아내지 못하고 답답한 비명과 함께 뒤로 주르르 밀렸다. 그의 입에서 선혈 한 줄기가 흘러나왔다.

"노인장은 이들이나 좀 보살피시오!"

뒤로 주르르 밀려나는 오무평을 향해 을지소소와 타우 등을 던지다시피 맡긴 진우청은 재차 장력을 뿌려오는 귀면랑을 향해 쌍장을 쭈욱 내밀었다.

우우웅—

무거운 진동음과 함께 공간이 일그러지며 진우청의 손에서 용의 형상을 한 은색 기운이 뿜어져 나왔다.

하마터면 진우청을 영원히 깨어나지 못하게 할 뻔한 천룡후의 기운이었다. 비록 백염노인을 상대할 때처럼 거대한 해일같이 쏟아지지는 않았지만 마주치는 것은 무엇이든 휩쓸어 버릴 만한 압력이 느껴졌다.

"하앗!"

지풍같이 뻗어나가던 기운을 회수한 귀면랑이 한 손을 뒤로 뻗은 채 다른 한 손을 무겁게 앞으로 내뻗었다.

붉은색의 혈무 같은 기류!

귀면랑의 손에서는 그런 기운이 폭발하듯 뻗어 나왔다.

퍼엉—

폭음과 함께 흙먼지가 튀어 올랐다. 그리고 혈무도 함께 흩어졌다.

혈무가 걷히자 귀면랑과 진우청은 서로를 노려본 채 우뚝 서 있었다. 귀면랑의 입꼬리가 미세하게 뒤틀렸다.

"오랜만에 피가 끓어오르게 하는구나, 네놈은!"

뒤틀린 입꼬리가 이젠 완전히 옆으로 찢어지며 귀면랑은 핏빛 웃음을 토했다.

"얼마나 걸리겠느냐?"

진우청에게서 시선을 돌린 귀면랑은 여전히 자신들을 포위하고 있는 무적대를 보며 말했다.

"이각이면 지울 수 있습니다."

귀면랑 옆에 서 있던 키가 훌쩍 큰 사내도 무적대를 쳐다보며 말했다.

이들은 중원 무림인이라면 그 이름만 들어도 오금이 저릴 남패천 무적대 오십여 명에게 포위당해 있으면서도 추호의 흔들림이나 두려움이 없었다.

그들은 단지 무적대가 둥글게 원진을 친 안쪽에 있을 뿐이었다. 그건 바깥쪽에 있는 것이나 크게 다를 것이 없었다. 동전의 양면 같은 문

제일 뿐이다. 그만큼 자신들의 무공에 대한 확신이 있는 것이다.

'으음!'

절명자 오무평은 신형을 삼켰다.

처음에는 포위했다고 생각했는데 서서히 그게 아니라는 느낌이 내부를 진탕시키고 있었다.

어떤 방위를 점하고 있든 그건 문제가 아니었다. 이런 인간들과 대적하고 있다는 것 자체가 위험했다. 잠시 숨을 돌리고 있는 이들이 포위망을 향해 터져 나온다면 순식간에 형세는 바뀌어 자신들은 포위를 하고 있는 것이 아니라 포탄 근처에 접근하고 있는 상황이 될 것 같았다.

"그럼 이각 안에 지워라!"

귀면랑이 굵은 남자의 목소리로 명령을 내렸다.

훌쩍 키 큰 사내가 가볍게 고개를 숙인 후 검을 흔들었다. 그러자 오무평이 염려했던 상황이 벌어졌다.

포위되어 있던 열 명의 사내가 포탄의 파편처럼 무적대를 향해 튀어 나왔다.

이미 그들의 공격을 예상하고 있던 유화성은 터져 나오는 사내들을 향해 마주쳐 갔다.

"크윽!"

비명과 함께 무적대 대원 하나의 심장에 검이 박혀 들었다. 서로 검을 마주쳤다 싶은 순간이었는데 귀면랑 일행 사내의 검은 처음부터 그곳에 있은 듯이 무적대원의 가슴에 꽂혀 있었다.

파앗―

다른 한쪽에서도 피보라가 튀어 오르며 검을 든 팔 하나가 허공으로 숫구쳤다. 물론 무적대 대원 한 사람의 팔이었다.

"죽일!"

순식간에 두 명의 무적대원이 쓰러진 것을 본 오무평이 득달같이 몸을 날렸다.

가느다란 회초리 같은 절명자가 귀곡성을 울리며 사내 하나를 향해 찔러 들었다. 사내의 눈이 차가워졌다. 이윽고 사내는 느릿하게 검을 한 바퀴 휘둘렀다.

오무평이 다급성을 질렀다. 사내가 검을 둥글게 휘두른 궤적을 따라 시퍼런 강기막이 쳐졌고, 그 궤적 속으로 빨려든 절명자에서 불꽃이 튀었다. 이윽고 절명자 끝이 한 뼘 정도 싹둑 잘려져 나갔다.

오무평은 뒤늦게나마 절명자를 회수하며 급급히 퇴로를 밟았다. 뒤따라 절명자를 자른 사내가 그야말로 비호처럼 다가들며 검을 내리그었다.

가공할 움직임과 가공할 쾌검이었다.

필사적으로 절명자를 쳐올리며 오무평은 평생 처음 자신의 애병이 너무 허약하다는 느낌을 받았다. 가는 회초리 같은 절명자로는 벼락처럼 떨어져 내리는 저 검을 도저히 막을 수 없을 것 같았다.

그의 예상대로 절명자를 싹둑 자른 사내의 검이 정수리로 떨어져 내렸다.

까앙—

정수리 한 치 앞에서 불꽃이 튀었다.

절명자와는 비교할 수 없이 굵은 쇠몽둥이가 사내의 검을 막은 것이다. 막았을 뿐만 아니라 그대로 절명자의 초식을 흉내 내며 사내의 가슴을 찔러갔다.

까앙—

사내 역시 용호곤 끝이 가슴 한 치 앞에 다가들었을 때 전광석화같이 검을 쳐올려 용호곤을 튕겨냈다. 진우청은 한 번 더 용호곤을 휘둘러 사내와의 거리를 벌린 후 오무평을 뒤로 잡아당겼다. 온전했을 때도 상대가 되지 않았는데 반으로 싹둑 잘린 절명자로는 더 더욱 상대가 안 될 터였다.

"노인장은 저들이나 보살피라고 하지 않았소!"

고함을 치며 오무평을 사지에서 끌어낸 진우청은 용호곤을 두 개로 분리하여 등에 꽂은 후 전권 가운데로 짓쳐들었다.

눈썹 없는 노인과의 대결 이후로 되도록이면 용호곤을 잡지 않았다.

신외지물의 효용에 안주하다가 용무의 춤사위가 무거워졌음을 뼈저리게 느낀 때문이었다. 그건 절정의 고수를 상대할수록 더욱 확연히 느껴졌다.

이들 역시 마찬가지였다.

그 노인만큼은 아니었지만 중원무림 어떤 고수들과 겨루어도 밀리지 않을 고수들이었다.

이런 인간들에게는 깃털처럼 가벼운 춤사위만이 통했다.

파앗—

진우청의 주먹이 사내의 가슴을 향해 뻗어갔다. 또 한 사람의 무적대원을 바닥에 누인 사내가 기이한 각도로 검을 쳐올렸다. 남패천의 여덟 장로와 기거하며 보고, 들은 초식 운용법 어느 곳에도 없는 수법이었다.

사내의 검이 진우청의 팔을 자르려는 순간 진우청의 팔도 기이하게 흔들렸다. 그건 사내의 검이 날아드는 모습보다 배는 더 기이한 움직임이었다.

퍼억—

사내의 가슴에서 가죽 북이 터지는 소리가 나며 뒤로 주르르 밀렸다.

다섯 발자국이나 뒤로 밀려나며 사내가 밟은 굳은 땅바닥이 세 치가량 가라앉았다.

결국 피를 토한 사내가 털썩 엉덩방아를 찧었다. 그의 주변으로 무적대 대원들이 열 명도 넘게 뒹굴고 있었다. 이미 죽었거나, 살아난다고 해도 멀쩡한 모습이 되기 힘든 상태였다.

진우청의 가세로 인해 잠시 전열이 흐트러졌다. 무적대원들에게 실낱같으나마 승기가 보태진 것이다.

그 사이로 유화성의 검이 허공을 갈랐다.

무적대원들 중에서 유화성만이 아무런 상처를 입지 않고 있었다. 그 외에는 크고 작은 상처들을 온몸에 새기고 있었다.

표풍무형의 초식을 마주한 한 사내가 급히 검을 휘두르며 주춤 뒤로 밀렸다. 유화성은 더욱 맹렬히 검을 휘두르며 무적대원들과 사내들의 거리를 벌렸다.

“네놈은 내 차지다.”

뱀처럼 차가운 눈으로 진우청의 일거수일투족을 지켜보던 귀면랑이 진우청을 향해 다가들었다.

그의 몸 주변으로 일렁하며 대기가 흔들렸다. 그로 인해 무적대에게 잠시 유리해지던 기운이 썰물처럼 밀려나갔다.

진우청은 더 이상 다른 곳에 신경 쓰지 않고 귀면랑을 마주하며 우뚝 섰다. 최대한 빨리 자신이 이자를 처치한다면 싸움은 그만큼 유리해진다. 그때까지 무적대원들이 버텨주기만을 바랄 뿐이었다.

　그런 생각과 함께 선공을 하려던 진우청은 급격히 변하는 귀면랑의 표정을 보고 신형을 굳혔다.

　진우청 뒤쪽을 바라보는 귀면랑의 표정이 와락 일그러지고 있었다.

　진우청은 혼란을 느꼈다. 악귀 같은 인간이 뭔가를 보고 놀라는 상황이 도저히 이해가 되지 않았다.

　그 순간, 진우청의 뒤쪽에서 한줄기 사자후가 울렸다.

　결코 크지 않지만 고막을 터뜨릴 것같이 강렬한 기파를 동반한 고함이었다.

　귀면랑과 진우청은 물론 치열한 접전을 벌이고 있던 사내들이 동시에 움직임을 멈추었다.

　진우청은 뒤로 물러나며 고개를 돌렸다. 그리고는 귀면랑의 시선이 고정되어 있는 곳으로 시선을 던졌다.

　다섯 명의 중년인과 한 명의 노인이 마치 무게가 없는 듯 허공에서 아래로 천천히 내려서고 있었다.

　그들을 본 귀면랑의 부하들도 귀면랑과 비슷한 표정이 되어갔다.

第五十九章

사부의 그림자

"오랜만일세, 호광!"

짙은 청의 복장의 중년인이 귀면랑을 보며 나지막하게 말했다.

그러나 귀면랑은 굳은 표정을 유지한 채 아무런 대답도 하지 않았다.

귀면랑에게 인사를 건넨 중년인은 을지소소 등에게로 다가갔다.

"사백……."

을지소소가 끊어질 듯한 목소리로 말했다. 그리고는 예를 차리려는 듯 몸을 일으켰다. 타우와 초하이도 비틀거리며 몸을 일으켰다.

"그대로 있거라!"

중년인은 가볍게 손을 저었다. 그의 손에서 부드러운 기운이 흘러나와 을지소소와 타우 등을 어루만지듯 바닥에 뉘였다.

청의중년인이 을지소소와 타우 등의 상세를 보살피는 사이 다른 중년인들이 귀면랑에게로 다가갔다.

"예를 차려라!"

회의를 입은 중년인이 귀면랑을 향해 일갈을 토했다. 그러나 귀면랑은 여전히 입을 다문 채 미동도 하지 않았다.

"고얀!"

노인 왼쪽에 서서 노인을 보필하듯 서 있던 한 중년인, 아니, 초로인에 가까웠다. 그가 노한 음성으로 고함을 쳤다.

"내가 예를 차릴 이유가 뭔지 말해보시오. 그럼 예를 차리겠소."

침묵을 지키고 있던 귀면랑이 그제야 입을 열며 대꾸했다. 그의 목소리는 그 어느 때보다 굵은 저음으로 바뀌어 있었다. 그만큼 지금 이 순간 그가 끌어올리고 있는 살기가 짙다는 말이었다. 그걸 증명하듯 그의 옷이 폭풍우를 만난 듯 마구 펄럭거렸다.

"이런 못 된……."

다른 중년인 하나가 당장이라도 출수할 듯 노기를 띤 눈으로 몸을 움직였다. 그러나 그의 행동은 지그시 눈을 감고 있던 노인에 의해 제지되었다.

"아직도 야욕을 버리지 못하고……!"

초로인이 다시 나섰다.

"야욕! 야욕이라고? 누가 할 소리를……!"

귀면랑과 초로인의 고함 소리는 노인에 의해 다시 제지되었다.

"누구의 꿈이 헛된 것인지는 지금 당장은 알 수 없는 일……."

노인은 허허로운 목소리로 말끝을 흐렸다.

"사매는 어디에 있느냐?"

초로인이 귀면랑에게 다시 물었다. 그러나 귀면랑은 아무 대답도 하지 않았다.

"그 아이가 있는 곳을 말해주면 보내주겠다."

깊은 회한에 잠겨 있던 노인이 귀면랑을 향해 말했다.

귀면랑이 잠시 갈등하는 빛을 보였다.

"어서 말해라!"

노인은 차분한 목소리로 다시 재촉했다.

"그녀는 이곳 지하실에 있소."

한참 후, 마침내 귀면랑이 여인의 목소리로 답했다.

"가거라!"

노인은 짧은 목소리와 함께 귀면랑에게 손짓을 했다.

"안 됩니다, 사백! 저놈은……."

"악독한 놈이기는 하되 거짓말은 하지 않는 놈이다."

노인이 낮게 말했다.

"옛 정리를 생각해서 오늘은 그냥 보내주겠다. 그러나 다시 내 눈에 뜨이면 그땐 목숨을 취하겠다. 어서 떠나거라."

초로인이 좀 더 엄한 목소리와 함께 귀면랑을 응시했다. 잠시 노인의 쳐다보던 귀면랑은 단 한마디의 말도 없이 찬바람이 돌 정도로 휑하니 등을 돌렸다.

그를 따르는 사내들도 똑같은 모습으로 등을 돌렸다.

백화원은 아방궁이라는 별명이 붙을 정도로 규모가 큰 홍루였다. 그런 곳이니만큼 기녀들도 많았다. 또 기녀들을 보살피고, 들어올 때는 귀공자로 들어왔다가 나갈 때는 술 취한 개로 변하는 손님들을 처리하는 무사들도 기백 명은 되었다.

그들이 모두 지하실에 갇혀 있었다. 그럼에도 불구하고 외관상 아무런 문제없이 장사를 하고 있었다는 것은 그들이 하나같이 저항 한 번 못해보고 소리없이 지하실에 갇혔다는 말이다. 그래서 기녀들이 아무런 낌새도 못 채고 두려움없이 술을 팔고 웃음을 판 것이다.

열 명의 인원으로 남패천 무적대 오십여 명을 이각 안에 지우려 했던 그들의 능력으로 보아 그건 그렇게 어렵지 않은 일이었으리라.

그들과 주인을 인질을 잡고 총관을 협박하여 일사천리로 일을 진행시켰던 것이다.

지하석실 문을 열었을 때 그들은 아직 혈도가 봉해진 채 쓰러져 있었다. 혈도가 봉해진 상태에서 너무 오래 방치되면 풀린 후에도 그 여파가 남아 자칫하면 불구가 될 수 있다. 지하석실에 갇힌 사내들은 모두 그런 위험에 직면해 있었다.

다섯 중년인은 서둘러 그들의 혈도를 풀어주었다. 그리고 을지소소가 사고라 부른 여인을 찾아 빠르게 움직였다.

진우청도 을지소소의 부탁을 받고는 중년인들과 함께 지하석실을 누볐다.

궁금한 것은 이루 말할 수 없이 많았다.

유화성이 어떻게 이곳에 나타났는지, 그가 이곳에 나타났다면 같이 간 형은 어떻게 되었는지, 귀면랑이란 사람은 누구이며, 노인과 이들 중년인들은 누군지, 그들은 또 왜 그렇게 싸웠는지… 너무 많아 어느 것이 더 궁금한지 우선순위를 매길 수가 없을 정도였다.

하지만 지금은 다친 사람들의 상처를 치료하고 이들을 구하는 것이 우선이었다. 그리고 을지소소의 사고라는 사람을 찾는 것도…….

"여기 있소!"

석실 구석 쪽으로 간 중년인 하나가 소리를 질렀다.

"도와주게."

갇힌 사내들의 혈도를 바쁘게 풀어주던 중년인이 진우청을 향해 말했다.

을지소소의 사고, 물론 그들에게는 동료가 될 것이었다. 동료의 안위도 궁금했지만 서둘러 혈도를 풀어주어야 할 사람들 때문에 손을 놓을 수 없다는 표정이었다.

귀면랑과는 달리, 인명을 경시하지 않는 그들의 모습을 보며 진우청은 고개를 끄덕여 답하고는 석실 안쪽으로 빠르게 움직였다.

가장 구석진 석실에 을지소소의 사고라는 여인이 갇혀 있었다. 어두컴컴한 지하석실에서도 가장 구석진 곳이었기에 명확히 용모를 확인할 수 없었지만 중년에 이른 여인이었다.

다른 곳에 갇힌 사람들처럼 그녀도 혈도가 짚인 채 가두어져 있었던 모양으로 동료의 부축을 받았지만 몸을 움직이지 못했다.

보통의 체격에 백의를 입은 그녀는 비록 몸을 제대로 추스르지 못하고 있었지만 고결한 기운 한 줄기는 가려지지 않고 스며 나오고 있었다.

"이쪽으로 와서 좀 부축해 주게."

을지소소의 사고를 보살피던 중년인이 진우청을 향해 부탁했다. 중년인의 옆을 돌아가 가까이서 여인의 얼굴을 쳐다본 진우청이 흠칫 신형을 멈추었다. 그리고는 굳은 듯이 서 있었다.

"뭐 하는가? 어서 부축하지 않고!"

중년인의 급한 음성이 들렸다. 여인의 상태가 심상치 않았던 것이다. 아마도 귀면랑에게 제압당할 때 결투를 하며 가볍지 않은 내상을 입을 모양이었다.

　잠시 주춤했던 진우청은 얼른 다가가서 여인을 부축했다. 여인의 몸은 온기가 느껴지지 않을 정도로 식어 있었다.

　타타탁!

　중년인이 빠르게 손을 움직이며 여인의 혈도를 틔우고 전신을 두드리고 주무르기 시작했다. 이른바 타혈법과 추나술이었다.

　"으음!"

　한참 동안 중년인의 타혈법이 이어지자 중년 여인이 가는 한숨과 함께 신음을 토했다.

　"사매, 정신이 드는가?"

　중년인이 급한 목소리로 말했다. 그러나 여인은 아무런 대답을 하지 않았다. 한 번 흘러나왔던 신음 소리마저도 더 이상 흘러나오지 않았다. 그냥 혈도만 제압당한 채 갇혀 있던 사내들도 아직 제대로 운신이 불가능했다. 그러니 싸운 흔적이 역력하고 내상을 입었을 여인은 더 심한 후유증이 있을 수밖에 없을 것이다.

　타타탁—

　중년인은 다시 빠르게 타혈법을 시도했다. 그래도 여인의 의식은 돌아오지 않았다.

　"운 사제!"

　중년인은 고함을 질렀다. 자신의 힘만으로는 부족함을 느끼는 모양이었다. 백화원 무사들의 혈도를 풀어주고 있던 다른 중년인 하나가 급히 달려왔다.

　"위험하네. 사백을 모셔오게!"

　중년인은 급하게 지시했다. 그러는 사이 여인의 호흡은 더욱 가늘어졌다.

"비켜보시오!"

여인의 호흡을 읽고 있던 진우청이 중년인을 밀쳐 냈다. 중년인이 움찔 진우청을 쳐다보다가 자리를 비켜주었다.

진우청은 예전에 칠흑 같은 지하석실에서 기식이 가늘어지던 이여옥에게 행했던 것과 같은 식으로 여인의 목덜미로부터 등줄기를 누르거나 훑으며 빠르게 손을 움직였다.

타타탁—

솥뚜껑만 하다는 말을 듣는 커다란 손이 빠르게 움직이며 그 손에 달린 손가락들이 믿을 수 없을 정도로 부드럽게 휘어졌다. 마치 뼈마디가 없는 것처럼 보일 정도였다.

옆에서 지켜보던 두 명의 중년인의 눈이 기광을 발했다.

"으음!"

중년 여인의 신음이 다시 울렸다.

"사매, 괜찮은가! 사매?"

중년인이 고함을 질렀다.

진우청은 계속해서 황산 동굴 속에서 사부가 자신에게 해준 방법대로 여인의 등줄기 혈을 누르고 쓸며 호흡을 불어넣었다.

얼마간의 시간이 더 흐르자 여인의 숨결이 고르게 이어졌다. 그리고는 희미하게 의식이 돌아왔다.

"사… 형!"

여인의 모깃소리만 한 목소리로 말했다.

"사매, 정신이 든 건가? 날 알아보겠나?"

사내의 고함에 가까운 목소리에 여인은 힘겹게 고개를 끄덕였다.

"어서 옮기세, 어서!"

중년인은 옆에 있는 다른 중년인에게 고함을 질렀다. 그러나 그럴 필요가 없었다. 한 발 앞서 진우청이 가볍게 여인을 안아 들었다. 그리고는 석실을 빠져나왔다.

"고, 고맙네, 소협!"

중년인은 뒤늦게 사의를 표했다.

"이분은 내가 노인장께 모셔다 드릴 테니 남은 사람들 혈도를 풀어 주시오."

진우청은 중년인을 향해 말하고는 지하실 입구를 향해 걸음을 옮겼다.

두 중년인은 한 번 더 이채 띤 눈으로 진우청을 쳐다본 후 서둘러 다른 석실로 신형을 움직였다.

그날 저녁 백화원은 아무런 일이 없는 듯 영업을 계속했다. 귀면랑 일행들에게 제압당한 호원 무사들은 제대로 힘을 쓸 수 없었고, 주인 역시 제 정신이 아니었지만 외관상 아무런 이상 없이 보이게 하기 위함이었다.

느닷없는 칼부림에 여인들도 놀라긴 했지만 험한 생을 살아가는 그들은 밤이 되자 화려하게 피어나며 아무 일 없었다는 듯이 술과 웃음을 팔았다.

별채에서는 살아남은 무적대원들이 서로의 상처를 돌보며 밤을 새웠고, 노인과 중년인들은 을지소소 등을 치료하며 한숨도 자지 못하고 밤을 새웠다. 진우청 역시 호원무사들을 대신하여 백화원 주변을 감시하며 밤을 새웠다.

다음날 아침 진우청은 유화성을 찾았다.

유화성의 눈에는 핏발이 서 있었다. 오십여 명의 대원 중 귀면랑 일행에게 죽은 대원이 열다섯이었고 나머지도 반 이상은 큰 상처를 입었다. 남패천을 떠난 이후 최대의 피해였다.

귀면랑의 질문에, 이각 안에 지울 수 있다는 그 일행들의 대답은 허언이 아니었다. 끝까지 싸웠다면 유화성만 빼고 무적대 오십 명은 정말로 지워졌을 확률이 높았다.

밤새 죽은 대원들의 시신을 치우고 다친 대원들을 치료하며 유화성은 가슴속으로 피눈물을 흘리는 듯한 모습이었다. 눈에 선 핏발과 함께 그의 입술은 온통 짓물려 있었다.

죽어 넘어가는 대원들을 보며, 싸움이 끝난 후 대원들의 시신을 치우며 얼마나 입술을 깨물었는지 짐작이 갔다. 그 때문에 진우청은 형에 대한 궁금증을 선뜻 물어보지 망설이고 있었다.

"다친 데는 없습니까?"

진우청은 뒤늦은 안부를 물었다.

유화성은 괴로운 표정과 함께 고개를 끄덕였다. 대원들을 여럿 잃은 채 자신은 멀쩡하다는 사실이 견딜 수 없는 모양이었다.

"여긴 어떻게 왔습니까?"

"비원각의 지시였네."

유화성은 짤막하게 답했다. 절명자 오무평이 함께 온 것으로 보아 그건 예상한 것이었다.

정작 묻고 싶은 것은 그게 아니었다.

잠시 뜸을 들인 진우청은 입술을 움직였다.

"내 형님과 형님의 정혼녀는……?"

“지금쯤이면 가문에 당도했을 것이네.”

진우청의 의중을 파악한 유화성은 계속 대답을 이어갔다.

“대원 스무 명이 자네 형을 집까지 수행하고 갔네. 나머지는 이곳저곳에서 서왕문과 동방회의 이목을 흐리게 만들었네. 겉으로는 무적대의 훈련과 함께 자네 형님이 귀갓길을 수행하는 것이었지만 실상은 자네의 길을 뚫기 위함이 무적대가 나온 주목적이었네.”

“천주 노인의 계획이었소?”

진우청은 두 눈에 쌍심지를 돋우며 물었다.

자신 때문에 자칫 형이 위험해질 수도 있었기 때문이다. 귀면랑 같은 인간들이나, 아니면 서왕문이나 동방회의 무리들이 형 일행을 자신으로 잘못 알고 추적하여 덮쳤다면 무적대 스무 명이라도 안심할 수 없는 일이었다.

“그런 셈이지! 내 의견도 어느 정도 반영되었고…….”

유화성은 무겁게 고개를 끄덕였다.

“망할 노인네! 도와주려면 곱게 도와줄 것이지, 끝까지 이용하는군!”

진우청은 목소리를 높였다.

“어쨌든 자네 형은 집으로 가야 했지 않은가? 그냥 가는 것보다 무적대 스무 명이라도 동행하는 것이 훨씬 나은 것이야.”

오무평이 유화성은 대신해서 말했다.

“이럴 바에야 그냥 무적대 없이 가는 게 나았겠소. 무적대 자체가 미끼였다면 그들과 가까이 있을수록 더 위험하지 않소?”

진우청의 고함에 오무평은 슬며시 고개를 돌렸다. 예전 같으면 끝까지 티격태격했을 테지만 어제 결정적인 순간에 진우청으로부터 목숨을 구원받았기에 기세가 많이 꺾인 것이다.

"얼마 전, 자네 형은 아무런 위험도 겪지 않고 집에 당도했다는 보고를 받았네."

오무평은 형의 안전한 귀가를 확인해 주었다. 비원각에서 입수한 정보일 것이니 그건 믿어도 될 터였다. 진우청은 안도의 한숨을 표시나지 않게 내뱉었다. 많은 무적대 대원들이 죽거나 다쳤는데 자기 형만 안전하다고 안도의 한숨을 길게 내뱉을 수는 없었다.

"다른 대원들은?"

진우청은 화제를 돌렸다.

"차후 연락을 받고 이곳으로 오고 있네. 며칠 안에 다 모일 것이네."

유화성은 여전히 침울한 표정으로 답했다. 진우청은 슬쩍 고개를 돌렸다.

"그만 얼굴을 펴게. 수장이 그런 얼굴을 하고 있으면 부하들은 더욱 사기가 죽는 법일세."

오무평도 괴로워하는 유화성의 표정이 안돼 보였는지 위로의 말을 던졌다.

그때 두 명의 여인이 방문을 열고 들어왔다. 이곳에서는 흔한 얼굴이었지만 밖으로 나간다면 웬만해서는 마주치기 힘든 용모의 여인들이었다.

"진 공자님이 어느 분이신지요?"

여인은 진우청과 유화성을 번갈아 보며 물었다. 여염집 여인들이 아니었기에 그녀들의 시선은 대담하게 진우청과 유화성의 얼굴을 훑었다. 그리고 유화성의 얼굴에서 한참 머물렀다.

"왜 그러시오?"

진우청이 의혹 어린 얼굴로 되물었다.

"어제 오신 노인께서 부르세요."

두 여인은 유화성의 얼굴에서 시선을 돌려야 하는 것이 못내 아쉬운 표정으로 답했다.

유화성과 무적대원들이 있는 별채를 돌아 본채 가까운 곳에 위치한 최대한 화려한 별채에 을지소소와 북제성 사람들의 거처가 마련되어 있었다.

겨우 몸을 추스른 백화원주 이백염(李伯艷)은 북제성 사람들에게 극진한 대접을 했다.

이곳 백화원 주인과 총관, 무사들에게 있어서 을지소소와 노인 일행들은 저승사자이자 은인이었다.

이들이 이곳에 오는 바람에 그들은 영문도 모르고 지하실에 처박힌 채 저승으로 직행할 뻔했다. 그런 면에서 이들은 저승사자나 마찬가지였지만 뒤이어 이들 일행이 나타나 자신들을 구해주었으니 다시 은인이 되었다.

이백염 역시 고수의 반열에 든 사내였다. 그러나 귀면랑 일행에게는 일초지적도 되지 못했다. 말 그대로 하늘 위의 하늘을 본 셈이었다. 그래서 그들을 물리치고 자신과 호원무사들을 구해준 북제성 사람들에게 그는 큰 경외감을 느꼈다. 이들이나 귀면랑이 북제성 사람들인 것을 안다면 그 경외감이 어떻게 바뀔지 모르겠지만 지금은 그랬다.

두 여인의 안내로 그들의 거처에 들어선 진우청은 노인을 향해 가볍게 고개를 숙이고는 침상으로 시선을 돌렸다.

을지소소와 타우, 초하이, 그리고 중년 여인이 누워 있었다.

밤새 간호를 받은 때문인지 그들은 어제저녁보다 훨씬 나아 보였다.

을지소소의 상태를 확인한 진우청은 중년 여인에게로 시선을 돌렸다. 중년 여인 역시 진우청은 향해 시선을 돌렸다.

"고마워요, 공자."

여인이 힘들게 인사를 했다.

"무슨……?"

여인의 얼굴을 보며 상념에 빠져 있은 듯한 진우청이 어리둥절한 표정을 지었다.

"공자가 나를 살렸다고 들었어요."

중년 여인은 창백한 얼굴로 미소를 지었다.

그제야 여인의 말이 이해되었다. 어제 석실에서 타혈법으로 여인의 의식을 일깨운 것을 말하는 모양이었다.

"그건 내가 아니라도……."

"조금만 늦었어도 위험할 수 있었네."

석실에서 같이 있었던 중년인이 말했다. 그들은 노인 주변에 갈아놓은 칼처럼 서 있었다. 진우청은 천천히 시선을 돌려 노인을 쳐다보았다.

온통 백발이 성성해 얼른 나이를 짐작할 수 없었지만 윤기 흐르는 붉은 얼굴과 정광이 쏟아지는 눈은 깊이를 헤아리기 어려웠다. 어제는 경황 중에 제대로 살펴볼 틈도 없었는데, 지금 보니 아마도 눈썹 없는 노인이나 사부와 비슷한 연배가 아닐까 싶었다.

"이리 와서 앉게나."

잠시 시선을 교환한 노인이 손을 내밀며 마주한 의자를 가리켰다.

진우청은 노인의 말을 따를 수가 없었다. 아버지뻘은 되어 보이는 중년인들이 미동도 앉고 서 있는데 새파란 자신이 앉을 수는 없었다.

그런 의중을 읽었는지 노인이 빙그레 미소를 지었다.

"너희들도 저곳에서 차를 한잔하거라."

노인의 지시에 중년인들은 잠시 주저하는 표정을 지었다. 그러나 노인이 재차 권하자 중년인들은 천천히 신형을 옮겨 옆쪽에 있는 원형 탁자 주위로 둥글게 둘러앉았다.

중년인들이 모두 자리에 앉고 나자 진우청도 노인이 권한 자리에 앉았다.

"맥을 한 번 짚어봐도 되겠는가?"

마주 앉은 진우청을 한동안 말없이 쳐다보던 노인은 차분한 목소리로 물었다. 그 목소리에는 조금도 사심이 느껴지지 않았다. 그러나 진우청은 팔을 내밀지 않았다.

"솔직히 전 노인장이 누군지 아무것도 아는 바가 없습니다. 얼마 전에 만난 한 노인에게는 죽음의 위기를 넘기기도 했습니다."

진우청의 말에 노인의 눈빛이 미미하게 흔들렸다.

"어떤 노인 말인가?"

"눈썹이 없었습니다."

진우청은 짧게 답했다. 그러자 옆쪽 탁자에서 차를 마시던 중년인들 중 누군가의 찻잔이 세차게 바닥에 부딪치는 소리를 냈다.

"허어—"

책망하는 듯한 노인의 탄식에 실내에는 다시 정적이 감돌았다.

"자네의 정체를 확신할 수 없기는 나 역시 마찬가지일세. 현덕의 가르침을 받았는가?"

노인은 깊은 눈빛으로 질문했다.

"그것 또한 알 수 없습니다."

진우청은 잠시 주저하다가 결심한 듯 말했다. 사부의 함자조차 제대로 알지 못하는 사실이 이 노인에게 어떻게 비칠지 몰랐기 때문이다. 그러나 노인은 마치 그걸 예상했다는 듯 고개를 끄덕였다.

"짐작대로구먼."

노인은 조용히 말한 후 찻잔을 입으로 가져갔다.

다액을 한 모금 들이킨 노인은 천천히 입을 열었다.

"어쩌면 사제가 후인을 남긴 것마저도 나로선 예상 밖의 일이니까 말일세."

그 말과 함께 노인의 시선이 까마득한 과거로 향하고 있었다.

"사매는 언젠가 이 지옥을 벗어나면 뭘 하고 싶나?"

"전 제일 먼저 목욕부터 하고 비단옷으로 갈아입고 싶어요."

"그 다음엔?"

"일단 그게 되어야 다른 것을 생각할 수 있을 것 같아요."

"사매답군. 그럼 유현(流鉉) 사제는?"

"전 이곳을 벗어나자마자 세상에서 가장 좋은 검을 구하고 싶습니다."

"그럴 줄 알았네. 그리곤?"

"물론 그 검을 신나게 휘둘러 봐야지요."

"후후! 그렇… 겠지? 그럼 막내 사제는?"

"……"

"호호! 사제가 무엇이 되고 싶은지는 나도 궁금해. 말이 나온 김에 허심탄회하게 한 번 말해봐."

"……"

"어서."

“전… 사당패가 되고 싶습니다.”

“사당패?”

“사, 사당패라니? 그게 무슨 어처구니없는 소린가, 사제?”

“무슨 그런 생각을 다 하지, 사제? 사당패라니? 사제가 사당패가 되어 뭘 하겠단 말이야?”

“세상에 있는 모든 춤을 두루 구경하고 하루종일 따라 추고 싶습니다. 그래서 사당패가 되고 싶습니다.”

“와, 하하하하!”

“하하하!”

“호호호!”

“역시 막내 사제야. 이제껏 같이 지냈지만 도저히 예측을 불허하는 사람이 바로 막내 사제지.”

“그럼 뭐 저희들은 대사형 손바닥 위에 있다는 말인가요?”

“아, 아니야, 사매! 유현 사제와 사매도 천하에 다시없는 이무기지. 하지만 막내 사제는 이무기도 아니면서 도저히 감을 잡을 수 없으니 하는 말이야. 꿈도 없고… 뭘 하고 싶어 하는지도 모르겠더니 사당패라……. 하하하! 사부님께서 이 말을 들으셨다면 폐관수련을 때려치우고 석문(石門)을 박차고 나오실 것이네. 그러니 다시는 그런 말 말게. 하하하하!”

“허허!”

노인의 시선이 다시 현실로 되돌아왔다.

“사제가 우리의 무공을 가르치지 않았다면 자네의 맥을 짚어보아야 소용이 없겠지.”

노인은 뜻 모를 말을 혼잣소리처럼 중얼거렸다.

"그럼 혹시 창룡금시에 대해서는 아는 것이 있는가?"

한참 후 노인은 불쑥 질문을 던졌다.

창룡금시!

남패천에서 눈썹 없는 노인에게서도 들었고, 을지소소에게서도, 귀면랑에게서도 들은 단어였다. 그리고 그 단어는 자신에 대한 위험과 귀결되었다. 이 노인 역시 그걸 묻고 있었다.

"제 목숨을 끊으려 했던 눈썹 없는 노인에게서 들어보았습니다. 그리고 어제 만난 귀면랑이란 사람에게서도……."

잠시 생각을 정리한 진우청이 간단하게 답하자 노인이 흠칫 긴장한 표정으로 신형을 굳혔다.

진우청도 같이 신형을 굳히며 노인을 쳐다보았다.

지금까지의 온화한 모습과는 전혀 다른 모습이었다. 모든 것을 달관한 채 태산이 무너진다 해도 눈썹 하나 까닥하지 않을 것 같았는데 갑작스런 변화였다.

"미안하네, 주책을 떨었구먼."

노인은 천천히 긴장을 풀었다. 그리고는 진우청의 얼굴을 뚫어질 듯 쏘아보았다.

"귀면랑 그놈도 그걸 노렸단 말인가? 설마 그놈에게 빼앗긴 건 아니겠지?"

"잘 알지도 못하는 물건이니 빼앗길 리도 없겠지요."

진우청은 어느 것 하나 밝히지 않고 답했다.

진우청의 대답을 들은 노인의 눈에 혼란함이 어렸다.

"정말 그것에 대해서 아는 바가 없는가?"

"열쇠란 말과는 달리 한쪽에는 비상하는 용 무늬가 그려져 있고 다른 한쪽에는 열쇠 무늬가 새겨진 옥패라면 아주 오래전에 본 적이 있습니다."

진우청은 잠시 눈을 감으며 기억을 떠올리다가 자신의 오랜 기억 속에 있던 물건의 모습을 설명했다.

"맞네, 바로 그것이네!"

진우청의 설명을 들은 노인은 희열에 벅찬 얼굴과 함께 목소리를 높였다. 그 목소리에는 흥분과 함께 진한 격동의 기운이 고스란히 녹아 있었다.

"그렇다면 자넨 내 사제의 제자가 확실하네. 사제 현덕이 말년에 자네를 남겼구먼. 무정한 사람 같으니라고……."

고조된 감정을 누를 수 없는지 노인은 천천히 자리에서 일어서서 창가로 걸어갔다. 노인이 일어서자 다른 탁자에서 차를 마시던 중년인들도 일어섰다. 진우청도 따라 일어설 수밖에 없었다.

노인은 그렇게 한참 동안 창밖을 보고 서 있었다.

한참 후, 노인은 천천히 등을 돌렸다.

"모두들 인사를 나누어라. 너희들 사제가 되느니……."

아직도 격앙된 감정을 다 가누지 못한 노인이 중년인들을 보고 말했다.

진우청은 순간적으로 몸에 두드러기가 돋는 것을 느꼈다. 아버지뻘, 어떤 사람은 큰 아저씨뻘이 되는 중년인들이었다. 그들이 모두 사형이라는 말이다.

무림의 배분이란 것이 새파란 애송이가 사조가 되는 모순이 아주 드물게 발생한다고는 들었지만 지금 당장 자신에게 그런 일이 발생하리라고는 꿈에도 생각지 않았다. 그런데 덤터기를 쓰듯이 다 늙은 사람들과 사형제지간이 된 것이다.

중년인들 역시 아들 나이도 안되는 진우청을 사제로 부르게 되었다는 사실이 내키지 않는지 잠시 아무런 행동도 취하지 못하고 서 있었다.

제일 먼저 진우청을 사제로 받아들인 사람은 서 있는 중년인들이 아닌 침상에 누워 있던 중년 여인이었다.

"사형! 절, 절 좀 일으켜 주세요. 사제를 맞이해야겠어요."

중년 여인은 격동에 찬 목소리와 함께 몸을 일으키려고 애를 썼다.

"사매!"

"어서요."

여인의 거듭된 요구에 만류하려던 중년인 중 한 사람이 여인을 부축했다.

"이 나이에 사제를 얻을 것이라고는 꿈에도 생각지 못했는데 과분한 복연이군요."

여인은 부축을 받으며 침상에서 내려왔다. 그리고는 진우청에게로 다가왔다.

"정말 반가워, 사제. 사제의 사부이신 현덕 사숙은 어릴 적에 몇 번 뵌 적밖에 없어. 하지만 너무나 인자하셔서 내 기억에 선명히 남아 있어. 정말 반가워."

여인은 진우청의 손을 잡고 눈물을 글썽였다.

진우청은 물끄러미 여인을 내려다보았다. 아들 나이의 사제를 얻었다는 것이 눈물을 흘릴 만한 일은 아니었다. 그렇다면 여인의 눈물은 사부와 결부되어 있을 것이다.

강호무림에서는 온통 신비에 싸인 북제성이었다. 그 신비만큼이나 사연들도 많은 것 같았다.

"반갑네, 사제. 앞으로 잘해보세."

마침내 중년인 하나도 진우청을 향해 손을 내밀었다.

"왜 그러는 것인가? 너무 늙어 사형 대접해 주기가 껄끄러운가?"

내민 손을 진우청이 잡지 않자 중년인은 고소를 피워 올리며 말했다.

"전 사부로부터 아무런 말씀을 듣지 못했습니다."

진우청은 여전히 손을 맞잡지 않고 말했다.

"손이 부끄럽구만."

중년인은 입맛을 다시며 노인을 쳐다보았다.

창가에 서 있던 노인이 천천히 다가왔다.

"자네 사부는 우리에게 원망이 많았을 것이네. 허허!"

노인은 회한 가득한 웃음을 흘렸다.

"결국은 우리와는 연을 끊다시피 하고 사라졌으니 자네에게 우리 얘기를 해주지 않은 것도 무리가 아닐 것일세."

노인은 고개를 끄덕이며 말했다.

"그 자세한 사연은 사형, 그러니까 무림에서 부르는 북제성주님을 만나면 들을 수 있을 것이네. 몸을 추스를 정도가 되었으니 떠나기로 하세."

노인은 같이 온 중년인들과 을지소소 쪽을 바라보며 말했다.

진우청은 갑작스런 노인의 말에 망연한 표정을 지었다.

침상에 누워 있던 사람들 중 중년 여인은 부축을 받고 일어설 정도가 되었지만 을지소소와 타우, 초하이는 아직 움직일 수 없었다. 그중에서도 을지소소의 상태는 위중했다.

"자네도 이젠 느꼈을 테지만 우린 적이 많네. 어젯밤부터 오늘 아침까지 이곳에 머무른 것도 충분히 위험한 일이네. 떠나야 하네."

중년인들 중에서 제일 나이가 많은 초로인에 가까운 사내가 말했다.

"하지만 아직 을지 소저는……."

"강한 아이라네. 이겨낼 수 있을 것이야. 여기 오래 머무르는 것이 오히려 더 위험하네."

그 말을 끝으로 노인과 중년인들은 서둘러 준비를 했다.

을지소소도 고통을 참느라 이를 악물며 몸을 일으켰다.

밖에는 마차 다섯 대가 준비되어 있었다. 밤사이 모든 것을 계획하고 준비한 것 같았다.

진우청은 이들의 신속함과 철두철미함에 혀를 내둘렀다. 밤새 다친 사람들을 치료하느라 여념이 없는 것 같았는데 벌써 떠날 준비를 다 해놓고 있었다.

第六十章
귀면랑(鬼面郞)

귀면랑(鬼面郎)

"**케**케묵은 수법이군! 후후!"

남자도, 여자도 아닌 목소리가 한 장원의 실내에서 울렸다.

"마차를 이용하여 각기 다섯 방향으로 갔단 말이지?"

"그렇습니다. 그리고 그 각각에는 이십팔숙(二十八宿)의 다섯 명이 나누어서 고삐를 잡고 있다고 했습니다."

도관을 쓴 사내가 가볍게 고개를 숙이며 대답했다.

"점점 더 유치해지는군. 노망이 들면 애들 같아진다더니……."

귀면랑은 입꼬리를 치켜 올리며 혀로 입술을 핥았다. 혀가 지나간 붉은 입술이 살기로 번들거렸다.

"어느 것이냐?"

귀면랑이 다시 말했다.

"한 마차에 모두 타고 있진 않을 겁니다. 분산해서……."

“그러니까 그 곰 같은 놈이 타고 있을 마차가 어느 방향으로 갔느냐
는 말이다. 노인은 분명히 그놈과 같이 있을 것이다.”

“곧 연락이 올 겁니다. 백화원 총관이 어제저녁 그놈의 가슴에 묻혀
놓은 홍와향(紅蛙鄕)은 만 리를 가도 추적이 가능하니까요.”

“그 노물이 문제야. 그 늙은이가 같이 오리라고는 생각지 못했다.
그렇지 않았다면 한자리에 모였을 때 모조리 쓸어버릴 수 있었을 텐
데……. 아니, 어쩌면 그놈이 문제였어. 순식간에 애송이들을 제압하
고 함정만 완벽히 팠다면 설사 그 늙은이가 같이 왔다고 해도 마찬가
지였을 텐데…….”

귀면랑은 아쉬움을 참지 못하겠다는 모습으로 탁자 위에 있는 찻잔
을 움켜쥐었다.

스스스—

찻잔이 가루가 되어 탁자 위로 흘러내렸다.

“그런데…….”

도관을 쓴 사내가 약간 주저하며 입을 열었다.

“말해라!”

귀면랑이 눈을 가늘게 뜨며 짤막하게 말했다.

“그놈이 누구기에 사부는 물론, 노인과 이십팔숙의 놈들도 그렇게
관심을 기울이는지요?”

“자세한 내막까지는 모른다. 그건 팔황(八荒)들의 구원에 얽힌 얘기
니까. 아마도 그 곰 같은 놈이 오랜 투쟁의 열쇠를 쥐고 있을지도 모른
다고 추측할 뿐이다.”

“그럼 창룡금시란 것은……?”

“작은 옥패로 알고 있다. 백화원의 총관놈은 그 곰 같은 놈의 몸 어

디에도 그런 것이 없었다고 했다. 물론 숙소에도……. 하지만 그건 꼭 찾아야 한다."

귀면랑은 단호하게 말했다.

"솔직히… 이젠 금신지 뭔지 하는 것보다는 그놈의 정체가 더 궁금하다. 이십팔숙의 놈들과 한꺼번에 잡아서 모든 것을 캐낼 수 있는 기회였는데 놈의 실력이 예상을 뛰어넘었다. 소리 소문 없이 정자 위에서 애송이 세 놈과 함께 잡았더라면 함정을 팔 시간이 있었는데 그놈 때문에 다 망쳐 버렸다."

귀면랑은 자리에서 일어나 방을 서성거렸다. 틀어진 계획 때문에 머릿속이 복잡한 표정이었다.

"간교한 노인네 같으니라고……. 하지만 제 꾀에 제가 속을 수도 있는 일. 다섯 놈이 각각 마차를 몰고 흩어지면 자신의 호위망도 옅어지지. 우선은 홍와향을 중점 추적해라. 그리고 흑궁에 천리비응을 띄워라."

귀면랑의 지시에 도관을 쓴 사내는 새장에서 한 마리 흑응을 꺼냈다. 크기는 전서구보다 조금 컸지만 전서구 백 마리의 능력을 가진 천리비응이었다.

비둘기는 귀소본능이 뛰어나 어느 곳에 있더라도 자기 살던 곳으로 찾아온다. 그 본능을 이용하여 전서구로 훈련시킨다. 그러나 전서구는 맹금류가 아니기에 귀소 도중 맹금류의 공격을 받으면 한 끼 먹잇감으로 전락되기도 한다.

천리비응은 그런 면에서 전서구와는 비교할 수 없다. 천성이 용맹해 자기보다 몇 배는 더 덩치가 큰 맹금류와 싸워도 지지 않는다. 그러나 무엇보다 뛰어난 능력은 천리비응의 시력이었다. 수백 장 높이에서도 땅바닥에 기어다니는 조그만 생쥐, 심지어는 훨씬 더 작은 벌레의 움직임까지도 볼 수 있다.

천리비응은 그 능력을 중점적으로 이용한 것이다.

미리 훈련된 표식만 남긴다면 정해진 곳이 아니라, 어느 곳에서도 연락을 주고받을 수 있다.

푸드득!

새장에서 꺼내진 천리비응이 가볍게 활개를 쳤다. 갑갑한 새장에서 벗어나 비상할 순간임을 안 흥분의 날갯짓이었다.

"잠깐!"

도관을 쓴 사내가 창문을 열고 천리비응을 날리려는 찰나, 귀면랑이 급히 손을 들어올렸다. 그 모습에 도간을 쓴 사내도 흠칫 신형을 굳혔다.

열린 창문을 향해 기이한 향기 한 가닥이 스며들었다. 보통 사람들이라면 절대로 맡을 수 없는 냄새였다. 오랜 훈련에 의한 특화된 후각만이 감지할 수 있는 냄새였다.

"홍와향!"

도관을 쓴 사내가 벼락 치듯 고함을 질렀다.

그건 백화원 총관을 시켜 이틀 전 진우청의 가슴에 발라 놓았었다. 그리고 지금 그 냄새를 따라 동료들을 풀어놓았다. 그런데 그것이 어떻게 저 문틈으로 스며드는 것일까?

쾅!

귀면랑이 장력을 발출하자 문이 박살나 흩날렸다.

그 문 뒤로 한 여인의 모습이 나타났다. 그녀의 손에는 작은 자기병이 들려져 있었다.

“주완!”

귀면랑이 신음처럼 중얼거렸다.

자신이 어제 새벽 백화원으로 오는 길목을 기다렸다 제압한 여인이었다.

그 옆으로 노인과 진우청도 모습을 드러냈다.

“홍화향은 당신들만의 전유물이 아니라는 것을 잊었나요?”

여인이 냉엄한 표정으로 말하며 자기병 뚜껑을 닫았다. 그러자 기이한 향기는 거짓말같이 사라졌다. 진우청의 가슴에서도 이미 그 냄새는 사라져 있었다. 다른 사람이 냄새를 묻혀 함정을 판 것이다.

귀면랑의 입이 고목 뿌리처럼 뒤틀렸다.

“큭큭! 그렇군! 우리는 결국 같은 뱃속에서 나온 강아지 새끼들인데 말이야.”

귀면랑이 쥐어짜듯 말했다.

“혈도를 짚지 말고 죽였어야 했는데…….”

도관을 쓴 사내도 이를 악물며 중얼거렸다.

“고얀 놈. 멀리 떠나라 했거늘!”

노인이 창노한 음색으로 말했다. 백화원에서 눈을 질끈 감은 채 보내줄 때와는 다른 모습이었다. 은연중에 전신으로 흘러내리는 노기는 주변의 대기를 모두 얼려 숨쉬기조차 힘들게 했다.

“흐흡!”

도관을 쓴 사내가 제일 먼저 탁한 숨소리를 토해냈다. 뒤이어 귀면랑도 볼을 부르르 떨며 낮은 호흡을 토했다.

심기일전하여 새로운 함정을 파려고 했는데 역공을 당했다. 이십팔숙 중 다섯이 모두 고삐를 잡고 다른 방향으로 떠났다기에 안심한 것이 화근이었다. 그 다섯이 모두 떠났다면 노인은 분명히 그들과 함께할 것이라 생각했다. 노인 혼자만으로는 절대로 자신과 율금적(栗禁赤)을 쫓지 못할 것이라 생각했다.

'저놈!'

귀면랑은 진우청을 노려보았다.

저놈과 함께라면 그게 가능했다.

율금적에게도 가볍지 않은 내상을 입히고 자신과 겨루어도 밀리지 않았던 놈!

그걸 계산에 넣지 않았다. 역시 늙은 생강이 매운 법이다.

후회감이 가슴을 적셨지만 이젠 늦었다.

"약은 노인네께서 곰 한 마리를 호위로 데려 오셨구려. 그건 예상치 못했소! 후후!"

귀면랑이 입술을 비틀며 웃음을 흘렸다.

"이 청년의 정체가 궁금하지 않나요? 당신 사제뻘이지요. 그리고 이 사제의 사부는 당신 사부를 간단히 꺾어버린 현자 덕자 사숙이고요."

여인이 신랄한 어조로 받아쳤다. 어제 당한 앙갚음을 한꺼번에 토해내는 듯했다.

"뭣이?"

귀면랑의 목소리가 전장의 장수처럼 굵어지며 상체가 젖혀질 듯 흔들렸다.

"네놈이 정녕……?"

귀면랑은 진우청을 잡아먹을 듯 쳐다보았다.

눈빛을 형상화시킬 수 있다면 지금 귀면랑의 눈빛은 수십 자루의 검이나 화살이 되어 튀어나왔을 것이다. 그만큼 살기등등하게 쏟아져 나오고 있었다.

진우청은 가볍게 호흡을 내뱉었다.

남패천에서 자신을 죽이려 했던 눈썹 없는 노인! 그 노인의 눈빛이 귀면랑의 눈에서 뻗어 나오고 있었다.

'젠장!'

문득 한줄기 분노가 치솟아오르는 것을 느낀 진우청은 체조를 하듯 고개를 좌우로 흔들었다. 끓어오르는 분노가 짙은 살심으로 바뀐다면 그때처럼 온몸의 기운이 한 줄기도 남김없이 빠져나갈 것이다. 다행히 그때는 백운, 해천 두 노인이 곁에 있어 생환할 수 있었지만 지금은 그렇지 못하다.

"후흡!"

진우청은 어깨까지 들썩이며 심호흡을 했다. 그리고 천천히 마음을 진정시켰다.

들끓어오르려던 내부가 진정되며 처음처럼 몸이 가벼워졌다.

매도 많이 맞다 보면 굳은살이 박히고 면역이 되듯이 이런 경험 역시 면역이 되는 모양이었다.

눈썹 없는 노인에게서 사부가 배신자란 소리를 들었을 때는 주체할 수 없는 살기에 휩싸였고, 쉽게 진정할 수 없었는데 비슷한 눈빛의 귀면랑을 보자 살기가 끓어오르려 했지만 이젠 쉽게 가라앉힐 수도 있었다.

"어쩐지 처음부터 마음에 들지 않는 놈이었다. 네놈은……."

살기를 뿜던 눈을 몇 번 끔벅거린 귀면랑이 음산한 목소리로 말했다.

"사돈 남 말 하시오. 그런데 혹시 음양인 아니오?"

진우청은 귀면랑을 처음 봤을 때부터 가졌던 궁금증을 토해냈다. 질문을 하는 그 모습이 너무 진진해 다른 사람들에게 하마터면 대답을 해주고 싶은 충동이 들 정도였다. 그리고 그만큼 귀면랑이 비위를 긁었다.

"다 늙어 뼈다귀가 굳어가는 노인 옆에 있으니 겁이 사라진 모양이구나!"

귀면랑이 비릿한 웃음과 함께 말했다.

"입을 찢어 놓아야겠군요!"

여인이 악을 쓰듯 말했다.

"이쯤 되면 한판 해야 할 분위기군요. 한 분은 너무 연로하시니 안 될 것 같고……. 그리고 또 한 분은 상처가 심하니 부득불 내가 나서야겠군요."

진우청은 슬쩍 소매를 걷었다. 이젠 죽든 살든 이들을 제압하거나 처치할 수밖에 없었다. 떠나라는 노인의 말을 무시하고 이들은 자신의 몸에 묻혀둔 냄새로 악착같이 추적할 준비를 하고 있었다.

귀면랑에 앞서 도관을 쓴 사내가 먼저 나섰다. 그러나 그는 귀면랑에 의해 억세게 뒤로 당겨졌다.

"현덕의 제자라고?"

앞으로 나선 귀면랑이 굵은 목소리로 말했다.

진우청은 슬쩍 볼을 씰룩거렸다. 자신이 귀면랑에게 했던 것처럼 귀면랑도 자신에게 격장지계를 쓰고 있음을 충분히 알았지만 울컥 분기가 치솟는 것은 어쩔 수 없었다.

"여자하고는 싸우기 싫었는데 남자로 돌아오니 다행이오. 혹시 불리하다 싶으면 여자로 돌아가시오. 한 수 정도는 양보해 줄 수도 있으니.”

“육시랄 놈!”

귀면랑이 저주 같은 음성과 함께 진우청을 향해 짓쳐들었다.

진우청은 손짓으로 노인과 여인을 뒤로 물러나게 한 후 귀면랑에게로 마주쳐 갔다.

백화원에서 이미 마주쳐 본 귀면랑이었다. 화살처럼 쏘아져 오는 날카로운 기운, 핏빛 장력! 여인처럼 유연한 몸동작!

그렇게 예상하고 몸을 움직이던 진우청은 눈을 크게 떴다.

‘이게 아닌데!’

귀면랑은 백화원에서 싸우던 모습과는 전혀 딴판으로 검을 뽑아 달려들고 있었다.

검병에 오색 수실이 달린 것이 여인의 검 같았다.

진우청은 물속에서 몸을 움직이듯 상체를 틀었다.

일렁 상체가 흔들리며 귀면랑의 복잡한 환검이 진우청의 가슴과 배, 허리를 스치듯 지나갔다. 진우청이 피한 것이 아니라 귀면랑이 검무를 추며 상대의 몸을 검으로 어루만지는 것 같은 모습이었다.

노인과 곁에 선 여인의 눈이 번쩍 광채를 발했다.

단순한 한 가지 동작 같았지만 그 속에는 열 가지도 넘는 변화가 숨어 있었다.

귀면랑의 환검이 그랬고, 진우청의 움직임이 그랬다.

“현덕 사제……”

노인이 자신도 모르게 중얼거렸다. 그 소리를 들은 여인의 눈에 물기가 번져 갔다.

“하앗!”

일 초가 무의로 끝나자 귀면랑은 더욱 굵어진 목소리로 기합성을 터뜨리며 진우청에게로 짓쳐들었다.

진우청의 상체가 또다시 부드럽게 흔들렸다. 비단 흔들릴 뿐 아니라 이번에는 그 상체를 따라 두 개의 손도 같이 흔들렸다.

순간 귀면랑은 숨이 턱 막히는 기분이 들었다. 진우청의 손을 따라 대기가 흔들리고 주변의 정물도 같이 흔들렸다. 그리고 그 모든 것들이 검로를 봉쇄하며 그물처럼 조여드는 기분이 들었다.

"타아앗—"

폭발하듯 기합성을 터뜨린 귀면랑이 쾌속하게 검을 휘둘렀다.

어지러운 환검이 섬전 같은 쾌검으로 바뀌며 그 속에서 실제로 섬전이 뿜어져 나왔다.

검 길이보다 더 긴 검기였다.

츠츠츠—

귀면랑이 뿌린 검기가 진우청의 두 팔을 양단하려는 순간 진우청은 양팔을 어지럽게 교차시켰다.

어느 순간, 진우청의 손이 활짝 펼쳐지며 검기에 마주쳐 갔다.

여덟 장로 중 고함 소리가 제일 큰 어느 장로의 절기인 공수탈백인(空手奪白刃)의 수법이었다.

찌잉—

기괴한 소리가 울리며 귀면랑의 검에서 뻗어 나온 검기가 사라졌다. 대신 진우청의 손은 멈추지 않고 계속 귀면랑을 잡아채 갔다.

휘릭—

귀면랑의 몸이 여인의 몸처럼 휘어지며 검이 사선으로 그어 올라왔다.

순간 진우청의 몸이 허공으로 솟구쳤다. 그리고는 어느 곳에서 튀어
나온지도 모를 발이 귀면랑의 가슴을 파고들었다.

퍼억—

급히 가슴을 막은 귀면랑의 왼팔에서 파육음이 터졌다.

귀면랑은 눈을 부릅떴다.

고통도 고통이었지만 자신의 팔에 충격을 준 것은 진우청의 주먹이
었다.

그렇다면 발은?

복부로 날아들고 있었다.

귀면랑은 본능적으로 허리를 옆으로 틀며 타점을 흘리려 했지만 발
뒤꿈치 한쪽이 옆구리를 차고 지나갔다.

"크윽!"

귀면랑은 신음을 토했다. 옆구리 어림의 감각이 일순 사라졌다가 지
독한 고통을 동반해 왔다. 그리고는 숨이 턱 막혀왔다.

이를 악문 귀면랑은 필사적으로 퇴법을 구사했다. 그러나 이곳은 불
행히도 좁은 실내였다.

진우청의 손이 다시 물건을 잡듯 가슴을 잡아왔다.

귀면랑은 등줄기로 식은땀이 흐름을 느꼈다.

단순하게 다가드는 저 손!

그러나 그 손에는 만변(萬變)이 숨어 있었다.

귀면랑은 짧은 들숨을 들이켰다.

그 순간 손이 움직임이 달라졌다.

손은 자신의 호흡과 연결된 듯이 움직이며 빈틈을 노리며 들어왔다.

퍼억—

이번에는 가슴 한쪽의 감각이 사라졌다. 그나마 다행인 것은 심장이 없는 오른쪽 가슴이었다.

차아악—

귀면랑은 남아 있는 모든 힘을 모아 진우청의 어깨 위로 검을 내리 그었다. 가슴에 일 타를 허용하며 기다린 순간이었다.

혼신의 힘을 다한 귀면랑의 검이 진우청의 어깨를 자르려는 순간 진 우청의 어깨가 흔들 춤을 추었다.

검이 어깨를 따라 미끄러지며 팔꿈치에 이르렀을 즈음 춤을 추듯 들 려 올려진 무릎이 복부를 차고 올라왔다. 옆에서 보기에는 그냥 물이 흘러가듯 너무나 여유롭고 자연스러웠지만 귀면랑에게는 치명적인 공 격이었다. 그대로 가격당한다면 기해혈이 파괴되고 말 것이었다. 귀면 랑은 필사적으로 몸을 틀었다. 진우청의 무릎은 언제 공격했느냔 듯이 제자리로 돌아가며 다른 춤사위를 펼쳤다.

순간, 도관을 쓴 사내 율금적의 손이 급하게 흔들렸다. 그의 손가락 이 이상하게 구부러지며 손가락 끝에서 피가 솟구쳤다.

진우청은 몸을 뒤로 빼며 율금적을 쳐다보았다. 공격을 하기도 전에 피부터 솟구치는 손가락!

파지혈마술(破指血魔術)이었다.

손가락 끝에서 터져 나온 피와 함께 강력한 주술을 거는 술법이었 다.

혀를 깨물어 뱉어내는 피와 함께 주문을 거는 피설술(破舌術)과 마찬 가지로 파지술 역시 음울하면서도 자신의 생명을 담보로 펼치는 위험 한 술법이다.

율금적의 손가락에서 한 가닥 가느다랗게 피어오른 핏줄기는 어느새 온 실내를 혈화로 가득 채웠다. 그 혈화 속에서 아수라의 모습을 한 괴물이 진우청에게로 다가들었다.

"모두가 헛것일 뿐, 흔들리지 말거라!"

노인이 양손 손가락으로 수인(手印)을 만들며 소리쳤다. 그러나 그 소리는 진우청의 귀엔 들리지 않았다. 율금적이 목숨을 내던지다시피 하며 펼친 주술의 장막이 너무 두터운 것이다.

우우웅―

진우청은 까마득한 무저갱 속에서 거대한 아수라의 손아귀에 온몸이 결박당한 듯한 착각을 느꼈다.

휘주현에서 동방회주의 아들 임문정이 보낸 혈유와 대결해 본 적이 있는 진우청이었지만 그때와는 천양지차였다.

그놈은 어둠과 주술에 몸을 숨겨 공격해 왔지만 이자는 스스로 핏빛 어둠을 만들고 그것을 형상화시켜 온몸을 옥죄어오고 있었다.

"사제!"

여인의 목소리도 다급하게 울렸지만 진우청의 귀에까지는 들어가지 못했다.

시간이 문제였다.

노인이 수인을 맺고 내력을 운기하고 있었으므로 주술의 힘이 밀려 나는 것은 필연적이다. 그런데 그 시간 동안 진우청이 견뎌줄 수 있는 지가 문제였다. 그동안 기력을 차린 율금적이 필사의 일격을 날린다며 치명적인 결과를 초래할 것이다.

"후흡!"

진우청은 천천히 온몸의 긴장을 풀며 아랫배 깊숙이 호흡을 불어넣 었다. 그렇게 긴장을 풀다 보면 귀면랑의 공격에 무방비 상태가 될 수

도 있겠지만 긴장을 풀지 않으면 이 혈무 속을 헤쳐 나갈 수 없을 것이
다.

긴장이 풀린 전신 세포 속으로 대기가 스며들었다. 그리고 몸이 깃
털처럼 가벼워졌다.

전신의 몸이 가벼워지는 것만큼 혈무의 색깔도 옅어졌다. 동시에 온
몸을 옥죄었던 아수라의 손아귀도 힘이 빠져나가며 느슨해지는 것 같
았다.

진우청은 아예 눈까지 감고 호흡 속으로 녹아들었다.

이젠 귀면랑의 공격 따윈 신경 쓰지 않았다.

사부께서 몸속에 불어넣어준 힘을 믿고, 천룡신무의 춤사위가 일으
키는 해일 같은 기운을 믿었다.

귀면랑의 공격이 아무리 위험하다 할지라도 결코 그것에 당하지 않
을 것이다.

깃털처럼 가벼워진 몸이 이젠 깃털의 무게마저도 떨쳐 냈다.

"옴! 마하타 반야하……."

율금적의 주문 소리가 더욱 음울하고 낮게 가라앉았다. 진우청이 제
대로 제압되지 않는 것을 본능적으로 느끼고 사력을 다하기 때문이었
다.

우우웅—

온몸의 무게가 완전히 사라짐을 느끼고 자신마저 잊어가는 순간, 진
우청은 단전 깊숙이 가라앉아 있던 모든 기운이 순식간에 끓어올라 명
치를 지나고 미간으로 모여짐을 느꼈다.

결코 의도한 것은 아니었다. 눈을 감은 채 온 신경을 이완시키고 있
었지만 무의식 한 가닥은 혈무 속의 귀면랑을 쳐다보고 있었다. 그 무

의식이 명치를 지나고 미간 사이로 온몸의 호흡을 이끌며 귀면랑의 움직임을 환하게 보여주었다.

"하앗—"

진우청은 벼락 치는 듯한 고함과 함께 빙글 몸을 돌리며 일장을 내뻗었다. 진우청의 등 뒤로 소리없이 다가온 후 목덜미를 향해 일검을 내려치려던 귀면랑의 눈이 찢어질 듯 크게 뜨여졌다.

퍼억—

귀면랑의 명치에서 파육음이 터져 나왔다. 동시에 그의 입에서도 선혈이 터졌다.

"크윽!"

비명은 율금적의 입에서 더 크게 터졌다. 그리고는 귀면랑에 앞서 피를 토하며 쓰러졌다. 사력을 다한 주술이 깨어지며 율금적은 포탄의 파편에 휩쓸리는 듯한 충격을 받은 것이다.

스스스—

쓰러진 율금적의 몸이 순식간에 쪼그라들며 한줌 혈수로 화해갔다. 노인과 진우청을 한꺼번에 상대하며 한 방울의 진기까지도 다 쏟아 부은 것이다. 그 옆으로 귀면랑의 신형이 고목처럼 무너지고 있었다.

"지독한 놈들!"

온 얼굴에 땀이 흥건한 모습의 여인이 치를 떨며 말했다.

예상치 못한 위험한 사투였다. 귀면랑의 무위는 짐작하고 있었지만 율금적의 주술이 이 정도로 강해졌을 줄은 생각지 못했다.

그런 힘은 예측이 불가능한 것이긴 했지만 너무 강했다.

속성무공의 힘. 그리고 폐해!

그들의 가장 큰 힘이자 또 족쇄였다.

"쯧쯧!"

두 구, 아니, 이제는 한 구밖에 남지 않은 시신을 보며 노인은 허허로운 한숨을 토해냈다.

"사제는 신인 같은 사람이었네."

마차 속에서 노인은 먼 과거로 시선을 돌린 채 입을 열었다.

"지옥 같은 수련 속에서 모두들 땅바닥만 쳐다보고 있을 때도 사제는 항상 꿈을 꾸는 듯 그 시선은 높은 곳으로 향해 있었다네. 일차 수련이 끝나고 짧은 휴식 시간이 주어졌을 때 사제는 사부에게 바깥 세상으로 나가게 해달라고 간청했네. 말도 안 되는 소리였지. 허허!"

노인은 그때의 어이없던 상황이 떠오르는지 너털웃음을 흘렸다.

"사부께서는 노발대발하셨지. 견문을 넓히고자 떠나겠다는 것도 아니고 세상의 모든 춤을 따라 추겠다며 떠나겠다고 했으니 말일세. 유순하기 짝이 없는 사제였지만 내면에는 누구도 꺾을 수 없는 고집을 가지고 있었다네. 자신의 청이 받아들여지지 않자 사제는 사부의 거처 앞에서 머리를 풀고 무릎을 꿇은 채 꼼짝도 하지 않았다네. 내력을 운기하지 않은 상태에서는 사흘만 지나도 쓰러질 텐데 사제는 그렇게 열흘을 꼼짝 않고 견뎠네. 호랑이 같은 사부였지만 결국 두 손 들고 말았지. 하하하!"

노인의 웃음소리가 통쾌하게 흘러나왔다.

"결국 오 년에 한 번씩 문안 인사를 드리러 오기로 약조를 한 후, 사제는 세상으로 나갔지. 마희단에서 춤을 배우고자 그 난리를 치며 사부의 품을 떠나는 사제가 한편으로는 어처구니없고 한편으로는 대견하기도 하여 배웅하는 자리에서 어느 곳으로 가느냐고 물었더니 해 뜨는 동쪽으로 간다고 하더군. 그리고는 어스름 속으로 사라졌다네. 어떻게 그런 생각을 하게 되었는지, 또 왜 그런 생각을 하게 되었는지는 알 수 없네. 강보에 싸인 것을 사부께서 데려오셨을 때부터 보아왔기에 바깥 세상의 누군가가 사제에게 그런 충동을 불러일으킬 만한 요소를 제공할리도 없었는데 말일세. 아마 핏줄 속에 있는 무언가가 사제를 불렀음이야."

노인은 혼잣소리처럼 말하며 고개를 끄덕였다. 진우청은 묵묵히 듣고 있었고, 사저뻘 되는 여인은 아예 숨소리조차 죽이며 노인의 말에 귀를 기울였다. 마차를 모는 무적대 무사 하나도 조심스럽게 고삐를 흔들며 청력을 돋우고 있었다. 그는 남패천 외성 밖 호수에서 결투를 벌일 때 진우청에게 제대로 한 방 맞고 호숫물 속으로 처박힌 경험이 있는지라 진우청의 출신 내력에 대해서 무적대 누구보다 관심이 많았다.

"그리고 오 년이 지난 어느 날, 사제는 떠날 때 한 약조대로 사부를 뵈러 왔다네. 몰골은 거지 중의 상거지 형색이었지만 눈빛은 깊이를 가늠할 수 없을 정도로 맑고 현현했었네. 사제를 본 사부께서는 대뜸 사제의 무위를 시험해 보셨네. 그런데 예상과는 달리 사제의 무위는 떠나기 전보다 오히려 약해져 있었네. 배웠던 것도 까먹었다고나 할까. 사부는 물론 우리도 어이가 없었지. 호랑이 같은 사부의 고집까지 꺾으며 떠난 그 확고한 모습과는 전혀 어울리지 않는 결과였으니까 말이지. 기가 막혀 연유를 묻는 사부의 질문에 사제는 이렇게 답하더군. 아직까지는 세상의 무게를 다 떨쳐 내지 못해 제대로 된 춤을 출 수 없다고. 대신 오 년 후에는 제대로 된 춤을 보여줄 수 있을 것이라 하더군. 그렇게 사제는 다시 세상 밖으로 떠났지."

"그래서 오 년 후엔 춤을 다 배워 돌아오셨습니까?"

침을 꿀꺽 삼킨 진우청은 질문을 던졌다.

노인은 무겁게 고개를 흔들었다.

"다시 찾아온 것은 칠 년 후였지. 그건 사제의 잘못의 아니었지. 그 오 년 동안 우리 내부에는 크나큰 변화가 있어 사제가 찾고 싶어도 찾을 수 없었을 것이네. 그래서 칠 년 만에 다시 만났지."

노인은 무거운 한숨과 함께 답했다.

"북제성 내부에 무슨 일이 있었는지 여쭤봐도 되겠는지요?"

진우청은 노인과 여인의 눈치를 보며 조심스럽게 물었다. 노인의 무거운 표정으로 보나, 여기까지 오며 을지소소 등이 은연중에 내비치는 분위기로 보나 그 일은 결코 단순하지 않은 일일 것 같았다. 뭔가 피바람이 몰아친 사건이었을 것이다. 어쩌면 사부의 허리에 난 상처도 그때 입은 것일지 몰랐다.

"그건 성주님께 들어야 하네. 사백께서 말씀해 주실 것은 거의 다 해주셨어."

노인 대신 여인이 단호하게 말했다.

진우청이 사제가 된다는 사실에 눈물을 글썽이며 애잔하게 쳐다보던 때와는 전혀 다른 모습이었다.

입맛을 다신 진우청은 고개를 돌렸다.

마차 한 대가 빠르게 다가오고 있었다. 노인을 따르던 다섯 중년인 중 한 사람이었다.

"어찌 되었느냐?"

노인은 중년인에게 물었다.

"처치했습니다."

중년인이 빠르게 답했다.

중년인의 대답에 노인은 눈을 감고 고개를 무겁게 끄덕였다.

귀면랑 일행을 분산시키고 역으로 함정으로 몰아 하나하나 처치하고 모여드는 중이었다.

한 시진가량이 더 흘렀을 때 다른 마차들도 모두 모였고, 스무 명가량의 무적대와 유화성도 모습을 드러냈다.

진우청은 유화성의 무사한 모습에 안도하는 마음이 들었다. 어떤 상대를 만나더라도 쉽게 당할 사람은 아니었지만 워낙 강한 인간들이었다.

"어서 가세나!"

모두 모인 중년인들과 함께 잠시 휴식을 취한 노인은 지시를 내렸다.

마차가 천천히 속력을 내며 달리기 시작했다.

"이젠 어디로 가십니까? 북제성주란 분을 만나러 갑니까?"

진우청은 노인을 향해 질문했다.

"우선은 세상 사람들부터 만나러 가는 길일세."

노인이 뜻 모를 말로 답했다.

"세상 사람?"

진우청은 눈동자를 굴리며 노인의 말을 되뇌었다.

"정파무림 사람들을 만날 생각이네. 그래서 북제성이란 어둠 속을 벗어나 세상으로 나올 생각이네."

노인은 나지막하게 답한 후 다시 입술을 움직였다.

"그건 자네 사부의 간절한 소망이기도 했다네. 그땐 철이 없어서 그 말을 새겨듣지 못했지."

노인은 목소리가 마차 안에 여운처럼 감돌았다.

*　　　*　　　*

"이젠 사숙이라 불러야겠네요."

을지소소가 진우청에게 다가와 옅은 미소와 함께 말했다. 성주가 찾는 사람이라 어떻게든 관련이 있을 것이라 생각했지만 사숙이 될 줄은 몰랐다.

"사숙은 무슨… 그냥 예전처럼 대하시오"

진우청은 소름이라도 돋는지 팔뚝을 벅벅 긁으며 답했다.

"그러다가 사고에게 혼쭐이 나란 말인가요?"

을지소소는 살짝 눈을 흘기며 말했다.

"나 역시 아직 그분들을 사형이나 사저로 부르지 않고 있소."

잠시 뜸을 들인 진우청은 솔직한 심정을 말했다.

"왜 그러죠?"

을지소소의 눈빛이 약간 날카로워졌다.

"비밀이 너무 많은 사람들이라 누구를 믿고 누구를 의심해야 할지 알 수가 없소. 사부 또한 그분들에 대해서는 한마디도 해주지 않았소."

진우청은 을지소소의 눈길을 외면하며 답했다.

을지소소는 잠시 더 진우청을 쳐다보다가 가는 한숨과 함께 시선을 돌렸다.

그녀 역시 강호무림에서 북제성이라 부르는 자신의 사문에 대해서 완벽히 알지 못한다. 아니, 아는 것보다 모르는 것이 더 많았다. 어릴 때부터 그렇게 생활해 왔고 그것이 서로의 안전을 위해서 더 나았다.

　장성 밖 초원에서의 생활할 때도 마찬가지였고 중원에 들어와서도 한곳에 반년 이상 기거하지 못했다. 은밀히 접근해 오는 적들을 항시 경계해야 했으며 조금 안정된다 싶은 순간 모든 것을 버리고 떠돌이 유목민처럼 홀쩍 떠나야 했다. 그건 북제성 문도라면 어쩔 수 없이 짊어져야 할 숙명이라고 여겼다.

　친구도 없었고 추억도 없었다.

　남들 눈에는 절세의 무공을 지닌 신비문의 사람으로 여겨졌겠지만 정작 자신들은 거대한 적들만이 득실거리는 망망대해를 항해하는 작은 나룻배 같은 신세였다. 모르긴 해도 그런 고달프고 슬픈 숙명의 끈을 자르고자 팔황의 몇몇 어른들이 움직이고 있다. 그리고 그 끈의 실마리 한쪽은 진우청이 잡고 있다는 막연한 추측을 하고 있었다.

　"휴우——"

　을지소소는 이번에는 소리나게 한숨을 내쉬었다.

　"상세가 심해지는 것이오?"

　진우청은 무심결에 을지소소의 가슴으로 시선을 고정시켰다. 귀면랑의 일장을 가슴에 맞은 그녀인지라 아직까지도 숨소리가 고르지 못했다.

　"어딜 쳐다보는 거예요!"

　을지소소가 날카로운 고함과 함께 몸을 돌렸다.

　'이크!'

　진우청은 얼른 상체를 세웠다. 을지소소의 상처를 걱정하는 순수한 마음의 발로였지만 상처 부위가 문제였다.

　잠시 어색한 침묵이 흐른 후 을지소소가 다시 입을 열었다.

　"보기와는 딴판 같아요!"

"뭐가 말이오?"

진우청은 을지소소의 말을 알아듣지 못하고 눈알만 굴렸다.

"보기보단 의심이 많고 손해를 잘 안 보는 것 같아요."

을지소소의 얼굴에 다시 옅은 미소가 떠올랐다.

"가문의 내력이오. 일이 성사되기 전까지는 절대로 방심하지 말 것!
돈이 내 손에 들어오기 전까지는 절대로 믿지 말 것… 등등!"

"푸훗!"

을지소소는 입을 가리고 웃었다.

외모와는 전혀 어울리지 않는 가치관이었다. 그것이 웃음을 자아내
게 한 것이다.

외모로만 본다면 시키는 대로 식당에서 물통을 나르거나 산에서 나
뭇짐을 나르는 것이 가장 어울렸다.

아차하고 한순간만 방심하면 나락으로, 더 나아가 황천으로 떨어지
는 무림에는 어울리지 않았다. 그런 외모와는 달리, 겪어갈수록 능구
렁이 기질이 엿보였다. 귀면랑과의 혈전이 있고 북제성 사람들과 만난
지금은 처음 만났을 때와는 또 달랐다. 그만큼 빠르게 적응하고 있는
것이다.

백화원의 호수 가운데에 있는 정자로 다가가다가 귀면랑의 급습을
받았을 땐 죽음을 직감했다. 그때 진우청이 아니었다면 호수 밖으로
빠져나오지도 못하고 수장되었을 것이다.

을지소소는 문득 진우청의 튼튼한 어깨가 믿음직스러워졌다.

그런 생각을 하던 을지소소는 깜짝 놀라며 마음을 다잡았다. 누군가
에 의지한다는 것은 북제성 사람으로서는 치명적인 것이다. 한 사람
한 사람이 하나의 점조직이 되어야 하는 자신들로서는 이런 생각은 사

치다.

풀어지려는 마음을 가다듬고 긴장의 끈을 조이자 가슴 부위의 상처에서 고통이 느껴졌다.

"사부님, 그러니까 저한테는 사숙조님이 되겠군요. 사숙조님에 대해서 얘기 좀 해주실래요?"

을지소소는 애써 고통스런 표정을 감추며 말했다.

"뭘 알고 싶으시오? 워낙 비밀이 많은 노인네라서……."

진우청은 말끝을 흐렸다. 어쩌면 그 질문은 오히려 자신이 을지소소에게 하고 싶었다.

"우선 그 무공에 대해서 알고 싶어요. 북제성의 어떤 무공과도 연관이 없는 무공이에요. 하지만 순간순간의 움직임은 소름이 끼칠 정도예요. 대체 어디서 그걸 배웠는지 정말 궁금해요."

을지소소는 눈을 깜박거리며 물었다. 진우청도 눈을 끔벅거렸다. 물론 딱히 설명해 줄 것이 없어서였다.

"차차 알려 드리겠소. 아직은 밝힐 단계가 아니라서……."

진우청은 사형과 사백 된다는 사람들이 자신에게 했던 대로 대답을 회피했다.

을지소소는 싫은 기색 없이 가볍게 고개를 끄덕였다. 그런 면에서는 적응될 대로 적응된 그녀였다.

"다정해 보이는구나!"

진우청이 제대로 인정하지 않은 사저가 환한 미소와 함께 다가왔다. 북제성에서 그녀 위치는 이십일숙이었다. 귀면랑의 거처를 급습했을 때 그가 그녀를 주완이라고 엉겹결에 부르는 소리는 들었지만 그 이후로는 그 명칭은 듣지 못했다. 을지소소와 타우, 초하이는 사고라 불렀고, 노인과 같이 온 중년인들은 사매라 불렀다. 진우청은 사저라 불러야 할 것이지만 아직은 인정할 수도, 그렇게 불러지지도 않았다.

"무슨 재미있는 얘기들을 그렇게 나누었느냐?"

여인은 을지소소에게 물었다.

"사숙의 사부님에 관한 질문을 했는데 아직 듣지 못했어요."

을지소소가 아쉬운 표정으로 답했다. 그 말을 들은 여인의 얼굴에 짧은 순간 비애의 기운이 스쳐 지나갔다. 그러나 이내 그 기운을 지운 여인이 처음의 환한 미소와 함께 진우청을 쳐다보았다.

"사숙께서는 잘 계시겠지?"

"그렇… 겠지요. 솔잎 가루밖에 드시지 않았지만 누구보다 정정한 분이시니까요."

진우청은 크게 고개를 끄덕였다.

"그런데 구대문파의 회합에는 왜 가는지요?"

그녀도 을지소소처럼 사부에 대해 좀 더 심도있는 질문을 할까 염려된 진우청은 선수를 쳤다.

여인은 잠시 뜸을 들였다가 입술을 움직였다.

"하수불범정수(河水不犯井水)란 말을 들어본 적 있겠지?"

여인은 대답 대신 질문을 던졌다.

"강물이 우물물을 침범하지 않듯이 무림과 황실은 서로 침범하지 않는다는 뜻이 아닙니까?"

진우청은 얼핏 이해가 되지 않는 내용들을 들은 대로 말했다. 그 내용 대로라면 북제성과 황실은 서로 침범하지 말아야 하는데 을지소소의 설명으로는 이제까지 보이지 않는 곳에서 줄기차게 싸웠고, 이곳까지 오면서 독을 뿌리는 그들과 직접 부딪쳐도 보았다.

"이제 그만 오랜 어둠에서 벗어나 그 물결을 타려는 것이지."

"정말이세요, 사고?"

을지소소가 반색을 하며 목소리를 높였다.

"목소리가 크구나!"

여인이 엄하게 눈을 뜨며 나무랐다.

"짐작은 하고 있었지만, 그리고 간절히 바랐지만 실제로 이런 날이 올 줄을 몰랐어요."

을지소소는 온통 흥분된 얼굴로 사고를 쳐다보았다.

"하지만 넘어야 할 산이 너무 많아. 정파무림도 그렇고, 황실도 그렇고… 서왕문, 동방회도 마찬가지지. 그러나 일이 잘되어 모든 난관들을 극복하면 우린 더 이상 음지의 신비문파가 아닌 떳떳한 하나의 문파로 양지에 자리를 잡고 황실과는 우물물과 강물처럼 지낼 수 있겠지."

여인은 그 말과 함께 긴 한숨을 내쉬었다. 여인을 따라 을지소소도 더 길게 한숨을 내뿜었다.

"어린 것이 궁상맞게!"

사고가 고함과 함께 눈살을 찌푸리자 을지소소가 얼른 손으로 입을 가렸다.

第六十一章
혼돈(混沌)의 태동(胎動)

혼돈(混沌)의 태동(胎動)

"**천**외천, 천상천."

유화성은 혼잣소리처럼 중얼거렸다. 입 안에서만 울리는 작은 소리여서 아무도 정확히 알아들을 수 없었다.

"뭐라고 하셨죠?"

홍사갈 엄연지가 눈을 들어 유화성을 바라보며 물었다. 그러나 유화성은 대답이 없었다.

"뭐라고 하셨냐구요, 대주님?"

엄연지는 고함을 치듯 물었다.

"다친 데는 괜찮나?"

유화성은 대답 대신 엄연지의 어깨를 쳐다보며 물었다.

엄연지의 어깨에는 며칠 전 귀면랑 일행들에게 입은 상처로 붕대가 감겨져 있었다.

"괜찮아요."

엄연지가 눈을 반짝이며 빠르게 대답했다. 한 번도 이런 개인적인 질문을 하지 않았던 유화성에게서 받은 질문이었기에 그녀의 볼은 발그레 상기되었다.

"만약 노인과 그 일행이 그때 나타나지 않았다면 얼마나 버틸 수 있었을까?"

유화성은 음울한 눈빛으로 물었다.

"젠장!"

칠지검 임전성이 역정을 토했다. 그는 다행히 그때 혈투에서 큰 상처는 입지는 않았지만 혼이 반쯤 육신을 떠났다가 되돌아올 만큼 놀랐다. 섬전처럼 날아드는 검에 목이 달아나기 일보 직전, 일조의 조장 백하군이 그를 구했다. 대신 백하군은 허리에 큰 상처를 입고 아직 백화원에 누워 있다. 아마 몇 달은 요양을 해야 움직일 수 있을 것이다.

"글쎄요… 대주님만 빼면 그들의 말대로 모두 이각 안에 당했겠죠."

잠시 생각을 하던 엄연지는 참담한 표정으로 말했다. 남자 대원들에게도 절대 뒤지지 않는 그녀였지만 그건 인정할 수밖에 없었다.

"천주님께서 왜 그렇게 북제성의 힘을 빌리려 했는지 이젠 알 것 같아요."

담담한 표정으로 돌아온 엄연지가 고개를 끄덕이며 말했다.

"그 얘기를 지금 꺼내는 의도가 무엇인지요, 대주 나리? 기합이라도 주시려고?"

임전성이 빈정거리듯 말했다.

"기합으로 해결된다면 하루종일이라도 줘야겠지."

"젠장!"

임전성은 다시 역정을 토했다. 유화성의 말대로 기합을 받아서 그들과 대적할 만한 수준이 될 수 있다면 하루종일이 아니라 일 년 내내라도 받을 것이다.

지옥의 혈랑대, 남패천의 무적대!

그들과 마주하고 보니 말짱 헛소리요, 우물 안의 개구리였다.

"무슨 생각이 있으시오, 대주?"

백하군의 뒤를 이어 일조의 조장을 맡은 서한적(徐早寂)이 굵은 목소리로 물었다. 그 역시 허벅지 한쪽에는 검이 스친 자국이 훈장처럼 새겨져 있었다.

"틈틈이 검진을 연마해야겠소!"

깊은 눈빛을 한 유화성이 답했다.

"빌어먹을!"

임전성이 다시 투덜거렸다.

검진이라는 것은 강한 상대를 맞이하여 합공으로 대적하는 전법이다.

이제까지 그들은 그럴 필요가 없었다. 그들이 강한 상대였기에 그들을 상대하는 사람들이 검진으로 대항하기도 했고, 그들은 어렵지 않게 그것들을 부수고 베어버렸다. 그런데 이젠 반대의 입장이 된 것이다.

"젠장! 아니면, 빌어먹을! 그것밖에 할 말이 없나요?"

유화성의 말에 계속 투덜거리는 임전성을 보며 엄연지가 눈을 흘기며 말했다.

"또 젠장, 그러려고 했죠?"

임전성이 입술이 뒤틀리는 것을 보며 엄연지가 선수를 쳤다. 임전성은 쓴 입맛을 다시며 고개를 돌렸다.

“그런데 검진은 어떻게 익히죠? 무공 비급처럼 그것도 비급이 있어야 할 텐데…….”

“부탁을 했어.”

“누구에게요?”

엄연지의 눈이 가늘어졌다.

“목적지까지 호위해 주기로 하고 검진을 연마하는데 도움을 달라고 했다. 그 노인이나 그를 따르는 중년인들이라면 걸어 다니는 비급서나 마찬가지니까.”

“이 몸은 싫소이다!”

임전성이 강하게 고개를 흔들었다. 칠지검이란 기병을 사용하는 그는 초식에서나 싸우는 방식에서 평범한 도검을 든 사람들과 판이하게 달랐다. 때문에 하나의 틀 속에서 전체와 맞추는 것은 생각하기도 싫은 것이다.

“앞으로 만날 사람들은 그런 사람들일 가능성이 커! 익히지 않는다면 몰살만 있을 뿐이야. 끝까지 싫다면 내가 직접 목을 치겠다.”

유화성의 눈빛이 차갑게 가라앉았다.

엄연지는 놀란 눈으로 유화성을 쳐다보았다.

평소에는 누구보다 부드러워 보이는 사내다. 그리고 칠지검 임전성과는 친구 같은 우정을 나누고 있었다. 그런데 이럴 때는 칼날처럼 단호하다.

“빌어먹을!”

잠시 눈싸움을 하던 임전성이 욕지거리와 함께 시선을 내렸다. 유화성의 말대로 또 한 번 귀면랑 일행이나 노인 일행 같은 사람들과 만나 대적하게 된다면 몰살할 수밖에 없다. 그건 뼈저리게 실감했다. 애병을 버리고 평범한 검을 들더라도 익혀야 할 것이다.

"그런데 왜 계속 그런 사람들과 만나게 된다는 것이오? 그들만 아니라면 누구든 겁날 게 없소만!"

서한적이 침착한 어조로 물었다.

"우리의 최종 임무는 결국 그 친구의 보호니까 그렇게 될 수밖에 없으리란 예감이 드는군요."

"그 친구?"

"진 공자란 사람 말인가요?"

엄연지는 궁금한 눈으로 진우청이 타고 있는 제일 앞쪽의 마차를 쳐다보았다.

"대체 정체가 뭔가요? 특히 그 무공은 도저히 종잡을 수가 없어요."

시선을 돌린 엄연지는 눈 사이를 모으며 말했다.

"중원의 무공이 아니지."

"그럼?"

"세상 밖의 무공! 무공을 뛰어넘는 춤사위……."

유화성은 혼잣소리처럼 중얼거렸다. 못 알아들은 엄연지가 입술을 움직이려는 순간 유화성은 손을 들어올렸다. 말발굽 소리와 함께 한 떼의 인마가 치달려오고 있었다.

"대원들이에요!"

엄연지가 활짝 웃으며 소리쳤다.

여러 조로 나누어 서왕문과 동방회를 교란시켰던 다른 조의 무적대 대원들이 합류하고 있는 것이다.

"저녁부터 곧바로 검진 수련을 할 수 있도록 준비해 주시오!"

유화성은 일조의 조장인 서한적을 향해 말했다.

“망할!”

임전성의 입에서 새로운 험구 하나가 성난 멧돼지처럼 튀어나왔다.

＊　　　　＊　　　　＊

“크으으!”

신음인지 통곡성인지 모를 음성이 넓은 장내를 울렸다.

뒤이어 통곡성 같은 신음을 토한 비대한 중년인이 태사의 손잡이를 세차게 움켜쥐었다.

푸시식―

흑단목으로 된 단단한 태사의 손잡이가 연기를 뿜으며 재가 되어 흩날렸다.

하늘을 찌를 듯한 분노! 그리고 극심한 슬픔!

그 두 가지 감정이 하나로 얽히며 장내에는 숨 막히는 공포감이 감돌았다.

태사의 앞으로 도열한 수많은 사람들은 노소를 불구하고 숨소리마저 죽이며 전전긍긍하고 있었다.

“그래서?”

태사의에 앉은 비대한 중년이이 앞에 엎드려 있는 청년을 향해 질문을 던졌다.

밑도 끝도 없는 질문이었다.

“그래서 이놈아?!”

중년인의 고함이 다시 한 번 천둥처럼 터졌다.

머리가 땅에 닿을 정도로 숙이고 있던 청년이 억지로 고개를 들었지만 대답을 하지 못했다. 질문의 의미를 이해하지 못했기 때문이다.

"이런 병신 같은 놈!"

중년인은 다른 쪽 태사의 손잡이를 뜯어 청년을 향해 던졌다.

청년의 이마에서 피가 튀었다. 내력을 끌어올려 던졌다면 청년의 머리는 박살이 나고도 남을 만한 노기가 서린 일격이었다.

"두 눈 뻔히 뜨고 형의 죽음을 보고, 그것도 모자라 팔 하나까지 적선해 주고 왜 살아서 돌아왔단 말이냐, 이 병신 같은 놈아!"

서왕문 문주 모비광은 살은 이미 썩어 문드러지고 뼈만 남은 채 돌아온 큰아들의 유골을 보며 두 눈에 핏빛 안광을 뿜어내고 있었다.

"나머지 팔도 적선하고, 두 다리, 그리고 모가지까지 떼어주고 올 것이지 뭣 하러 그 몰골로 돌아왔느냐? 무슨 큰 상을 받을 것이라고!"

모비광은 둘째 아들 모천기를 잡아먹을 듯이 노려보았다. 모천기의 이마에서 흐른 피가 온 얼굴을 적셔 혈인을 방불케 했지만 모비광의 서슬 퍼런 분노에 아무도 나서서 피를 닦아주지 못했다.

"아버님! 크흑!"

모천기가 마침내 입을 열었다.

"말해보거라. 어디 그 잘난 입을 열어보거라!"

모비광은 턱을 부르르 떨며 내뱉었다.

"소자 목숨이 아까워 여기까지 온 것이 아닙니다. 여기까지 살아오는 것보단 이까짓 목숨 차라리 끊어버리는 것이 백배 쉬웠습니다."

"그런데, 그런데 왜 이렇게 멀쩡히 살아왔느냐!"

모비광은 힐난 어린 고함을 쳤다.

"그놈이 그랬습니다."

모천기는 쥐어짜듯 토해냈다. 그 목소리에 모든 사람들이 마른침을 삼켰다.

"아끼던 놈은 죽이고 병신 같은 놈은 확실한 병신으로 만들어 돌려보내면 아버님의 분노는 두 놈이 다 죽어서 돌아간 것보다 몇 배는 더할 것이라고……."

그 말과 함께 모천기는 모비광의 눈을 뚫어져라 쳐다보았다.

"이, 이놈이!"

모비광은 말을 잇지 못하고 이만 갈아댔다. 이마와 목덜미에 솟아오른 핏줄이 금방이라고 터질 듯 팽창했다.

"정녕 그러하신지요?"

부친의 분노에 주눅이 든 채 말하던 모천기는 이제 정면으로 부친의 눈을 쳐다보며 물었다.

"정말이시군요. 크하하하!"

모천기는 발작적으로 웃음을 터뜨렸다. 금방 폭발할 것 같은 모비광마저도 움찔하며 눈을 끔벅거렸다.

"그럼 그 분노를 몇 배 더 증폭시켜서 그놈을 찢어 죽여 형과 제 원한을 갚아주십시오!"

그 말과 함께 모천기는 왼손으로 자신의 천령개를 찍었다.

"고, 공자!"

"둘째 공자!"

이제껏 모비광의 극심한 분노에 접근할 생각조차 못하고 있던 사람들이 급급히 모천기에게로 다가갔다. 그러나 그들이 할 수 있는 일은 생명이 빠져나간 모천기의 시신을 수습하는 일뿐이었다.

"크으윽!"

꽉 다문 잇새로 괴성을 흘리며 모비광이 태사의에서 일어나 대전으로 걸어 내려왔다. 모천기 곁에 모여 있던 서왕문도들이 급히 옆으로 비켜섰다.

천천히 모천기 앞으로 온 모비광은 무릎을 꿇은 후 모천기의 시신을 안아 일으켰다. 그리고는 양손으로 아들의 얼굴에 흐른 피를 닦아냈다.

"네놈은 끝까지 아비의 마음을 읽지 못하는구나. 이 불효막심한 놈! 크으윽!"

굳게 다문 모비광의 입에서 선혈이 뚝뚝 흘러내려 모천기의 얼굴을 적셨다.

모비광은 그런 모천기의 얼굴을 닦고 또 닦았다. 마치 자신이 흘린 피로 아들의 몸을 세척해 주려는 듯이……

한참을 그렇게 아들의 얼굴을 닦아주던 모비광은 신형을 일으켰다.

"이놈들의 장례는 원수를 갚고 나서 치르겠다. 군사!"

곤룡표를 벗어 모천기의 시신을 덮은 모비광은 고함을 질렀다.

서왕문의 군사 구충서가 굳은 표정으로 다가왔다.

"동방회에 전서를 띄우도록 하라. 거사를 서두르겠다고……"

모비광의 목소리가 칼로 자르듯 흘러나왔다.

*　　　*　　　*

여인의 손처럼 가늘고 흰 손이 한 장의 서찰을 펼쳐 읽고 있었다.

차르르—

깨알같이 작은 글씨로 쓰인 긴 서찰은 대부분 흑화로 되어 있었지만 청년은 조금도 주저하지 않고 서찰의 내용을 읽어갔다.

"정파무림의 회동을 갖는단 말이지?"

입꼬리에 차가운 미소 한 가닥을 베어 문 임문정은 서찰을 탁자 위에 내려놓으며 말했다.

고급스런 침향목 탁장 위에는 흑옥으로 만든 찻잔이 놓여 있었다. 차를 마신 지 한참 되었는지 찻잔은 싸늘하게 식어 있었다.

"호랑이들이 서로를 견제하며 정신없는 틈을 타 이리 떼들도 한데 뭉쳐 제 목소리를 내려다봅니다."

탁자 앞에서 부복하고 있던 청년 단서일(但書壹)이 재미있다는 듯 답했다. 임문정보다 체구가 크긴 했지만 전체적으로는 호리한 체격이라 책상물림의 냄새가 풍겼다.

"이리 떼라……."

임문정은 청년의 표현을 되뇌었다.

"어쩌다가 정파무림이 이리 떼 소리를 들을 정도가 되어버렸는지 모르겠군."

"그렇게 된 데는 공자님의 역할도 컸지요. 도사도 먹어야 살고, 중도 먹어야 살지요. 먹고 입을 것을 구하려면 돈이 있어야 하고, 그것을 가장 많이 움직이는 손 중의 한 개가 공자님의 것이니까요."

단서일 임문정의 손을 쳐다보며 빙긋 웃었다. 하얗고 고른 치아가 싱그런 느낌을 주었다.

"자네의 그 아부성 발언은 알면서도 빠져들게 만드는군."

"천부적인 능력이지요."

단서일은 여전히 미소를 지으며 답했다.

"쩝!"

임문정은 입맛을 다시며 탁자 위의 서찰에 다시 눈길을 주었다. 그리고는 깨알 같은 글씨 한 부분을 재차 훑었다.

"그대로 두실 겁니까?"

단서일은 잠시 입을 닫고 있다가 임문정을 향해 질문을 던졌다.

"자네 생각은 어떤가?"

임문정은 대답 대신 환서일의 의견을 물었다.

"이리 떼들이긴 하지만 그들이 하나로 뭉치면 호랑이도 물어뜯을 정도가 됩니다. 적당히 손을 쓰심이……."

단서일은 눈치를 보며 말했다.

"언젠가는 움츠렸던 몸을 빼낼 인간들이지. 끝까지 움츠리고 있다가 나중에 튀어나와 뒤통수를 치게 하는 것보다 아예 지금부터 기어나오게 하는 게 낫지. 그래야 판세가 명확해지니까 말이야. 그 늙은이도 그런 계산하여 방관하거나 부추기고 있는 것이야."

"그 늙은이라면 남패천의 구양천 말입니까?"

"역시 말귀를 빨리 알아듣는군. 나올 놈들은 다 튀어나오는 게 좋아. 그럴수록 우리의 일이 간단해지지."

임문정은 빙긋 미소를 흘렸다. 그리고는 고개를 돌렸다.

"혈유!"

임문정은 벽을 향해 고함을 쳤다.

잠시 후 벽이 흐물흐물 녹아내리는 것처럼 보이며 핏빛으로 물이 들기 시작했다.

앞에 서 있던 단서일은 그 모습이 징그러운지 눈살을 찌푸렸다.

"어떻게 됐나?"

핏빛 아지랑이가 사람 형상을 하며 완전히 고정되자 임문정은 질문을 던졌다.

"오늘도… 제품을… 만들지 않고 있습니다."

명부의 귀곡성 같은 소리가 핏빛 아지랑이 속에서 흘러나왔다.

"이유는?"

"아직……."

"잘 만들어오던 제품을 왜 갑자기 만들지 않는다는 건가? 그녀가 왜 그런 심경의 변화를 일으키고 있는지 알아내지 못 했나?"

임문정의 고함 소리가 조금 더 크게 울렸지만 핏빛 그림자에게서는 아무런 대답도 들려오지 않았다.

"후후! 깜박했군!"

혈유의 묵묵부답에 슬쩍 눈살을 찌푸리려던 임문정이 피식 웃었다.

"자네의 능력이 유일하게 안 통하는 사람이 바로 그녀지. 그러니 숨어서 지켜보며 뭘 알아낸다는 것은 불가능했겠지. 하하하!"

임문정이 약간은 통쾌한 듯 웃음을 터뜨리자 핏빛 아지랑이가 일렁하고 흔들렸다.

"마음 상할 것 없네. 그녀의 그런 능력 때문이 우리의 일이 가능한 것이니까."

임문정은 혈유를 향해 다시 한 번 피식 웃은 후 말을 이었다.

"그렇다면 그녀의 심경 변화는 그녀의 입을 통하거나 추측으로 알 수밖에 없다는 말이군. 도대체 무엇일까, 그녀가 갑자기 변한 것은? 설마 그녀가 모든 것을 눈치챈 건 아니겠지?"

임문정은 날카로운 눈으로 혈유가 있는 쪽을 쳐다보았다.

그러나 혈유는 여전히 아무런 대답이 없었다.

범인으로서는 절대로 흉내 내지 못하는 능력을 가졌기에 임문정의 가장 가까운 곳에서 가장 은밀한 명령을 수행하는 인간 같지 않은 인

간이었지만 이여옥에게는 혈유의 그런 인간 같지 않은 능력이 통하지
않았다.

처음에는 오 장 안으로 접근하면 자신의 존재를 눈치채고 몸을 도사
렸지만 지금은 십 장, 아니 어쩌면 그전에 벌써 혈유의 존재를 눈치채
는 것 같았다. 이젠 그녀는 완전히 혈유의 시야에서 사라져 버린 느낌
이었다.

"절대로 눈치채지는 못했을 겁니다. 그럴 만한 소지를 조금도 남기
지 않았으니까요."

혈유 대신 단서일이 나서며 자신있게 답했다.

"아니야. 아주 영리한 여인이야. 특히 그 능력은 우리가 예상했던
것보다 훨씬 강해! 혈유 저 친구가 속수무책이 되어 접근조차 못하는
것을 보면 짐작할 수 있지 않나? 그런 능력을 지닌 여인이라면 뭔가 느
꼈을지도 모를 일이야."

임문정은 가라앉은 목소리로 중얼거리며 지그시 눈을 감았다.

"그럼 어떻게 하지요? 지금 와서 중단하면 낭패가 아닙니까?"

단서일은 난감한 표정으로 물었다.

"내가 직접 가보아야겠군!"

임문정은 벌떡 신형을 일으켰다.

*   *   *

사방으로 조명이 환히 밝혀진 실내는 바깥 세상처럼 밝고 환했다.
창문이 없는 것으로 보아 지하에 만들어진 것이 확실했다. 그러나 깨
끗하게 단장된 주변의 정물들이 그런 느낌을 전혀 들지 못하게 했다.

“흑흑!”

실내 한쪽의 의자에서 이여옥은 낮게 흐느끼고 있었다.

작은 어깨가 가늘게 떨리며 낮은 목소리로 울고 있는 모습은 아무에게도 자신의 슬픔을 드러내고 싶지 않음이었다. 그러나 이내 그 의도는 수포로 돌아가고 말았다.

“아가씨 요즘 들어 왜 그렇게 우세요?”

갈래 머리를 예쁘게 땋고 백의 복장을 한 소녀가 걱정스런 표정으로 다가와 말했다.

“아니다, 향아. 그냥 요즘 몸이 좀 좋지 않구나.”

흠칫 놀란 이여옥은 얼른 눈물을 닦으며 머리를 흔들었다.

“아가씨도 참! 그런다고 제가 믿을 것 같아요. 다리가 뒤틀리며 끊어져 나가는 고통도 작은 신음 소리 몇 가닥만 흘리며 참아낸 아가씨가 아닌가요? 몸이 좀 안 좋다고 그렇게 슬피 운다는 건 말이 안 되잖아요.”

소녀는 하얀 면포로 이여옥의 얼굴을 닦아주며 말을 이었다.

“그때 제가 아가씨를 부추기지 말았어야 했어요. 너무 어려운 집안 사정 때문에 내 생각만 하고 아가씨를 이곳으로 밀어 넣은 것 같아요. 정말 죄송해요, 아가씨!”

이여옥의 눈물을 닦아준 소녀는 이젠 도리어 자신이 울 것 같은 표정이 되어갔다.

“그런 생각은 조금도 하지 말거라, 향아. 그 선택은 모두가 내가 한 것이고 내 의지로 이곳까지 온 것이란다. 누구도 날 떠밀지 않았단다. 할아버지도 말렸지만 내가 원해서 이곳으로 왔단다.”

이여옥은 울음을 그치고 오히려 소녀를 달랬다.

“그래도 여기로 왔기 때문에 고목나무 뿌리처럼 뒤틀렸던 내 다리가
이렇게 정상으로 돌아오지 않았니. 그건 네 덕분이기도 하단다.”

그 말과 함께 이여옥은 자신의 치마 쪽을 내려다보았다.

할아버지가 운영하는 화원 일을 돌보며 꽃과 나뭇가지를 손질할 때
마다 나무를 자르는 가위로 같이 잘라 버리고 싶을 정도로 고목 뿌리
처럼 뒤틀린 다리는 어떤 성숙한 여인의 다리 못지않게 정상으로 돌아
왔다.

이곳으로 처음 온 날, 당신이 우리 일을 도와주면 당신의 체질을 잘
알고 있는 우리 역시 당신의 체질을 고쳐주고 다리도 고쳐주겠다던 임
문정은 약속을 지켰다. 다리가 끊어져 나가는 것 같은 고통이 수없이
반복되었지만 뒤틀렸던 다리는 곧게 펴졌고 살도 올랐다.

여전히 보통 사람들처럼 걷는 것은 불가능했다. 혼자서는 몇 발자국
도 힘들었다. 그러나 그 걸음걸이마저도 예전에는 뒤틀리고 기우뚱거
렸었다. 지금은 예전처럼 뒤틀리지 않았다. 그냥 불편해 보이는 정도
였다.

그것만으로도 천지신명께 감사하고 싶은 심정이 되었다.

하지만 그런 엄청난 행운은 절대로 혼자서 찾아오지 않는다. 그만한
크기의 불행을 동반하고 온다.

이여옥은 그 불행이 어떤 모습으로 자신을 찾아올지 내내 궁금했다.

이젠 그 불행의 모습이 조금씩 눈에 보이기 시작했다.

철저한 사람들이라 조금도 빈틈을 주지 않았지만 그들이 무슨 짓을
벌이고 있는지 어렴풋이 짐작이 가기 시작했다.

'멈춰야 해!'

이여옥은 입술을 깨물었다.

“일은 잘 되어가시오, 이 소저?”

뒤에서 들리는 목소리에 이여옥은 소스라치게 놀라며 고개를 돌렸다.

이 모든 혼돈을 주도하고 있는 사내, 임문정이 그곳에 서 있었다.

〈7권에 계속〉